で
玄《げん》歌《か》吹《すい》
冷え切った蔵の中、唐突に感じたその熱が、
どうしようもなく歌吹の心を揺さぶった。
「そういえばちょうど、言ってみたかった台詞がありますの」
そしてなぜだか、いかにも「朱慧月」らしく、
挑発的に口の端を持ち上げた。

「素直に『助けて』と泣きつけばよいのだ。
わたくしが必ず助けに行くから」
玄《げん》歌《か》吹《すい》
心優しく聡明な姉が、歌吹の世界の

どこもかしこも雪に閉ざされた玄家の屋敷の中で、
唯一温もりの記憶があるとするなら、
それは姉の手だったと、歌吹は思う。
二歳差の幼い姉妹は、互いを温め合うようにして、
いつも寄り添っていた。
玄《げん》舞《ぶ》照《しょう》
すべてだった。

それは、ずっと欲しかった言葉
「『哀れだから、助けてあげる。
さっさと「助けて」って言いなさいよ！』」
朱《しゅ》慧《けい》月《げつ》
中身…黄《こう》玲《れい》琳《りん》

6
中村颯希
イラスト：ゆき哉
ふつつかな悪女ではございますが
～雛宮蝶鼠とりかえ伝～
一迅社ノベルス

人物紹介

黄《こう》玲琳《れいりん》

黄家 雛女。美しく慈悲深い。
皆に愛され、「殿下の胡蝶」と呼ばれる。
病弱で伏せりがち。

入れ替わり

朱《しゅ》慧月《けいげつ》

朱家 雛女。そばかすだらけで厚化粧。
「雛宮のどぶネズミ」と呼ばれる、嫌われ者。
玲琳を妬んでいた。

詠《えい》尭明《ぎょうめい》

皇太子。
玲琳とは従兄妹。

辰宇《しんう》

後宮の風紀を取り締まる
鷲官長。

莉莉《りーりー》

慧月付き上級女官。

黄《こう》冬雪《とうせつ》

玲琳付き筆頭上級女官。

黄《こう》絹秀《けんしゅう》

皇后。
玲琳の伯母。

金《きん》清佳《せいか》

金家 雛女。

玄《げん》歌吹《かすい》

玄家 雛女。

藍《らん》芳春《ほうしゅん》

藍家 雛女。

安妮《あんに》

吉凶を占ったり、
儀式で祈りを捧げる祈禱師。

金《きん》麗雅《れいが》

淑妃。

玄《げん》傲雪《ごうせつ》

賢妃。

藍《らん》芳林《ほうりん》

徳妃。

《相関図》

玄家《げんけ》
（水／北／冬）

北領を治め、水を司る一族。

象徴する季節は「冬」､方角は「北」､色は「黒」。

火を剋し（打ち勝ち）、また木を生じる（助ける）。

冷淡で、非人道的な行為も平然とこなす者が多い。反面、特定の対象には強く執着することも。

武芸に優れる者が多い。

金家《きんけ》
（金／西／秋）

西領を治め、金を司る一族。

象徴する季節は「秋」、方角は「西」、色は「白」。

木を剋し、また水を生じる。

現実的な商人肌の者と、芸術家肌の者に二分される。直系の者ほど芸術家肌で、美や哲学を重視する。

美を讃えながら、それで儲けることもできる人々。

藍家《らんけ》
（木／東／春）

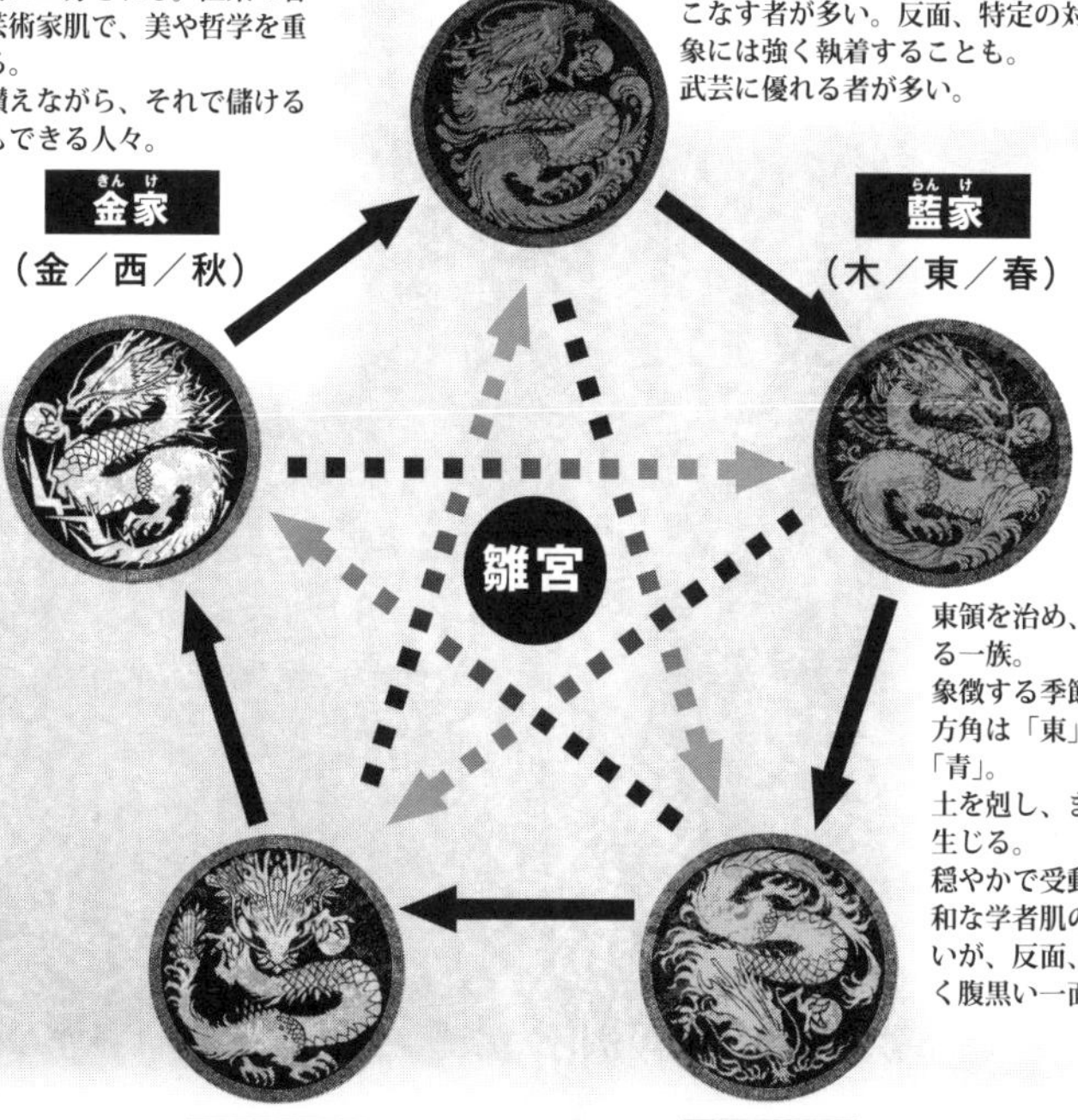

東領を治め、木を司る一族。
象徴する季節は「春」､方角は「東」、色は「青」。
土を剋し、また火を生じる。
穏やかで受動的、柔和な学者肌の者が多いが、反面、計算高く腹黒い一面も。

黄家《こうけ》
（土／央／変）

直轄地を治め、土を司る一族。

象徴する季節は「変わり目」、方角は「中央」、色は「黄」。

水を剋し、また金を生じる。

朴訥で実直、世話好きな者が多い。直系の者ほど開拓心旺盛で、大地のごとく動じない。

どんな天変地異も「おやまあ」でやり過ごせる人々。

朱家《しゅけ》
（火／南／夏）

南領を治め、火を司る一族。

象徴する季節は「夏」､方角は「南」､色は「紅」。

金を剋し、また土を生じる。

苛烈な性格で、派手好きな者が多い。感情の起伏が激しく、理より情を重んじる。

激しく憎み、激しく愛する人々。

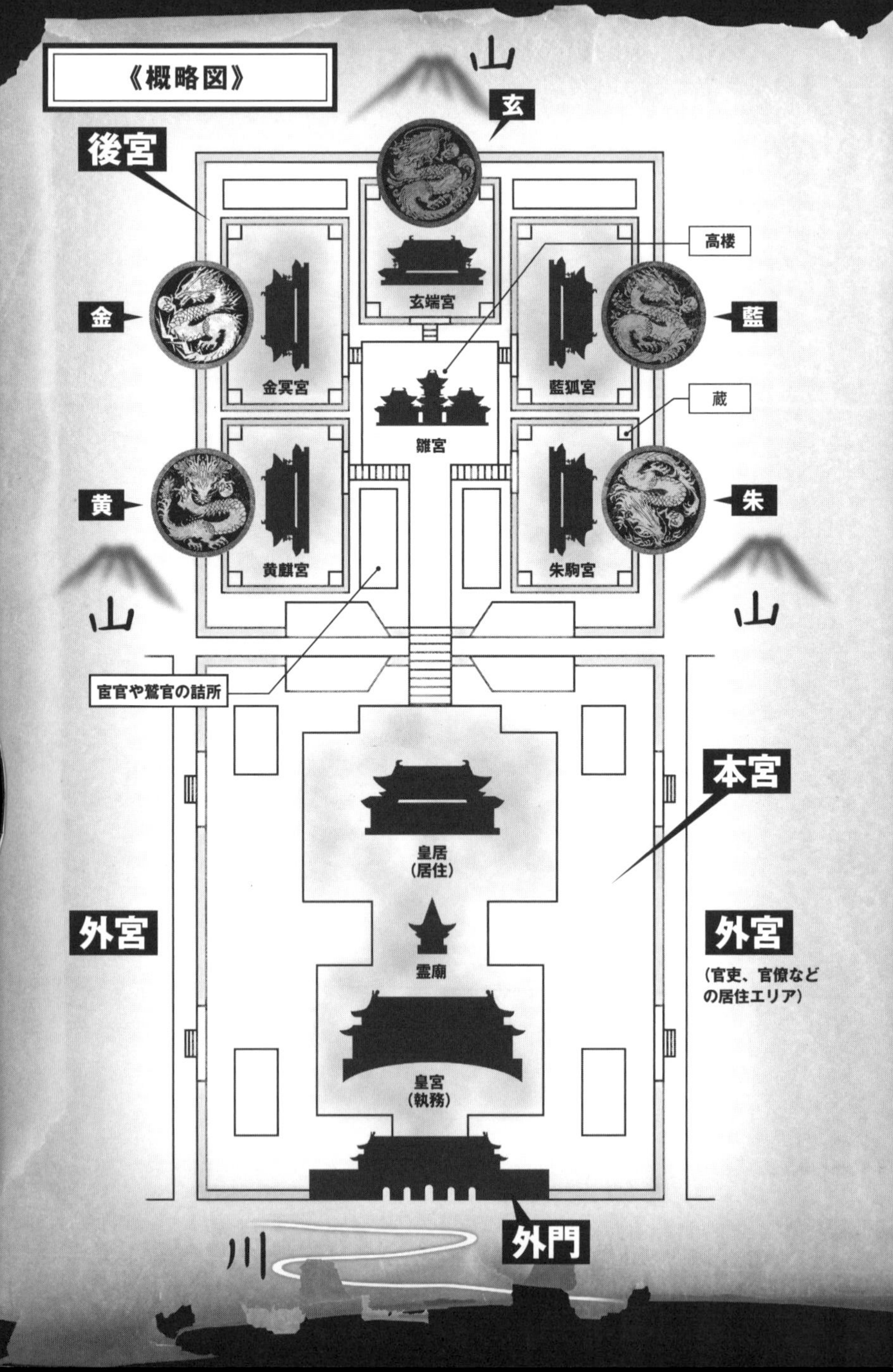
《概略図》
山
玄
後宮
高楼
金
玄端宮
藍
金冥宮
藍狐宮
蔵
雛宮
黄
朱
黄麒宮
朱駒宮
山
山
宦官や鷲官の詰所
本宮
皇居
(居住)
外宮
霊廟
外宮
(官吏、官僚など
の居住エリア)
皇宮
(執務)
外門
川

目次

前巻までのあらすじ――

嫌われ者の雛女《ひめ》、朱《しゅ》慧月《けいげつ》が仕掛けた道術によって、皆に愛される雛女、黄《こう》玲琳《れいりん》は、心と体を入れ替えられてしまう。しかし、それをきっかけに二人は力を合わせて、数々の困難を乗り越えていく。「豊穣祭《ほうじょうさい》」が終わり、次に迎えたのは「鑽仰礼《さんぎょうれい》」。雛女の序列が決まる中間審査に、不安を抱える慧月。そして金《きん》清佳《せいか》と藍《らん》芳春《ほうしゅん》は妃から受ける重圧に苦しんでいた。一方、玲琳は、儀式中に数々の妨害を受ける。その上、慧月と仲たがいをしている最中に、玄《げん》歌吹《かすい》から強襲され、冷たい井戸へ投げ込まれてしまう。しかし慧月の助けによって一命をとりとめ、友情を取り戻した玲琳。再び入れ替わりを果たし、一気に状況を覆そうと立ち上がる。

プロローグ

鶯歌燕舞《おうかえんぶ》——鶯《うぐいす》がさえずり燕《つばめ》が舞う、美しい春の光景を指す言葉。

冬を司《つかさど》る、寒さ厳しい玄家《げんけ》北領にありながら、姉妹は春に焦がれるような名を与えられた。

姉は舞照《ぶしょう》、そして妹は歌吹《かすい》。美しい名だと、周囲は讃えた。

だが実際のところ、その名には彼女たちの母親の、悪意が籠もっていたのかもしれない。

母親は、元は北領の東端に住む、末端貴族の娘であった。それを北領の当主が見初め、玄家特有の強い執着心のもと、幼なじみとの仲を引き裂き、攫《さら》うようにして妻にしたのだ。

北領内とはいえ、東領によほど近い土地に住んでいた母親には、玄家特有の厳しく重苦しい空気は馴染まなかった。

当主は妻に思いつくすべての財宝を与えたが、彼女は寒さに萎《しお》れる花のように元気をなくし、日がな東の故郷の方を眺めては、その土地が司る季節《はる》を偲《しの》んだ。

生まれた二人の娘に、さしたる愛は注がなかった。

父親もまた、娘たちに関心を抱くことはなかった。ほかの愛妾たちに産ませた男児にも等しく興味を抱いていなかったようだから、その無関心さには、ある種の公平さがあったとも言えた。

彼はとにかく、妻が大事だった。

妻が子を愛《いと》しむのなら、彼もまた惜しみなく娘たちを慈しんだろう。だが、妻の腹を痛め、心を繋ぎ止めてもくれない娘たちならば、用はなかった。

玄家の血を濃く受け継ぐ者は、誰も彼も愛せるわけではないのだ。

凍える寒さの中で掻き集めた火は、たった一人に向けてしか、熱を届けない。

しんと冷え切った屋敷の中で、温もりを求めた幼い歌吹が、強く姉を慕うようになるのは、当然の成り行きだった。

姉の舞照もまた、まっすぐな敬慕を差し出してくる歌吹を慈しんだ。

「見つけた、歌吹。そんな暗がりにいては寒いだろう。早く出ておいで。室《へや》に戻ろう」

「だって、あ、姉上。わたくし……衣を、よごしてしまって。こんななりでは、室《へや》には……」

「いいから」

小さな失敗をするたびに、すぐ思い詰めて隠れてしまう歌吹を、苦笑して捜し出してくれるのは、いつも舞照の役目だった。

歌吹が物置に隠れようと、縁側の下に屈《かが》もうと、姉は必ず彼女を見つけた。

身を縮こめ、「申しわけございません、あ、姉上」とぎこちなく詫《わ》びる妹に、舞照は手を差し伸べ、優しく頬を撫でた。

「『ぶしょう姉さま』、のままでいい。『姉上』というのは、発音しにくいのだろう？　一足飛びに大人になろうとするな。おまえはおまえの速度でいい」

当時の歌吹は、引っ込み思案で、舌足らず。

この日も、言葉を覚えたときのまま、甘い発音で「ぶしょう姉さま」と呼ぶ姿を母親に叱られ、すっかり萎縮してしまっていたのだった。

「わたくしは、おまえの優しい呼び方が好きだよ、歌吹」

「……ぶしょう姉さま」

幼い歌吹は、安堵《あんど》にくしゃりと顔を歪《ゆが》める。

「おまえは末っ子だというのに、妙に不器用なところがあるのだなあ。そういうときは、素直に『助けて』と泣きつけばよいのだ。わたくしが必ず助けに行くから」

「……ですが、そうしたら、姉さままで怒られてしまいます」

「大丈夫。一緒なら怖くない。ほら、手を出して。温めてやる。少し温まったら、行こうな」

歌吹が縮こまっていると、舞照はいつも手を握り締め、安心させてくれた。

どこもかしこも雪に閉ざされた玄家の屋敷の中で、唯一温もりの記憶があるとするなら、それは姉の手だったと、歌吹は思う。

二歳差の幼い姉妹は、互いを温め合うようにして、いつも寄り添っていた。


「見て、歌吹。なかなかよくできただろう。雪花紋様を意匠に取ったのだ」

「わあ、姉様。本当に美しいです」

舞照は手先の器用な娘だった。画の素養も高かった。両親に放置された娘たちは、熱中できる遊びを求めて、画を描き、紙を切り、特に舞照は、幼い内から工芸にまで手を出すようになった。

鉄板を彫ってみる、そこに金糸を這《は》わせて飾り付ける。

そんな遊びが、いつしか本格的な、象嵌《ぞうがん》や彫金といった金細工に近付いていくのに、そう時間は掛からなかった。なにしろ、鉄も金も炉も豊富にあるのだから。

厳冬の北領は、食料こそ多くは実らなかったが、質のいい多種の鉱山に恵まれ、鉱業を主としていた。芸術家を気取る西領には及ばぬものの、得られた鉄や金を宝飾品に加工する者も多い。

鍛冶職人や細工師を師匠と仰ぎ、舞照は、時間を忘れさせてくれる工芸の世界に夢中になった。

歌吹は体を動かすほうが得意だったが、姉が鉄剣よりも工芸品を好んだので、それに倣った。

鍛冶場はいつもあちこちで火が焚《た》かれ、暖かい。

煌々《こうこう》と燃える火を背に、鉄を溶かし金を刻みと、熱心に動く姉の手は、なにより眩《まぶ》しく見えた。

心優しく聡明な姉が、歌吹の世界のすべてだった。

「わたくしも、職人になれればいいのにな」

三年前のことだ。

北領の雛女《ひめ》に内定してからというもの、舞照は時々そのような呟きを漏らすようになった。

「雛女として、美しい工芸品に触れながら過ごすのも、素晴らしいことではあるだろうが……やはりわたくしは、自分で作るほうが好きだ」

当時、舞照は十八歳。

皇帝は十分壮健であり、皇太子・尭明《ぎょうめい》の雛宮《すうぐう》は、まだ開かれるともわからぬ頃である。

入内《じゅだい》する頃には、もう二十を越えているかもしれないということもあり、それでもなお舞照を雛女とするかの見極めは、玄家にとって重大事だった。

雛女を擁立《ようりつ》することは、家の名誉だ。

当主は当然、娘を雛女にすることを望んだし――だってそうすれば、妻に寵妃《ちょうひ》の母という地位を与えられるかもしれない――、傍系はこぞって機を窺った。

現在の賢妃だって傍系の、それも末端の出。だからこそ勝算は傍系にあったとも言えたし、一方で、今代こそは当主の娘をという向きもあった。

順当に行くのなら、当主の長女であり、美しく芸術に秀でた舞照を雛女に。

けれど、彼女に適性がないのなら、我が家の娘を。

玄家内での政争が熾烈《しれつ》なものになる前に、当主が打ち出した手が、舞照の王都行きだった。

行儀見習いのため、賢妃のいる玄端宮《げんたんぐう》に通わせるというのである。

遠縁の娘として、女官見習いに身をやつさせるという話ではあったが、実際の目的は、入内前の手ほどきを受けさせ、舞照を立派な雛女に仕立て上げること。

いわば、舞照の内定を既成事実化する目論見であった。

予定された期間は、「まずは」ひと月。

だがそれは、なし崩しに長期化されるところまで含めて計画されている。

おそらく、舞照が王都に発《た》ってしまえば、しばらく会うこともかなわない。

別れの予感を、どちらも切実に理解していたからこそ、姉妹は最後の日々をことさら一緒に過ごした。ともに画を描き、工芸品を作っては、互いを褒め合った。

その日、舞照が手がけていたのは、溜め息が出るほど繊細な雪花紋様を施した宝鏡、そして宝剣だった。

「実はな、機会があれば、これを後宮の職人に見てもらおうと思っているのだ。後宮の陶坊には、優れた職人が何人もいる。彼らの指導を仰げれば、きっと、さらに素晴らしいものができるはずだ」

歌吹が熱心に出来映えを讃えると、宝鏡のほうはいずれおまえにやるからなと、舞照は笑った。

「職人たちに感嘆されたらどうしような。この場で作ってみせてくれ、と頼まれてしまったら」

珍しく、おどけた物言い。

少しでも明るく、前向きに王都行きを捉えようとしている姉に、思わず鼻をつんとさせながら、泣き虫の歌吹はなんとか、冗談を返した。

「姉様ったら。自ら金属を彫ったり、果てには鋳造までしてしまう雛女を見たら、きっと皆、驚いてしまいます」

「ふふ、そうだな。きっとみんな、びっくりしてしまうな」

舞照はひとしきり笑い、それから、わずかに目を伏せた。

「でもいつか……国の宝と思われるほどの品を作って、陛下や殿下に捧げたいな。美しさでもって、国や、人の心を照らすことができたなら、どんなに誇らしいことだろう」

指は、そっと雪花紋様を撫でている。

雪でありながら、花。

冬にありながら春を思わせる、美しい紋様。

舞照が心を照らし出したい相手、誇りに思ってもらいたい相手が誰なのか、歌吹は知っていた。

「できます、舞照姉様なら」

鏡を持つ姉の手に、そっと自分の手を重ねる。

花は、春に焦がれる母がなにより好きなものだった。

舞照は優しい女だ。

無視され、捨て置かれ、それでもなお、人の心を照らしてあげたいと願える、こんなにも心根の温かな人を他に知らない。

歌吹はいつまでも、温かな姉の手を握り締めていたかった。


出立の朝は、すっきりとした冬晴れだった。

「では、行ってくる」

「舞照姉様」

豪華なしつらえの馬車に乗り込もうとする姉の衣を、歌吹は気付けば握り締めていた。

これからますます雪深くなる玄領の冬。温かな姉を、どうしても手放したくなかった。

きゅ、と皺《しわ》が寄るほどに袖を掴み、黙りこくる歌吹のことを、両親が疎ましげに眺めている。姉のように思慮深いわけでもない、厳しい雛女教育によって磨き抜かれたわけでもない歌吹は、彼らにとって、いっそう価値のない娘だった。

邪魔をしてはいけない。笑みを浮かべ、最高の門出を祝福しなくては。

わかっているのに、歌吹の顔はこわばり、ぽろぽろと涙ばかりがこぼれる。

「……どうか、王都でも、あ、『姉上』がご無事に――」

「『姉様』でいい」

なんとか送別の言葉をひねり出していた歌吹を、舞照はきっぱりと遮った。

馬車からひらりと飛び降り、衣に皺が寄るのも構わず、妹を抱き寄せる。

成長途上のか細い背中にきつく腕を回し、頬と頬をすり合わせた。

「わたくしは大丈夫だから、歌吹。おまえこそ、元気で過ごしなさい」

「…………っ」

約束、と、こつんと額を合わせられ、ますます涙が激しくなる。

大きくしゃくり上げながらも、背中に感じる掌に勇気を得て、歌吹はなんとか頷いた。

「はい……はい。姉様。どうか、お元気で」

行かないで。傍にいて。もっと近くにいてください。

喉から飛び出そうとする言葉を必死に押し殺し、なんとか別れの言葉を口にする。

舞照は陽だまりのような人だ。常に、おどおどとした妹のことを温め、守りつづけてくれた。

ならば今度は、自分が姉の幸せを祈る番だろう。

この北領では、家族に顧みられることのなかった姉でも、きっと王都に行けば、もっと温かな人々に囲まれて、幸せに過ごせる。

美しい工芸品を生み出す彼女の手は、いつまでも妹の冷え切った手を温めるためなんかに、使われていてはいけないのだ。より大きく、より温かな人の手に包まれなくては。

「行ってらっしゃいませ、舞照姉様」

真っ赤になった鼻を啜《すす》り、深々と頭を下げて、歌吹は舞照を見送った。

己の胸にある灯火は、すでに舞照だけを照らし出している。彼女が微笑んでいてくれるのなら、自分もきっと温かな気持ちになれると信じた。

たとえ、歌吹の周囲が、相変わらず冬に閉ざされたままでも。

一度だけふと思い立って、姉を真似て鋳造に挑戦してみたけれど、結局手に軽い火傷を負って、親に禁じられてしまった。

灯火がじんわりと胸を照らす舞照との時間は、すでに終わってしまったのだと、まるで世界から突き付けられたかのよう。

傍にいてと、もう願ってはいけないのだ。

舞照はきっと、帰ってこない。

歌吹は冷えた両手に白い息を吹きかけながら、何度も自分にそう言い聞かせた。

――それだというのに。

「一大事にございます！　舞照お嬢様が、炎尋《えんじん》の儀に……！」

歌吹が心の奥底に閉じ込めていたはずの願いは、誰も望まぬ形で叶えられてしまった。

舞照は、王都で半月も過ごさぬうちに、北領に戻ってきたのだ。

ただし、腕にひどい火傷を負い、「邪悪な女」との汚名を着せられてである。

行きは立派な螺鈿《らでん》細工が施された馬車で向かったというのに、帰りは行商人のぼろ馬車に、荷物同然に詰め込まれていた。

「歌、吹……」

髪は乱れ、衣は煤《すす》け、熱でぐったりとして口もきけぬ有り様であった。

すっかりひび割れた唇が、吐息のようなか細さで名を呼んでくる。

今にも命の灯火が掻き消されてしまいそうな弱々しさに、歌吹の頭は真っ白になった。

わずかに遅れて到着した賢妃からの手紙によれば、舞照は賢妃の不在時に、無許可の刃物を後宮に持ち込み、謀反人として捕らえられたのだという。頑《かたく》なに罪を認めないため、ちょうど後宮に居合わせた祈禱師《きとうし》により、「炎尋の儀」に掛けられたのだそうだ。

「炎尋の儀」とは、霊験あらたかな祈禱師が描いた円陣に、罪人を座らせる尋問だ。

その魂が邪悪なら、円陣から火が吹き上がり、穢《けが》れを祓《はら》い清めるという。

果たして、裁きは下された。

祈禱師が祈るや円陣から火が熾《おこ》り、舞照の右腕が火に包まれたのだ。

慈悲深いと評判の祈禱師は、火刑が苛烈を極める前に舞照に水を浴びせ、鎮火した。

のみならず、すでに裁きは下ったとして、簡単な手当てをし、荷物を持たせ、後宮の外へと舞照を逃がしたという。

だがそのせいで、かえって賢妃に事情が伝わるのが遅れた。

妃としての政務を終え、後宮に戻ってきた賢妃が事件を知り、慌てて王都内の玄家の屋敷に人を走らせる頃にはもう、舞照の容態は悪化し、意識がもうろうとしはじめていたのだ。

賢妃の判断は素早かった。炎尋の儀に掛けられた娘を、秘密裏に診てくれる医者など後宮にはいない。王都内にもだ。だが、身内なら。

そこで賢妃は、行商人に金と当座の薬草を握らせ、舞照の体力が尽きてしまわぬうちに、彼女を実家に戻した。

詫びと、賢妃が掻き集めたわかる限りの情報と、無事を祈る言葉。

乱れた筆運びで綴《つづ》られた手紙は、最後再び、詫びで締められていた。

家人から奪い取った手紙を読み、歌吹は叫んだ。

「どういうことなのですか、これは……！」

だって、おかしいと思った。辻褄《つじつま》の合わぬことばかりだ。

舞照が叛意《はんい》など抱くものか。

祈禱師とは誰だ。裁くとはなんだ。

炎尋の儀とはなんだ。火あぶり？　あの善良な姉が、罪人として。

わからないことだらけだった。

津波のような怒りが押し寄せる。玄家の総力を挙げて、真相を必ずや追及せねばと拳が震えた。

「ひとまず、その娘は離れへ入れておけ」

だが、父の取った行動は歌吹を愕然《がくぜん》とさせた。

彼は、舞照をろくに手当てすることもなく、離れに押し込もうと言うのである。

「父、上……？」

「賢妃様の手紙が事実なら、この娘はもはや玄家にとっての禍《わざわい》だ。隠さねばならぬ。私は、陛下と賢妃様に事情を伺いに上がる」

言うが早いか、父は馬を仕立て、王都に発った。

ただし、数日後に理解したことだが、それは真相を解明するためではなく、この事態を隠蔽するためであった。

玄家の娘が、炎尋の儀で火を浴びるような悪女であったこと。

その、「忌まわしく」「恥ずべき」事態を、どうか玄家筋のよしみで、胸ひとつに収めてくれと皇帝に頼み込んだのである。

皇帝・弦耀《げんよう》は、玄家の出した皇太后から生まれた男だ。

皇太后、玄家筋の皇帝、そして玄家当主の父との間で深い会話が持たれたと見えて、傍系の出である賢妃を飛ばし、皇太后によって事件についての箝口令《かんこうれい》が敷かれた。

後宮では、炎尋の儀に立ち会ったとされる女官が一斉に辞職し、記録を破棄。

北領では、舞照が戻ったことすら伏せられ、周囲には「王都に向かわせた道中で、賊に襲われ命を落とした」との説明がなされた。以降、舞照の名は禁忌となった。

あらゆることが、舞照当人や自分を置いて、凄まじい速さで進んでいくことに、歌吹は呆然とした。

家人たちが命令通りに舞照を離れに押し込み、手当てさえしないことが、信じられなかった。

だが、最も衝撃的だったのは、王都から戻った父が開口一番、歌吹に「おまえが雛女となれ」と告げたことだったかもしれない。

玄家の中で、すでに舞照は完全に、「いない存在」となったのだ——。

歌吹は、目も眩むような怒りと、そして絶望に囚われた。

舞照の帰還以降ずっと、こっそり離れに通って看病をしていたが、火傷は一向によくならない。

どれだけ薬草を与えても、膿《うみ》は広がるばかりで、今や火傷を負った右腕だけでなく、全身がまだら状に腫れ上がっていた。高熱が続き、ろくに話せもしない。

熱に浮かされた舞照が、意識を取り戻す合間合間で、「歌吹」と弱々しく、なにかを伝えようとするたび、歌吹は泣いて、「話さなくてよいのです」と彼女の手を握り締めた。

ほんの一欠片の体力すら、無駄にしてほしくなかった。

なにより、今舞照の話す言葉が遺言になってしまったらと思うと、怖くて仕方がなかった。

ひどい膿に、高熱。

この奇妙な火傷に、桂皮《けいひ》では効かぬのだ。もっと強力な薬草でなければ。

離れに叩きつけられる雪。

その重みで屋根が軋《きし》むぎしぎしという音が、まるで死の国へと続く轍《わだち》音のように聞こえる。

歌吹はある夜とうとう叫び出し、沓《くつ》も履かぬまま鍛冶場へと走り出した。

温かな場所、自分たちに笑いかけてくれる大人のいる場所を、歌吹はそこ以外に知らなかった。

「助けて！　助けてください！　このままでは、ね、姉様が……！」

炉を操り、鉄を叩く過程で、しょっちゅう火傷を負っている鍛冶場の職人たち。

彼らが愛用するという秘伝の薬草――霊麻《れいま》を分けてもらえたら、という、一縷《いちる》の望みもあった。

「それがよ、歌吹嬢ちゃん……」

ところが、親しく交流していた頭領の歯切れは悪い。なんでもその年に限って、彼らもまた霊麻が手に入らず困っているということだった。

行商人によれば、北領にたどり着くまでに、王都で買い占められてしまうのだという。

焦れた歌吹は、馬に飛び乗り、雪の中、王都までを駆け抜けた。

懸命に訴えても、家人の誰も、霊麻を入手しようとしなかったからだ。

当時十六の娘が、飲まず食わず、寝る暇さえ惜しみ、馬を駆る。

たった二日で往路を踏破し、だが、たどり着いた歌吹に突き付けられたのは、王都にさえ霊麻がないという現実だった。

舞照の手紙によれば、王都の民には見向きもされていなかったはずの霊麻。

だというのに、この数日で、誰かが霊麻を買い占めていた。

買い手の相貌は、店によって説明が様々で、素性が一向に掴めない。

必死の形相の歌吹に同情したか、王都の薬屋たちは、ざるの隙間に残った屑《くず》のような霊麻を渡してくれた。歌吹はそれを掻き集め、さらに解熱や排膿に効果があるという薬草を片っ端から買い集め、急いで北領へ戻った。

だが——離れに駆け込んだとき、すでに、薬草は必要なくなっていた。

あれだけ高熱に苦しめられていた舞照の体は、すっかり、冷え切っていたからだ。

「舞照姉様……？」

目の前の光景が信じられなかった。

ふらりと引き寄せられるように筵《むしろ》の傍に座し、床に投げ出されていた姉の手に触れる。

氷のような冷たさに、思わず喉元までなにかの言葉が込み上げ、だがそれは、形になる前に掻き消えた。

「姉様、舞照姉様」

急いで両手で舞照の手を擦《こす》るが、熱は一向に染み込まない。

「冷たい……」

おかしい、という思いが何度も頭を巡った。

おかしい。いつも温かだった姉の手が、こんなに冷えているなんて。おかしい。

温めてくれると、言ったのに。

「おかしい……冷たいです、舞照姉様……」

呆然と見開いた歌吹の目に、そのとき白いものが映り込んだ。

握り締めているのとは反対の手。

だらりと床に横たえられた姉の手には、紙片が握り締められていた。膿取りに使っていた紙だ。

そっと引き抜いてみれば、そこには、いつもの舞照からは考えられない、引っ掻くような筆致で、短い文章が綴られていた。

歌吹

霊麻は、もういい。

筆すら持たず、指で。

墨の代わりとなったのは、膿まじりの血。

泣くな。

元気に、過ごしなさい。

愛している。

この状況にあってすら、姉が綴ったのは、他者を思いやる言葉だった。

「う……」

紙を持つ手が、震える。

文章の終わりには、もはや字とも呼べぬほど崩れた筆跡で、「舞照」とあった。

普段、手紙の最後には「姉より」としか書かぬ彼女が、あえて名を添えたのは、この文章が、それだけ重大なものだからだ。

遺言。

目の前の紙の正体を理解したとき、歌吹は咆哮《ほうこう》のような泣き声を上げていた。

「あああああああっ」

憤ろしかった。許せなかった。自分を含めた、なにもかもが。

なぜ傍にいてやらなかった。いったいなぜ姉の話を聞こうとしなかったのか。

なぜ家人の誰一人として彼女を看取《みと》らなかった。なぜ親は姉を見捨てた。

なぜ舞照がこんな目に。なぜ。なぜ。

「許さない……」

俯《うつむ》いた頬を涙が伝い、手紙に落ちる。

乾いてどす黒くなっていた舞照の血が、涙に溶かされて、じわりと輪郭を滲《にじ》ませた。

その、うごめく闇のような色形が、歌吹の胸の奥深くに巣食ってゆく。

もしかしたら、この不幸のきっかけは、些細《ささい》な誤解だったのかもしれない。だがそれをこうまで膨らませ、姉の命を奪った人間を、歌吹は絶対に許さない。

霊麻を買い占めた人間を。姉を見捨てた親たちを。

まるで役に立たなかった自分を。

「許さない……」

手紙からゆっくりと顔を上げたとき、歌吹の黒い瞳は、ぎらりと光っていた。

「誰だ……」

黒幕を探さねばと思った。

すでに箝口令が敷かれたことで、一切の記録は焼かれ、玄家の人間も後宮の人間も、この事件に触れようとする者は皆処罰される。

それでも。

たとえどんなに長い時間、息を潜めてでも、必ず真相にたどり着くのだと、歌吹は決めた。

雛女にだってなってやる。不在だった賢妃が事情を知らぬなら、自ら動くしかない。

歌吹はふらりと立ち上がり、無言で涙を拭った。

泣くなというのが、姉の最期の願いだったのだ。ならばもう二度と、泣いてはいけない。

そもそも、姉を一人で死なせてしまった自分に、涙をこぼす資格などない。

体の内でめちゃくちゃに荒れ狂う感情を抑えこんでいると、不思議と、五感に薄紗《はくさ》が掛かったような、世界がすうと遠ざかったような感覚に襲われた。

奇妙に心が凪《な》ぎはじめる。寒さも、悲しみも感じない。

まるで、静まり返った黒い霧の中にいるかのよう。

ぼんやりと霞《かす》む世界の中で、復讐を願う心だけがくっきりと凝《こご》っていた。

歌吹は、一歩、足を前に進めた。

親に舞照の死を告げなくては。まずは従順な娘を装い、確実に雛女になるのだ。

敵意を押し隠し、後宮にいるはずの狸の尻尾を掴む。

そして、見事真相を掴み取ったその暁には。

「殺してやる」

歌吹は短く呟いたきり、強く唇を引き結んだ。

幼さを排除した低い声は、奇《く》しくも舞照のものにそっくりだった。

1. 玲琳、真似る

しんと静まり返った、後宮の夜。

梨園《にわ》の外れに位置する小池には、うっすらと氷が張り、あたりには冷えた夜風が吹き抜ける。

そんな寒々しい小池の近くを、ぞろぞろと進む女たちの姿があった。

「まこと不甲斐《ふがい》のうございますわ。この体であってさえ、慧月《けいげつ》様を抱き上げることができぬなど。ね、慧月様。向こう三日ほど、この体の上腕筋と背筋を重点的に鍛えてもよいですか?」

頬に手を当て、ほう、と白い溜め息を吐き出しながら告げるのは、朱家《しゅけ》の雛女《ひめ》・慧月——の体に収まった、黄《こう》 玲琳《れいりん》。

「いや、玲琳様。普通、女が同年代の女を抱き上げるのは無理なんで、そこ、悔しがる必要はまったくないと思います」

すぐ後ろから、生温かな笑みを浮かべて突っ込むのは、黒髪の厨《くりや》女官に扮した莉莉《りーりー》。

「荷物持ちなど、女官にさせればよいのです。が、常に極みを目指そうとするそのお考えは、まこと立派でございます」

「ちょっと、冬雪《とうせつ》、今わたくしを荷物呼ばわりしたわね!? というか黄 玲琳、ふざけるんじゃないわよ。人の体を勝手にムキムキにしたら、ぶち殺してやるから」

　さらに続くのは、慎重な手付きで「黄　玲琳」の体を抱きかかえる冬雪と、その中に魂を収めた朱慧月である。

　彼女たちは、古井戸のあった梨園《にわ》の北側から、朱駒宮《しゅくぐう》や黄麒宮《こうきぐう》へと続く南側に移動しているところであった。

　救出されたばかりの「黄　玲琳」の体、というか慧月のことは、玲琳が「わたくしが抱いて運びます！」と腕をまくったのだが、あっさりとその役目を冬雪に奪われていた。

　井戸から引き上げるときこそ、火事場の馬鹿力を発揮した玲琳だが、やはり継続的に運ぶとなると、怪力を誇る玄家筋《げんけすじ》の冬雪には敵わなかったのである。

「ですが悔しいですわ。この体でもできないことがあるなんて……。いいえ、できます。三日ください。わたくしは己と慧月様の可能性を信じる。必ずや、この体をさらに鍛え上げてみせます」

　先ほどから玲琳は、しきりと慧月を振り返りながら、悔しそうに告げているのだった。

「だから、鍛えるなって言っているでしょう。というか、抱き上げてくれずとも、普通に歩けるわよ。さっさと下ろしてちょうだい」

「だーめ。なにしろ慧月様は、先ほどまで井戸に浸かっていた身ですもの。安静にしませんと」

「だ、か、ら！　あなたが玄　歌吹《かすい》の探索をやめれば、すぐにでも横になって休んでやると言っているでしょう！　さっさと諦めなさいよ！」

「嫌ですもん」

「はあああああ!?」

初めての「喧嘩」と「仲直り」を経てから、二人のやり取り、特に玲琳からの言葉は、少しだけ気安いものになっている。

(玲琳様が「もん」って言った……)

(なんと……玲琳様が「だーめ」などと口調を崩すのを、初めて聞いたぞ)

莉莉と冬雪はちらりと視線を交わし合ったが、当の玲琳たちは特に気付いていないのか、やいやいと言い合いを続けていた。


「一気に巻き返してみせますわ」

井戸底からの脱出を図るべく、慧月が玲琳と体を入れ替えたのは、つい先ほどのことだ。

軽く手を握ると、健康な体はそれだけで全身に熱を行き渡らせる。

つい先ほどまで、文字通り死にかけていただけに、体を巡る熱に玲琳はしみじみと感動した。

ああ、吐き気がない。息がすんなりと肺に届く。覚悟を決めずとも自在に手足が動き、どこも痛まない。いったいなんという幸福だろうか。

胸が元気な鼓動を打つたび、気力と感謝が湧き上がり、うっかり涙ぐみそうになる。

絶対にこの恩を返さなくては、と思うと同時に、この数日の記憶が次々と蘇《よみがえ》り、玲琳の心を強く急《せ》き立《た》てた。

（ここまでずいぶん、のんびりしてしまったものです）

なんといっても、慧月と喧嘩したのがいけなかった。

厳粛な鑽仰礼《さんぎょうれい》の最中に起こった、化粧品への異物混入や天幕の倒壊。

藍家《らんけ》や金家《きんけ》の怪しい動きを追及しようと思っていたはずなのに、喧嘩で塞ぎ込むあまり、玄 歌吹に背後を許してしまった。

思い詰めた様子の歌吹。霊麻《れいま》の話をしていたかと思えば、いきなり殴りかかり、玲琳を井戸へと投げ込んだ。強い、殺意。

彼女にはぜひ、凶行に走った事情を洗いざらい白状してもらわねば。

かつ、鑽仰礼に横やりを入れ、しかも慧月との仲違いを煽《あお》った金 清佳《せいか》や藍 芳春《ほうしゅん》とも、よくよく「話し合い」をせねばならぬだろう。もちろん、鑽仰礼・終の儀も、つつがなくこなす。

そう。一気に巻き返すのだ。

不敵に目を細める玲琳とは裏腹に、膝から下を濡らした慧月は、最初、歯をがちがち鳴らして震えていた。

「まっ、巻き、巻き返す……!?」

「ええ。まずは歌吹様に事情を伺いませんと。善は急げ。すぐに歌吹様の探索に向かいますわ。でもその前に、慧月様です。わたくしと入れ替わったばかりに、こんな……。とにかく、体を温めねば」

玲琳はいたわしさに眉を寄せ、慧月を振り返った。

歯の根が合わぬほど震えている友人が心配だったのだ。

「今すぐ四阿《あずまや》に運びますからね。薬湯も最強のものを煎じますわ。頭の傷もよく冷やしましょう。大丈夫。歌吹様を含む諸々は、全部わたくしが片付けますから、慧月様は養生していてくださいね」

「い、いいえ、そうじゃなくて……」

「ああ、こんなに濡れてしまって。話している場合ではありません。安静が必要ですわ。指一本すら動かしてはなりませんからね」

声を掠《かす》れさせている友人を見ると、申し訳なさと、養生させねばという使命感が込み上げる。

だが、玲琳が両手を取ると、慧月はひくりと顔を引《ひ》き攣《つ》らせ、勢いよくその手を振り払った。

「だから！」

腕が風を切るのと同時に、莉莉に持たせていた松明《たいまつ》の炎がぶわりと膨らむ。

「うわあ！」

炎は莉莉に悲鳴を上げさせ、慧月の下半身を獰猛《どうもう》に包み込んだかと思えば、次の瞬間には、飽きたように引いていった。

ぽかんとする一同の前で、慧月はふんと鼻を鳴らした。

「もう乾いたわ」

「え……っ？」

「道術で乾かしたと言っているの。言っておくけど、普段、人前では絶対にしないんですからね。便利屋扱いしないでちょうだいよ」

びしっと指を突き付けてから、慧月は思い切り眉を跳ね上げて玲琳に凄《すご》んだ。

「あなたねえ、自分のことは死にかけるまで放置するくせに、他人の衣がちょっと濡れただけで、大げさなのよ。よくって、わたくしは看病しろなんて言っていない。落ち着けと言っているの」

　忌々しげに告げる相手に、玲琳はこう尋ねずにはいられなかった。

「え……ですが、ひどい気分でございましょう？」

「そりゃあもう最悪よ。濡れていなくても冬の夜は寒いし、頭のたんこぶだって痛いわ」

「いえ、その程度ではなくてですね、もっと目眩《めまい》とか吐き気とか、熱とか動悸《どうき》とか……」

　慧月はしばし眉を寄せたが、やがてきっぱりと首を振った。

「入れ替わった瞬間は、たしかに死ぬかもと思うほど苦しかったけれど、今はべつに平気」

「ええ!?」

「だから、すごく寒いし、頭も痛いわよ。ただ、歩けないほどじゃない」

　あっさりと言ってのける慧月を、玲琳はまじまじと見つめた。

　以前にも感じたことだが、慧月は、この自分の脆弱《ぜいじゃく》な体にいながら、なぜこんなにも元気よく振る舞えるのだろう。

　もしや道術には癒やしの効果でもあるというのか。

　それとも、日頃の自分が苦しみに弱いだけで、あの程度の病苦は、他者にとっては屁《へ》でもないということなのだろうか。

（いえ、でも……初回に入れ替わったときは、たしかに慧月様も苦しんでいらっしゃいましたよね。それも、日頃のわたくしよりも、よほどひどく）

なんとも腑《ふ》に落ちない。

悩んだ玲琳は、ひとまず「気合いということなのかも」と結論した。

かつて慧月が「黄 玲琳」の体で苦しんだことがある以上、入れ替わると病苦がなくなる、というわけではないのだろう。

とすれば、単に彼女が体調不良に慣れてきたのか、それとも気合いで抑えこんでいるだけだ。

自分とて、大切な儀式などは、ほぼ精神力で乗り切っているのだから。

緊張すれば、体は自然と病苦を無視する。だがそれはあくまで一時的なものであって、その後の反動はひどいものだ。玲琳はますます心配になった。

「今は平気に思えても、やはりきちんと休むべきです。さあ、四阿に参りましょう」

「で、わたくしが休んでいる間、あなたはどうすると言うの？」

「ですから、まず迅速に歌吹様の探索を」

「だから、それをやめろと言っているの！」

慧月はくわっと牙を剥いた。

「よくって、今あなたはわたくしの体にいるのよ。あなたが無茶をすると、わたくしの体が傷付くの。また襲われでもしたらどうするの!?」

「大丈夫。同じ過ちは繰り返しませんし、この体なら確実に、襲われる前にやり返せます。慧月様のお体は最高にして最強です。どうかご自身を信じてくださいませ」

「よくわからない自慢はやめて！　いい？　『黄 玲琳』を井戸に沈めた玄 歌吹は人殺しの罪人よ。

そして罪人というのは、自分で捕まえるのではなく、鷲官《しゅうかん》に突き出すべきものなの。どのみち今は、鷲官たちが『黄 玲琳』を捜して、後宮中を捜索しているはず。すぐに捕まるわ」

語調を強めて言い切った慧月の前で、玲琳は少しだけ考えるように、眉を寄せた。

「ですが、歌吹様は結局、『黄 玲琳』を殺していません。とすれば、彼女はまだ、人殺しの罪人ではありません」

「はああ⁉ そんなの結果論だし、だいたい、頭はしっかり殴られたでしょうが！」

「ええ、そうですね。そうなのですが……わたくしはまず、歌吹様の事情を知りたいのです」

慧月が身を乗り出してたんこぶを見せつける一方で、玲琳は、四阿での一幕を思い出していた。

――あのとき霊麻を買い占めていたのが、玲琳殿だったなんて。

気絶する直前に視界に捕らえた、歌吹の顔。

ひどく歪《ゆが》んだその顔には、どす黒い憎悪のほかに、こちらの胸が苦しくなるほどの、深い絶望が滲《にじ》んでいるように見えた。

ろくに証拠隠滅もせず、玲琳を古井戸に放り込んだのは、それだけ彼女が衝動的だったからだ。

急いた足取り。切羽詰まった雰囲気。

彼女は、今夜中に、なにかことを成そうとしている。

それは歌吹にとって、とてつもなく重大なことで――それが「成って」しまえば、あるいは失敗したとしても、もう彼女は人生を投げ出してしまうつもりなのかもしれない。

（そんな逃げ方は、許しませんわ、歌吹様）

玲琳は、歌吹が「身内」を三年前に火傷で失ったことや、どうやらそれには祈祷師《きとうし》が関与しているらしいこと、霊麻の存在が重要であったこと、そして黄家が霊麻を買い占めたと誤解したからこそ襲ってきたのだということを、かいつまんで説明した。

「あのときの歌吹様は、凶悪な犯罪者というより、手負いの獣のようでした。事情も語らず、衝動的にわたくしを襲った……。わたくしは、今夜中、鷲官より早く歌吹様を捕まえたいのです。事情を、歌吹様自身の口から伺いたい」

「『きっと事情があったはず』って？　あなた、どうかしているわよ」

慧月は呆れを隠さなかった。

「手負いだろうがなんだろうが、こちらを傷付けたのは事実でしょう？　なぜ敵を庇《かば》おうとするの？　甘すぎるのよ、あなたは！」

「いいえ、慧月様。事情を問いただすのは、庇いたいからではなく、きちんと報復したいからです。だって、相手の罪を正確に把握しないことには、適切な強さで殴れませんでしょう？」

舌打ち交じりの言葉を、玲琳はあくまでも笑顔で受け止めた。

「平手打ちで済ませるのか、息の根を止めるのか。相手を知らぬことには、なにも始まりません」

慧月が絶句したのをいいことに、ひょいと相手の腋下《えきか》に手を差し込もうとする。

「というわけですので、慧月様をお送り次第、歌吹様を捜してまいりますね。行き先も、少々心当たりがありますし。さ、慧月様、わたくしに掴まってください」

「ま、待ちなさい！」

圧倒されていた慧月は、ぶるぶると首を振って理性を取り戻した。

「だめよ。下手に動いて、入れ替わりが露見したらどうするの。殿下にばれたらその場で妻にされても文句は言わない、という賭けは、まだ続いているわけでしょう!?」

「ああ、まあ……」

玲琳は「今思い出した」と言わんばかりに目を瞬かせた。

ついで軽く力こぶを作りながらにこっと笑い、黄家特有の楽観的な相槌《あいづち》を打つ。

「大丈夫ですよ」

「あなたの『大丈夫』は前向きすぎて雑なのよ！」

「だって今回は、いわば人命救助のための入れ替わりですし、きっと特例ですよ。それに、慧月様の物真似も、少しずつ練度が上がっていると自負しております。もし殿下や鷲官と遭遇しても、次こそは見事『朱 慧月』を演じおおせてみせます」

「あの実績でどの口が言うの！」

慧月は絶望の叫びを漏らしてから、やがて、地を這《は》うような声で凄んだ。

「……わたくしも行くわ」

「え？」

「あなたが玄 歌吹のもとに行くと言うなら、わたくしも付いていってやる。安静なんて絶対してやらないから。それが嫌なら、玄 歌吹の探索は諦めることね」

もちろん彼女としては、脅したつもりだ。

だが、玲琳は、まじまじと慧月を見つめた後、「ええと」と、照れたように頬に手を当てた。

「早速、慧月様の発言を『うまく解釈』してみるのですが……もしや、『わたくしの健康と玄 歌吹、どっちが大事なのよ⁉』と仰《おっしゃ》っています？」

「はあ⁉　な、な……！　なにを言っているの、違うわよ！」

「あら。では、『あなた一人じゃ心配。絶対に離れないわよ！』と？」

「違う！　そんなこと、一言も言っていないでしょう⁉」

裂帛《れっぱく》の気合いを込めて否定すると、玲琳は「そう」と神妙な顔で頷いた。

「慧月様はなにも仰っていない。なので、わたくしはこのまま、参りますね」

まるで屁理屈の手本のような主張である。

玲琳はそのまますたすた歩きはじめたが、慧月が顔を真っ赤にして「黄 玲琳！」と叫ぶと、心配そうに振り返った。

「そんなに叫んでは体に障りますわ。気になるなら付いてきて構いませんが、やはり体調第一です。危険、とわたくしが判断したら、冬雪に命じてでもお戻りいただき、静養していただきますからね」

「な……」

慧月は思わず、ひくりと口の端を引き攣らせた。

（こ、この女……っ）

ついさっきまで死にかけて、めそめそと死の覚悟を固めていたくせに。

助かった途端、というか入れ替わった途端、このなにもかもを薙《な》ぎ倒してゆくような、豪快かつ強引な振る舞いはなんなのだ。

「なんて女なの！　あなたなんか、大っ嫌いよ！」

わなわなと手を震わせ、相手が唯一苦手なはずの言葉を、声を荒らげてぶつけてやる。

「まあ大変」

だが、黄 玲琳は両手で口元を覆った後、そっとその手を胸に当て、目を潤ませながら微笑んだ。

「『大好き』って、言われてしまいました……」

その、喜びを噛み締めるような、花が綻《ほころ》ぶような、笑み。

自分の顔をしているはずなのに、なぜか馬鹿みたいに幸せそうな表情に見えて、慧月は思わず、続ける言葉を見失ってしまった。

「あーあ……」

莉莉は遠い目をして諦めの微笑を浮かべ、冬雪はただ淡々と頷く。

健康な体に収まった、鋼の精神の持ち主を、誰も止められるわけがないのだった。


「ここが、女官たちが私物を打ち捨てているという蔵ですね、莉莉？」

途中から足音を殺し、小池から西にそれて歩くことしばし。

玲琳たちがたどり着いたのは、月光に青く照らされた、廃墟のような蔵だった。

湿気を避けてか、高床式で作られているが、その甲斐なく漆喰《しっくい》は剥がれ落ち、むき出しになった中

の木材までもが腐っている。

半ば崩れた扉のほかには小窓すらない。

まさに物置のような蔵であったが、砕けた瓦や、痩せた板の隙間が、明かり取りの役目を果たしていると言えば言えた。

「なにこれ、今にも崩れそうじゃないの」

「ええ、まあ……。床も腐ってあちこち抜けていますし、荷物を詰め込みすぎているせいで、うまく引き抜かないと、棚が倒れたり、頭上から物が落ちたりしてくるんです。それにさえ慣れれば、なにかと便利なんですが」

「…………」

慧月が嫌そうに眉を寄せると、莉莉は肩を竦《すく》めて説明する。

「ここに物を拝借しにくるような人間は、たいてい切羽詰まっているので、死ぬ気で慣れます」

付け足された言葉に、慧月はちらりと女官を振り返り、ついでばつが悪そうに顔を逸《そ》らした。

かつて莉莉が「切羽詰まっていた」、その原因の一端は慧月自身にあったからだ。

「とにかく、この中に大勢で踏み入るのは危険そうですね。皆様は、ここでお待ちを」

と、気まずくなりかけた空気を戻すように、玲琳が告げる。

彼女は蔵の壁に向かって目を細め、静かに頷いた。

「いらっしゃるようです」

痩せた板の隙間から、ちらりと炎の影が見えたのである。

よくよく耳を澄ませれば、時折、どさっ、と紙の束のようなものが落ちる音も聞こえた。

どうやら、蔵の中の人物は、火をかざし、なにかを漁っているらしい。

「あれは……玄 歌吹なの？」

「おそらく。歌吹様は、莉莉が蔵の話をしたときに、やけに反応しておいででした」

記憶をたぐり寄せながら、玲琳は頷く。

そわそわとし、会話を打ち切って外に出ていこうとする様子さえ見せた。

四阿に見舞いに来てくれたとき、歌吹は莉莉の話を聞いて、明らかに顔色を変えていた。

――……そうか。蔵。

――外に、持ち出せない……。

おそらく彼女は、「検閲を経ず秘蔵された女官の日記」という部分に、強く反応したのだろう。

怒りのまま玲琳を井戸に投げ込んだ後、彼女が向かう先があるとすれば、それはきっと蔵だ。

「歌吹様は、なにかを探っているご様子でした。三年前に亡くなったという身内。火傷。祈禱師。霊麻の買い占め。詳細はよくわかりませんが、おそらく歌吹様は、身内を死に至らしめた事件の手掛かりを、探そうとしているのではないでしょうか」

断片的に得られた情報を繋いでいると、「三年前……祈禱師……？」と、冬雪がはっとしたように顔を上げた。

「冬雪？　なにか心当たりが？」

「いえ……」

いつも淡々としているはずの女官が、言いよどんでいる。

玲琳が改めて促すと、冬雪は「又聞きでしかないのですが」と前置きし、告げた。

「三年前、ちょうど今と同じ陛下の誕辰《たんしん》の折、安妃《あんに》様は祈禱のために参内しておいででした。女たちのため、数日だけ後宮に赴き、平安符《おまもり》を授ける集会を開いてくださったそうなのですが、その際……ちょっとした騒ぎがあったと聞き及んでおります」

「騒ぎ？」

「はい。奴婢《ぬひ》の女が刃物を振り回し、祀火《しか》で火傷を負って処分されたと。ただ、皇后陛下はその際、誕辰の準備で後宮から出ていたので、陛下付きであったわたくしも、詳細を存じませぬ」

冬雪は申し訳なさそうに眉を寄せてから、一層声を低めて付け足した。

「慶事の直前に、暴動を許したとは不穏なので、事件のことは語るなと……。皇太后陛下より通達もありました」

「皇太后陛下から……」

前皇帝の正妻にして、現皇帝・弦耀の母。すでに後宮を去り離宮で暮らしているため、日頃遭遇することはないが、その権力はいまだ絶大である。

「その『奴婢の女』というのが、歌吹様の身内だということはありえますか」

「この件には、箝口令《かんこうれい》が敷かれているのでございます」

誰より玲琳に忠実なはずの筆頭女官が、言葉を濁す。

「箝口令が敷かれた場合、記録や、当時を知る者がすべて処分されるだけでなく、……耳に馴染みやすい、偽りの情報が撒《ま》かれることもあります」

婉曲に告げられた内容が、冬雪に答えられるすべてのようだった。

なるほど、と玲琳は頷く。

おそらく三年前、この後宮内で事件はあった。

しかし記録は焼かれ、当時を知る者は退去させられ、偽りの噂だけが残った。

だから歌吹は、真実を求めてあちこちを探っているのだろう。

玲琳は再度「なるほど」とだけ呟くと、皆を置いてさっと蔵に近付いていった。

「あまり、大勢で事件に触れに行かぬほうがよさそうです。慧月様は、冬雪や莉莉とそこで待っていてください」

「玲琳様！」

「黄 玲琳！」

ぎょっとした三人が追いかけてこようとするのを、手だけ突き出して「静かに」と制する。

こういうときは、心配性の周囲があれこれと制止してくる前に、さっさと行動するに限るのだと、玲琳は知っていた。

案の定、こちらが動いてしまえば、敵に気取られるのを恐れた三人は、それ以上騒ぐこともせず、天を仰いだり溜め息をついたりしている。

玲琳は彼女たちに向かって、唇の動きで「ごめんなさい」と詫《わ》び、あとは気配を殺しながら、壁に身を這わせた。

幸いと言うべきか、ぼろぼろの扉には手首が通るほどの隙間ができていたので、そこから蝶番《ちょうつがい》を押さえ、音が鳴らぬようにして踏み入る。

ほんのわずか、夜気が流れ込んだが、蔵の奥にいる相手はそれに気付かなかった。

木が痩せて不揃いになった床板につまずかぬよう、そろりと足を進める。

暗い視界に目を慣らし、いつもの癖で、倒壊や落下の危険があるものを確認した。

結果、どこもかしこも危険だとわかり、思わず苦笑が漏れた。

なにしろ、狭い通路の両脇にずらりと棚が並んでいる。

相当古いと見えるその棚に、文具や化粧道具、衣櫃《きぬびつ》や書物がぎっちりと詰め込まれ、通路にせり出しているので、ものすごい圧迫感だ。どの棚も、いつ倒れてくるかわからぬし、床ごと抜け落ちてしまう恐れすらあった。

かび臭い空間を、棚の隙間から相手の姿が見える距離まで、一歩一歩近付いていき――。

はたして、玄　歌吹はそこにいた。

彼女はちょうど蔵の中央のあたり、特に書物を多く収めた棚の下に座り込み、引っ張り出した紙の束を、熱心に読み込んでいるところだった。

「くそ、詳細の記述はないか。だが、やはり、祈禱師……」

脇に膨大な量の書物を投げ出しては、次の書物を燭台《しょくだい》の火にかざしている。

おそらくあれが、女官たちの打ち捨てた日記なのだろう。

「それに、金家と、藍家……」

「お探しのものは、見つかりましたか？」

背後から声を掛けると、歌吹がはっと顔を上げて振り返る。

玲琳は己の目に片手をかざしながら、もう片方の手で、手近にあった書物を燭台に向かって投げつけた。

書物はうまいこと燭台を薙ぎ倒し、ガシャン！　という音とともに火が消える。

「な……っ」

明るいところから突然周囲を暗くされ、視力を落とした歌吹に、一気に肉薄した。

体当たりして馬乗りになり、相手の首元に、曲げた肘を突き付ける。

「歌吹様に伺いたいことがあり、参りましたの」

「朱、慧月殿……？　なぜここに」

身じろぎしようとした歌吹を、玲琳は肘に少し力を込めることで、再び床に押し付けた。

「鷲官たちに見つかる前に、手短にお答えいただけますか。雛女がこんな蔵で、女官の日記を漁っているのはなぜなのか。祈禱師様や金家、藍家に恨みを抱いているようなのはなぜなのか」

「な……」

「そして、霊麻の買い占めを憎み――井戸に黄 玲琳を沈めて殺そうとしたのは、なぜなのか」

顔を一層近付けて囁《ささや》くと、肩からこぼれた黒髪が、はらりと歌吹の顔にかかる。

「……玲琳殿は」

歌吹はしばし沈黙していたが、やがてぽつりと呟いた。

「助かったということか」

「ええ。慧……わたくしが引き上げました。そのときに諸々の事情を把握し、今、わたくしがここにいます」

やはり、玄歌吹の頭の回転は速い。

彼女は下手な釈明をせず、そのまま黙り込んだ。

すでにごまかしの利く状況ではないということを、瞬時に理解したのだろう。

なぜ「朱　慧月」が「黄　玲琳」を救うのか。またなぜ、「朱　慧月」は「黄　玲琳」の危機に駆けつけることができ、彼女はどこまで事態を把握しているのか。

きっと歌吹の中では疑問が渦巻いているはずだ。

だが、そうした質問もすることなく、沈黙を続ける相手に、玲琳は小さく溜め息を落とした。

ぺらぺらと露悪的に罪を自白するような、底の浅い人物ではないということだ。

「だんまり、でございますか。困りましたね。ここで答えていただけないと、鷲官に突き出すことになってしまうのですが」

だが歌吹は玄家直系の女だ。きっと拷問なんて、玲琳以上に耐性があるだろう。

仕方なく、玲琳は周囲に散らばる書物へと視線を転じた。

「これが、女官の日記ですか？　どうやら、大したことは書かれていなかったようですね。けれど、表紙の色から、どの宮の女官のものかはわかる。金家と藍家のものが、やたら多く見えると、そういうことですか――」

ぶんっ！

玲琳が相手から目を離したその瞬間、風を切る音が聞こえた。

歌吹が、あたりに転がっていた硯《すずり》を掴み、玲琳の頭に向かって振り下ろしたのだ。

「あらあら」

だが、鈍器は頭を殴りおおせる前に、籠もった音を立てて、なにかにぶつかった。

やはり手近に転がっていた書物を拾い上げた玲琳が、それを盾に硯を受け止めたのである。

「同じ失敗は繰り返しませんわ」

「え……？」

不意打ちだったはずの攻撃を封じられ、歌吹が愕然《がくぜん》とする。

その隙を突き、玲琳は歌吹を再度床に突き飛ばそうとしたが、敵もさる者、素早く身をよじってそれを躱《かわ》した。

のみならず、こちらの顎めがけて、勢いよく足を蹴り上げてくる。

「きゃっ」

昏倒《こんとう》を狙った容赦のない攻撃に、玲琳は急いで仰《の》け反《ぞ》った。

なんと鋭い蹴りだろう。さすが玄家の女と言うべきか、まったくもって姫様戦法とは思えない。

（わくわくしてしまいますね）

言い訳も、質問もしない。ただ最短距離で、自分を妨げる者を排除する。

戦士ですらない、暗殺者のようなやり口に、思わずこちらも気が昂《たか》ぶってきた。

もともと玄家の人間は、寡黙な者が多い。事情を問いただしたところで、素直に答えてくれるはずもない、というのは、半ば想定されたことではあった。

追い詰められた様子の歌吹に事情を問うたところで、逆上して襲いかかってくることも。

(口では話したがらない、となれば、拳での語り合いに移行するほかございませんよね)

ごく戦闘的な所感を抱いた玲琳は、勢いよく背後に飛び退き、身構えた。

歌吹も跳ねるようにして立ち上がり、拳に肘に足にと、次々と攻撃を浴びせてくる。

風を切る音から察するに、その一打一打、一蹴り一蹴りが、途方もなく重い。

ひとつでも食らってしまえば、たとえ「朱 慧月」の大柄な体であっても、即座に床に沈められてしまうだろう。

よって玲琳は、相手の間合いには踏み込まず、攻撃を躱す合間に、次々歌吹に物を投げつけた。

書物、文箱、目潰しの灰。反物。壺に香炉まで。

どれも相応の速度が出ていたと自負するが、歌吹はそれらを難なく躱す。

青白い月光が途切れ途切れに差し込む空間で、けたたましい落下音が響き、そのたびに埃《ほこり》が激しく舞い上がった。

歌吹は風を切るようにしながら、拳や足を繰り出す。玲琳は暗がりに身を寄せ、あるいは物を倒して足場を封じ、ひらりと舞うようにして攻撃を避けた。

が、やはり、玲琳が防戦に努めるぶん、歌吹のほうにやや、分があるだろうか。

二人の間合いは変わらぬものの、やがてじりじりと、玲琳のほうが圧《お》されはじめた。

少しずつ、蔵の中央から、壁の側へと追いやられてゆく。

歌吹の蹴りが、かすっただけでも壺を粉砕するのを見て、玲琳は口を開いた。

「歌吹様。やはり戦闘からはなにも生まれないように思えてきました。対話しませんか。ね」

「黙れ」

「べつに、そちらの事情を吹聴してまわるつもりはございません。そう攻撃的にならず、事情をお聞かせくださいませんか。こちらからも、お伝えしたいことがありますし」

「黙れと言っている」

「ですが、歌吹様、これはあなた様のためでもあるのですよ。あのですね、そんなに全力で戦いなんかしては――」

「黙れ！」

玲琳の説得を、歌吹は叫び声で遮る。

「誰にも復讐の邪魔などさせない！」

夜目にもわかるほど瞳をぎらつかせ、渾身《こんしん》の一撃を放つべく、歌吹が大きく左足を踏み込んだ、そのときのことだ。

――ばきっ！

ひときわ大きな音が響き、歌吹の体ががくりと沈んだ。

「…………!?」

歌吹が体重を掛けた部分の床が、腐蝕《ふしょく》して抜け落ちてしまったのである。

左足だけを一気に膝まで沈めてしまった歌吹は、さすがに体勢を崩し、その場に両手を突いた。

「全力を掛けていては、床が抜けてしまいますよ、とお伝えしたかったのですが……」

玲琳はしみじみと、頬に手を当てて呟いた。

「少し、遅かったですね」

「くそ……っ」

「あともう一つ。黙れと言われておきながら、話し続けてしまって恐縮なのですが――」

膝を引き抜こうと躍起になる歌吹の前で、玲琳は相手の頭上を指差した。

「きちんと屈《かが》みませんと、ほら、危ないですよ」

次の瞬間である。

――どぉ……んっ！

これまでの比ではない轟音《ごうおん》を立てて、片側の棚が倒壊した。


「きゃあ！」

少し離れた場所から蔵の様子を窺っていた慧月は、尋常でない物音に思わず悲鳴を上げた。

「な、なに!?」

「まずい……！　たぶん、大きな棚が倒れたんです！」

莉莉もさっと青ざめる。

「玲琳様が下敷きになっていたらどうしよう！」

「どうしよう、じゃないわよ！　なんのためにここにいるの、早く救助しないと！」

慧月は、いまだに自分を慎重に抱き上げたままの冬雪を揺さぶった。

だが、誰より忠実なはずの女官は、顔に苦悩を浮かべ、小さく首を振るだけだ。

「いえ。今の状態の玲琳様なら、玄 歌吹に後れを取るはずなどありませんし、……なにより玲琳様は、あなたたちを避難させるよう命じられました」

なるほど、忠誠心が高いからこそ、主人を信じ、命に従うというわけだ。

しかし、慧月はそれを聞くや、カッとなって眉を吊り上げた。

「あなたねえ、いい加減にしなさいよ！」

目が眩《くら》むような怒りのまま、至近距離から胸ぐらを掴み、揺さぶる。

冬雪は、驚いた顔でこちらを振り向いた。

「どうして黄家筋の人間って、そう頑固なの!?　今回のことで、なにも学ばなかったというわけ!?　あなたたちが、あの女の言うことをはいはいと聞いてばかりだから、彼女の無茶は一向に治らないのでしょうが！」

「は……」

「たしかに黄 玲琳は機転が利くわよ、人格者よ、悪運もやたら強いし、今や健康で最強よ。でもね、あの女は甘いの！　考え方も脇もよ！　今だって、変に玄 歌吹に手心を加えて、やり返されていたらどうするの！」

冬雪が瞠目《どうもく》し、そしてその目を伏せる。

実際、主人が「たかが喧嘩」で心を乱したり、気もそぞろだったところを突かれて死にかけたりしたことは、冬雪の価値観を大いに揺るがす出来事だったのだろう。

「わたくしを下ろしなさい。自分で歩けるわ」

黄 玲琳の体に収まった慧月は、きっぱりと告げる。

「様子を見に行くわよ」

そうして、自らの足でしっかりと大地を踏みしめると、女官たちを引き連れて、こっそりと蔵に近付いていった。


――どぉ……ん！

「…………！」

蔵中に響き渡った轟音は、歌吹の悲鳴を掻き消すほどの凄まじさだった。

人の背丈を優に越す高さの棚は、勢いよく中身を吐き出しながら、反対側の棚にぶつかる。

そこで支えられて止まったのはよいが、上段に収められていた櫃や文箱、書物など、あらゆるものが、歌吹の上にぶちまけられた。

特に、一番上に大きな衣櫃が乗ってしまったせいで、払いのけようにも敵わない状況だ。

「ぐ……っ」

「床の一部が抜けると、床全体が傾いてしまうのが困りものですよね。棚の上段に重い物をたくさん詰めているのに、下段の物ばかり取り出して、重心が上がってしまったのもよくありませんでした」

下段の物ばかり取り出しては投げつけていた張本人。

さらには壁側に「避難」していたことで、しれっと倒壊から免れた玲琳は、棚の下に埋もれてしまった歌吹の前に、そっと膝を突いた。

落下した書物かなにかが当たったらしく、這いつくばる歌吹のこめかみから、血が流れている。

玲琳は傷をなぞるように、優しく指先を伸ばした。

「まあ、大変。痛そうですね」

「慧月、殿……っ」

歌吹は咄嗟《とっさ》に腕を振り払おうとしたようだが、身動きが取れず、代わりにぎろりと音が鳴るような鋭さで玲琳を睨み上げた。

「なぜ、わたくしの邪魔をする」

「誤解なさらないでください。わたくしはただ、親友の黄 玲琳が殺されかけたのが気に懸かって、歌吹様の事情を知りたくなっただけです」

「この状況でそう言われて、信じると?」

「不幸な事故でございましたね」

玲琳はいけしゃあしゃあと頷き、「『なぜ』と仰るのなら」と切り返した。

「こちらこそ、まだお答えを頂いておりませんわ。蔵で日記を漁っていたのはなぜで、祈禱師様や、金家、藍家を恨んでいるようなのはなぜで、黄 玲琳を殺そうとしたのはなぜなのか」

「…………」

「答えていただけないのなら、こちらで想像するしかありません。たとえば、歌吹様は先ほど『復讐』と仰った。では、身内の誰かが、祈禱師様たちに害されてしまったのか、ですとか」

考えを整理するように、頬に手を当てる。

「たとえば、三年前に後宮で暴動を起こし、火傷を負ったという罪人。その方が、歌吹様の身内にあたるのだろうか、ですとか――」

「姉様は罪人などではない！」

そのとき、歌吹が唐突に叫んだ。

思わず、という表現のふさわしい、悲鳴のような叫びだった。

歌吹ははっと息を呑み、すぐに俯《うつむ》く。

食いしばった歯や、握り締めた拳に、彼女の怒りと苦悩がくっきりと滲み出ていた。

玲琳は、静かな声で語りかけた。

「お姉君だったのですね」

「…………」

「寡聞にして、歌吹様にお姉君がいることを存じませんでした。これまでに玄家が、その方の存在について言及するのも、聞いたことがありません。なぜ、自家の娘がそのような事件に巻き込まれておきながら、玄家は沈黙を貫いてきたのでしょうか」

「…………」

「もしや、ご家族はこの件を隠蔽なさっている？　復讐とやらは、歌吹様たったお一人で？　……それはたしかに、こうした無謀も働いてしまうことでしょう」

得られた情報を繋ぎ合わせ、つい感想を漏らすと、歌吹の瞳が揺れる。

玲琳は改めて身を屈め、相手の顔をまっすぐに覗き込んだ。

「歌吹様。状況をよくご覧ください。今、あなた様のお命は、わたくしの掌の上。言い訳をしなくてよいのですか？　事情を教えてくださらないなら、わたくしはあなた様を鷲官に突き出すしかない」

そして、と、わずかに声を低める。

「一度罪に問われてしまえば、あなた様は、玄家の名声を完全に汚すことになる。ひいては、お姉君の誇りをも汚すことになるでしょう」

見下ろす玲琳の頬を、歌吹の握った拳を、隙間から差し込む月光が青白く照らす。

長い、沈黙。

宙を舞っていた埃が床に落ちた頃、歌吹が地を這うような声で呟いた。

「これ以上姉様の名誉を汚すことなど、許さない」

「ならば、話を」

凄まれても、玲琳は揺るぎなく応じる。

歌吹は、身動きの取れぬ状況に奥歯を噛み締め、血が滲むほどに拳に力を込めると、ようやく、口を開いた。

「……わたくしの姉、舞照《ぶしょう》は」

ぎらつく瞳は、相手を射殺さんばかりだ。

「本来、玄家の雛女となる人だった。それにふさわしい人格と才能を持つ……優しい人だった」

激情のあまり、ところどころ言葉を詰まらせながら、歌吹は三年前の出来事を語った。

「姉は毎日、わたくしに手紙を寄越してくれた。だがある日、賢妃様不在の折、祈禱師の集会に参加してくる、という手紙を記し……次には、右腕を焼けただれさせ、玄領に送り返された。後宮内に刃物を持ち込み、謀反の罪で炎尋《えんじん》の儀に掛けられたとだけ、説明があった」

「炎尋の儀？」

「獣尋の儀で使う獅子を、炎に替えたものだ。もはや処刑と同一化した、裁判だ。その場に権威ある祈禱師がいたゆえ、儀は速やかに行われた」

だが実際のところ、後宮でその日なにがあったのか、さっぱりわからないのだと歌吹は言う。

謎ばかりが残った。いいや、箝口令のせいで、謎さえ掻き消された。

後には、疑問と絶望、そして怨嗟《えんさ》を抱えた、歌吹だけが残った。

「誰も……誰も、調べないのだ。巻き込まれるのを恐れた後宮の人間はもとより、両親も。お優しいはずの賢妃様まで、頑《かたく》なに、事件に触れようとしない。ならば、わたくしが調べるほかない」

だから雛女になったのだと、彼女は告げる。

本当は親に従いたくなどなかったし、姉が得るべきだった栄誉に浴するのも嫌だった。

優雅に寵愛《ちょうあい》や芸を競えるはずもなかったが、それでも、現場にさえ近付けば、真相が手に入ると信じた。

「自らこしらえた宝剣や鏡を献上するというのが、姉の夢だった。おそらく、謀反云々というのは、姉が後宮に持ち込んだ宝剣が誤解されたのだ。あの姉が、謀反など考えるわけがない」

「ですが、些細《ささい》な誤解でいきなり火刑だなんて……」

「そうとも。その通りだ。だから必ず、誰かの介入があったのだ。些細な火種を、面白半分に処刑の炎にまで育て上げた誰かが。あるいは、儀にかこつけて、姉を排除したがった誰かが！」

抑えた口調で話し続けていた歌吹が、とうとう声を荒らげた。

「後宮に来てよくわかった。ここにいる女たちは残酷だ。愛に飢え、栄誉に飢え、娯楽に飢えている。己の楽しみや保身のためなら、平気で人を火に掛け、引きずり落とす！」

忌ま忌ましさを滲ませる姿に、玲琳は、むしろ彼女の善良さを見た。

（そういえば、外遊先の茶会で「朱 慧月ごと邑《むら》を焼棄せよ」という話になったとき、歌吹様だけが難色を示されたのですっけ……）

茶会で雛女たちがどう振る舞ったかは、邑で合流した際に、慧月から詳しく聞いていた。

もっとも、歌吹はその後すぐ、「雛女ならば、火に巻かれてでも名誉を守るべき」と意見を改めたはずだ。

慧月は「玄家は濡れ衣を着せられていたから、躍起になって忠実ぶっていたわ」と鼻を鳴らしていたが、もしかしたら、歌吹や玄家が皇族に過剰な忠節を示してみせたのは、舞照という「前科」があるからかもしれなかった。

（あるいは、歌吹様が自身にそう言い聞かせ、なんとか姉君の死を呑み下そうとしてきたから……）

歌吹は拳を震わせ、「わたくしとて」と、絞るような声で続けた。

「復讐をすべきか諦めるべきか、ずっと悩んできた。不幸な行き違いだったのかもしれない。姉にも非があったのかもしれない。そうやって自分を抑え込み、空虚な日々の中で、未練がましく手掛かりを追い……。だが、とうとう祈禱師に会った。そして中の儀で、見たのだ」

白い頬を、青ざめた月光が照らし出す。

暗闇に身を囚われ、目だけを煌々《こうこう》と光らせる彼女は、幽鬼のようですらあった。

「慧月殿も、見たのではないか？　中の儀で、あなたの書から火が上がる直前、祈禱師は、衣で素早く宣紙《せんし》を擦っていた。おそらく、祈禱紋のあたりを。きっと、なにか仕掛けがあったのだ」

「…………！」

ずっと祈禱師を目で追っていた歌吹だからこそ、気付けた事実。

――あの祈禱師を名乗る老婆に、神通力なんてないもの。

玲琳の脳裏に、自信満々に告げる慧月の声が蘇る。

――それっぽい儀式にそれっぽい占い、それっぽい祈禱を、ずっと続けてきたのでしょう。

（そういう、ことですか……！）

宣紙の祈禱紋から漂っていた微かな匂い。

その正体に、薬の開発過程で様々な「実験」を繰り返してきた玲琳は、思い至ったのだ。

顔を強ばらせる玲琳をよそに、歌吹は一層、語気を強めた。

「慧月殿が侮辱したからこそ、祈禱師は報復に出た。彼女の神通力などまがいもので、私刑の道具でしかないのだ。だとすれば、姉様も同じ目に遭ったのではないか。祈禱師を侮辱して、それで炎尋の儀に掛けられたのではないか!? 証拠はない。だが、見れば見るほど、祈禱師は怪しいのだ!」

「だとしても、後宮内で祈禱師様が勝手に儀を開くことなど……」

「そうとも! だから、ほかに協力者がいたと言っている! 祈禱師に儀を許可できる身分の、後宮内の人物が。だが、皇后陛下と賢妃様はその日、誕辰の準備で後宮を離れていた。元貴妃は臥《ふ》しがちで、後宮だけの儀には一切顔を出さなかった。だとしたら、後は——」

「金淑妃様か藍徳妃様、ということですね」

玲琳が先回りすると、歌吹は「そうだ」と頷いた。

その黒い瞳は、もはや玲琳に焦点を合わせておらず、遠くを睨みつけていた。

「結局、あの日についての記述は、どの女官の日記からも見つからなかった。だが、その時期に破棄された日記は、ほとんど金家と藍家のものだ。少なくとも炎尋の儀に、両家は絶対に関わっている。彼女たちが、姉を、焼いた」

這いつくばったままの歌吹が、板にめり込むような強さで、拳を握る。

手も、声も、激情に震えていた。

「姉の最期はひどいものだった。祈禱師が手当てをしたとは言うが、膿《うみ》が広がり、全身が腫れ上がり。美しい意匠を描く奇跡の手の持ち主だったのに、泣くな、元気に過ごせと、たったそれだけの遺言を、膿混じりの血で綴《つづ》るのが精一杯だった。薬草も手に入らず、誰からも見捨てられ……!」

許せない、と、彼女は吼えた。

「絶対に許せない！　誤解とやらで姉を火にかけた者たちも、姉があれだけ苦しんでいたのに、好奇心で霊麻を買い占めた黄 玲琳もだ。誤解など、好奇心など、言い訳にもならない！」

だんっ、と激しく床に叩きつけた手からは、幾筋もの血が溢れ出していた。

「復讐の邪魔はさせない、慧月殿。祈禱師はおそらく、今夜にでも後宮にやってくる。金家か藍家がもてなしの宴を開くからだ。女官の日記に手掛かりがなかった以上、今夜の宴が、真相を知る最後の機会だ。あの日、本当はなにがあったのか、わたくしは確かめねばならない！」

彼女は再び「朱 慧月」を睨みつけると、獰猛な波を叩きつけるかのようにして叫んだ。

「ここから出せ！　衣櫃をどけろ。鷲官たちに見つかる前に、宴の場所を割り出して、たどり着かねばならぬのだ！　死した姉のために！」

「……亡くなったお姉君の、ため」

玲琳は黙って話を聞いていたが、やがて小さく頷いた。

「わかりました。それほどの事情があるのなら――」

「ちょっと待ちなさいよ！」

だが、歌吹を圧迫しているがらくたをどかそうと、手を伸ばしたまさにそのとき、背後の壁から鋭い叫び声が掛かった。

「え……っ？」

「案の定じゃないの！　殺人未遂犯を、なにあっさり助けようとしているのよ、この馬鹿！」

木材がむき出しになった蔵の壁を振り返って見れば、隙間に鼻先を突っ込んでこちらを覗いているのは、なんと自分の顔――つまり慧月である。

玲琳は素直に驚いた。

「嫌ですわ、休んでいてくださいと言ったのに！　壁に触れてはなりません、倒れてしまいますよ！　危ないですから、早く離れて！」

「こちらの台詞よ。なんなの、さっきの轟音は！　まあ、下敷きになったのは玄 歌吹のようだからいいけど……けど、せっかく仕留めた犯人を、なに逃がそうとしているの!?」

慌てて離れるよう促せば、慧月は一層険しい顔になる。

顔全体の三分の一ほどしか見えなかったが、彼女特有の怒鳴り方は、玲琳の体が発する声であってもよく響き、蔵の中にまでまっすぐ響き渡った。

「よくって？　玄 歌吹は、悪意をもって人を昏倒させたのよ。井戸に放り込んで、しかも時間を掛けて殺そうとしたのよ。そんな女が、ちょっとお涙頂戴の昔話を披露したからといって、あっさり許してしまうなんて」

「……黄 玲琳？」

隙間越しにでは、顔まではあまり見えない。

だが、声から「黄 玲琳」が壁の外にいると理解したらしい歌吹は、みるみる内に、全身に憎悪を滲ませた。

「井戸に閉じ込めてやったのに、無事でいるだなんて」

「はっ、おあいにくね、玄　歌吹。天はあなたでなく、こちらに味方したの。当然だわ。悲劇ぶって、頓珍漢な復讐を果たそうとする間抜けなんか、誰が救おうとするものですか」

「なんだと……！」

よせばいいのに、慧月はよほど腹を立てているのか、壁越しに歌吹の挑発を続ける。

「ふふん、仇《かたき》を井戸に沈めてやったとご満悦だったのだろうけど、今や自分ががらくたの隙間に沈められて、身動きが取れないなんてね。笑える。ざまあみろだわ」

「なんと、醜悪な。それが本性か、黄　玲琳！」

「あの、慧……玲琳様、お話がややこしくなるので、ちょっと黙っていてくださいませんか」

慧月が、自分のために怒ってくれているなら嬉しいが、自分のことは自分でけりを付けたい。

（なるほど……自分の頭越しに事態が解決されてしまうことへの困惑。紫龍泉《しりゅうせん》での慧月様のお怒りは、こういうことでしたか）

玲琳は思わずこめかみを押さえて制止したが、他人を責めるとなると右に出る者のいない慧月は、もはや嬉々とした様子さえ見せて叫び続けた。

「黙るものですか。まったく、どうして真っ先に突き付けてやらないのかしら！　あなたの『復讐』とやらは、初手で向ける矛先を大間違いした、間抜けなものだって！」

「あの」

「黄　玲琳——わたくしは薬草の買い占めなんてしていない。純粋に霊麻を分けてやろうとした相手を、あなたは殴って井戸に沈めたのよ、って！」

慧月がきっぱりと告げた途端、歌吹の目が大きく見開かれる。

「なんだと……？」

「一度ではわからない？　黄家は買い占めなどしていない。あなたの誤解だったのよ。それを」

「んもう、あなた様は下がっていてくださいませ！　冬雪、引き離して！」

慌てた声での命に従い、冬雪が即座に慧月の口を塞ぐ。

だが、届いてしまった言葉は取り消せなかった。

歌吹は夜目にもわかるほど、すうと顔から血の気を引かせた。

「……だが、あのとき、玲琳殿は、一家ぐるみで霊麻を買い占めたと」

「黄　玲琳は嘘をついたのです」

こちらにも非があるのだ、ということを示すべく、玲琳は告げた。

「実際のところ、黄家は、病弱な娘のために山まるごとを買い取って、薬草や毒草を独自に栽培しているだけです。買い占めなどしていない。ただ、毒草を大量栽培する行為は、謀反と見られる恐れもあったので、ついごまかしてしまったのです」

まさか嘘のほうが、歌吹の逆鱗《げきりん》に触れるとは思いもせずに。

あれは誰が見ても、不幸な事故でしかなかったと、玲琳はばつの悪さに口元を歪めた。

「歌吹様が誤解しても、致し方のない状況であったかと思います」

「…………」

だが、その取りなしは、歌吹の耳には届かなかったようだ。

彼女はそれまでの激昂《げきこう》ぶりが嘘であったかのように、ぼんやりと瞳を揺らした。

「だから、あんなに、ぎこちなく……」

おそらく、常に質問に対して目を泳がせていた玲琳の姿を思い出しているのだろう。

いつになく言葉を詰まらせ、曖昧な頷きしか返さなかった黄家の雛女を。

「誤解……」

「そう、ただの不幸な誤解でございますわ」

「誤解で、わたくしは、人を……」

玲琳としては慰めたつもりだったが、「誤解で人を襲う」というのは、歌吹にとって最も強い禁忌であった。

舞照を殺した人々も、まさに「誤解を言い訳に」炎尋の儀を開いたのだから。

「玲琳殿が、これだけ態度を変えて罵るのも、当然だ……」

――誤解など、好奇心など、言い訳にもならない。

己の言葉にそのまま呪われてしまったかのように、歌吹はぽつりと呟くと、それきり黙り込んでしまった。

そのとき、遠くから、大量の足音と、叫び声が聞こえてくる。

「黄 玲琳様ー！」

「玲琳様、どちらにおいでですか！」

「すべての場所を検《あらた》めよ！」

黄 玲琳捜索のために駆り出された、鷲官たちである。

玲琳はさっと顔色を変えたが、壁の向こう側の慧月はやけに嬉しげだ。

鷲官たちの声に気を取られた冬雪の隙を突き、腕を振り払うと、高笑いを決めた。

「あはは、年貢の納め時ね、玄 歌吹！　いい気味。付いてきてよかったわ」

「…………」

歌吹はと言えば、すっかり戦意を喪失した模様で、這いつくばったまま俯いている。

「歌吹様、しっかりなさってください」

「…………」

瞬きもせぬ目から、みるみる生気が消え失せ、虚《うつ》ろになってゆくのが見て取れた。

おそらく、彼女は今、投げ出したのだ。

なにもかもを。復讐を遂げることも、鷲官から逃げることも――生きることさえも。

（――だめ）

その瞬間、どくんと心臓が跳ね、強い衝動が玲琳の全身を襲った。

（だめです。歌吹様）

この感情を、なんと呼べばいいのだろう。

同情ではない。

正義感でもない。

もっと厳しく、もっと身勝手で、獰猛なこの感情を。

「鷲官たちになんて話してやろうかしら。この頭の傷を見せつけてやろうかしらね。井戸に押し込められ、どれだけ恐ろしかったか。救いにきた『朱 慧月』はなんと素晴らしい女か、とかね――」

「冬雪」

「はっ」

ご機嫌で話し続ける慧月を遮り、玲琳は壁の向こうにいるはずの女官に、再度呼びかけた。

「『黄 玲琳』様を小池の方角に連れて、鷲官たちをこの蔵から引き離しなさい。井戸の一件を、鷲官たちには気取られないように」

「それから――は？」

ぺらぺらと話し続けていた慧月が、ぎょっとして玲琳を振り向く。

だが玲琳はそれには答えない。

むき出しになった木材、その一等ぼろぼろになっている部分を見つけ、勢いよく蹴り砕くと、空いた穴から身を乗り出し、大音量で叫んだ。

「大変でございますー！　散策に出た『黄 玲琳』様が、小池の近くの四阿でお倒れに！」

穴ごしに、ぽかんとしている慧月と莉莉、そんな彼女たちを背後から引き寄せる冬雪が見える。

玲琳は腕を伸ばし、特に愕然としている慧月の額を、つんと指で突いた。

「苛烈なあなた様のことは大好きですが、ちょっとやりすぎです」

親友のどこまでも身内びいきの姿勢はくすぐったかったが、あまりに露悪的な様子は、見ていられなかったのだ。

それに、もう一つ。

「このぼろぼろの蔵の近くは危険ですし、脳震盪《のうしんとう》を起こした直後に興奮してはいけません。わたくしの勧告は聞いていただけないようですので、鷲官たちにしっかり保護され、休んでいてください」

「は……っ!?」

どれだけ休めと促しても、一向に静養してくれない慧月の体調が、玲琳は心底心配だった。

「さあ、冬雪、莉莉。早く」

「……はい」

「で、ですが」

冬雪はわずかな躊躇《ためら》いののち、慧月を抱え上げたが、莉莉は、どちらの方針に従ったものかと、二人の主人をきょろきょろと見比べている。

「もはや歌吹様に危険はございません。繰り返しますが、今の『黄 玲琳』の体は、頭を殴られ、井戸に長時間浸かった後なのですよ。誰の命に従うべきか、わかりますね?」

だが、玲琳がにっこりと笑みを浮かべて諭すと、莉莉もまた震え上がるようにして頷いた。

「はい」

「よろしい」

二人の女官が、暴れる慧月を抱えて小池へと走り始めたのを、玲琳はしっかりと見送る。

「——さて」

鷲官の足音も、無事に遠ざかったのを確認すると、玲琳は再び、歌吹へと向き直った。

「今、衣櫃をどかします」

「………」

「ああ、ですが、もの同士が絡み合ってしまっていますね……。ご自身が抜け出したほうが早いかもしれません。腕を引っ張りますから、抜け出せますか？」

呼びかけるが、歌吹は返事をしない。

ぼんやりと視線をさまよわせる姿に、玲琳は静かな声で呼びかけた。

「歌吹様」

「……もう、いい」

小さな声だった。幼い声にも聞こえた。

途方に暮れて、すっかり涙も涸《か》れてしまったような、すべてを諦めた声。

「歌吹様。しっかりなさってください。お姉君の誇りを取り戻すために、ここまで頑張ってきたのでしょう？」

「……その果てに、罪のない人を、殺《あや》めようとした」

唐突に、くしゃりと顔が歪む。

「姉を手に掛けた外道どもと……同じだ」

身のうちで暴れ回る感情の波を抑えるように、歌吹は床で拳を握った。

「ぼんやりとした、暗闇のような世界で……復讐だけを、唯一の支えに、してきたのに。その結果、自分こそが、最もおぞましい、真似を」

玄歌吹は善良な人物であったのだろう。素朴な人物でもあったのだろう。

姉をひたむきに慕い、彼女からもたらされる優しさだけで、十分満たされて生きていた。

つつましく幼い感情の器に、荒ぶる波のような憎悪や絶望は、到底収まらなかったことだろう。

溢れた憎悪は全身で暴れ回り、彼女を苦しめた。

ようやく、復讐という名の容《い》れ物《もの》を見つけたのに、今また、それも打ち砕かれて。

歌吹はふいに拳を緩め、だらりと項垂《うなだ》れた。

「もう、疲れた」

「…………」

静まり返った蔵の中で、月光を浴びた埃だけがちらちらと輝いている。

玲琳は長く押し黙った後、ゆっくりと口を開いた。

「つらいですよね」

指先をそっと、俯いたままの歌吹に伸ばす。

「大切な人は亡くなり、自分は……自分なんかが、生きている。元凶を罰してやりたいのに、それもできなくて。無力で、理不尽。苦しくて、憤ろしくて」

「よくわかります」

玲琳は、まるで割れ物に触れるような慎重な手つきで、歌吹を頭ごと抱きしめた。

だがそこで、相手がはっと息を呑むほどの強さで頬を掴み、ぐいと顔を持ち上げた。

「それでも、いいえ、だからこそ、自ら死を望んではいけないのではありませんか」

白い息が互いの頬にかかるほどの距離。

淡く月光が差し込む空間で、それ以上に冴え冴えとした意志の光を浮かべ、玲琳は歌吹の瞳を射貫《いぬ》いた。

「だって、お姉君は、『元気に過ごせ』と書き遺されたのでしょう？」

「…………！」

「生きろと。彼女から託されてしまったのでしょう？　願われてしまったのでしょう？」

声が掠れる。

玲琳は今になってようやく、己の身を震わせる感情を理解した。

怒りだ。

あっさりと生を手放そうとする玄　歌吹に覚えたこの感情は、怒り。

井戸に放り込まれたことよりもよほど、死を選ぼうとする歌吹に対し、今、玲琳は憤っていた。

「つらいこともあるでしょう。苦しいことも。ですが、お姉君はもうそれすら、味わえない。ならば託された側は、歯を食いしばってでも、苦しみを受け入れねばならないのではありませんか」

遺された者が「元気に」生きるというのが、どれほど大変なものか、知っている。

罰のように与えられる病苦。常に傍らにある死への誘惑。

心を弱らせるたび、どれだけその深淵へと足を向けそうになったことか。

だが、自分は望まれて、この場にいるのだから。

大切な人を踏み台にしてまで、この生を受けてしまったのだから。

その自覚が、母が自分に向けたという祈りが、いつもぎりぎりのところで、玲琳を踏みとどまらせた。

だから、同じく姉から生を託されておいて、あっさりとそれを諦めようとしている歌吹を、見ていられないのだ。——まるで、弱い自分を突き付けられているかのようで。

「わたくしも、大切な人を踏みにじった結果、今この場におります。彼女は最期まで、わたくしが幸福に生きることを望んだ……。だからわたくしは、幸せであらねばならない。絶対に」

身勝手な主張だろう。

歌吹には歌吹の、玲琳には玲琳の地獄があるのであって、その人が己の生をどう扱うのかなんて、本来、他人が口を出していい話ではない。

それでも玲琳は、今、無性に、歌吹の肩を揺さぶりたくて仕方がなかった。

火性の強い慧月の体にいるからなのだろうか。

感情が猛《たけ》る勢いで全身を満たし、身勝手と知ってなお、想いをぶつけずにはいられなかった。

「歌吹様。あなた様もです。ご自分を責めようと——いいえ、だからこそ、生きねばならないのではありませんか。どれだけ苦しかろうと、なにを誤ろうと。復讐を遂げようと、手放そうとです」

歌吹はしばし、呆然として目の前の雛女を見た。

朱 慧月の顔をした女。

だが、今の彼女からは、これまでの「朱 慧月」からは感じたことのない凄みが滲み出ていた。

今彼女が言ったのは、歌吹に苦悶を強いる内容だ。

優しさではなく、厳しさに溢れた言葉。

あなたはなにも悪くないよと励ますのではなく、償うつもりで生きろとけしかける言葉。

けれど歌吹は、それに反発を覚えなかった。

いっそ自罰的な言葉のほうが、今の彼女にはよく馴染んだからだ。

そして、目の前の相手もまた、同じ苦しみを背負っていると、わかってしまったから。

「生きなさい。玄 歌吹」

そばかす顔の雛女は、きっぱりと言い放つ。

歌吹の頬から手を離すと、代わりに、床に投げ出されていた両手を、しっかりと握り締めた。

「どうしてよいのかわからないのなら、教えます。あなた様は、方法を間違えた。だからまず、詫びなさいませ。それから、助けを求めるのです」

触れた手から、じわりと熱が伝わる。

冷え切った蔵の中、唐突に感じたその熱が、どうしようもなく歌吹の心を揺さぶった。

――ほら、手を出して。温めてやる。

脳裏に、姉の声が蘇る。

「大丈夫。共におります」

――大丈夫。一緒なら怖くない。

雪に閉ざされた玄家の屋敷、そこで重ねた会話が、今再び、歌吹の心を照らしはじめていた。

「わたくしが言えた筋合いではないですが、歌吹様も甘えるのが不得手ですのね。こういうときは、周囲に頼るのですよ。わたくしも、教えてもらったばかりなのです」

——おまえは末っ子だというのに、妙に不器用なところがあるのだなぁ。

苦笑する舞照の顔はいつも優しかった。

ほつれた髪をそっと撫でてくれる指先、気にするなと請け合う唇、大丈夫だと笑いかける瞳。

彼女から注がれるものすべてに、この上ない愛情が詰まっていて、それに触れるたび、恐怖や孤独に凍えていた歌吹の心は、たちまち溶けて緩み出したものだった。

(姉様)

歌吹の唇がわななく。

目の奥と喉元が、ぐうと膨らむように熱を帯び、体の最奥にあった氷を溶かして、それぞれ涙と嗚《お》咽《えつ》を象《かたど》った。

「…………っ、ふ」

世界の輪郭が、鮮やかになってゆく。

黒い霧に覆われ続けていた舞照の姿が、不意にくっきりと現れ、こちらに微笑みかけた。

——見つけた、歌吹。そんな暗がりにいては寒いだろう。早く出ておいで。

握られた手を震わせはじめた歌吹に、朱 慧月の顔をした彼女は、なにかを思い出したように目を瞬かせる。

「そういえばちょうど、言ってみたかった台詞がありますの」

そしてなぜだか、いかにも「朱 慧月」らしく、挑発的に口の端を持ち上げた。

「『哀れだから、助けてあげる。さっさと「助けて」って言いなさいよ！』」

——素直に『助けて』と泣きつけばよいのだ。わたくしが必ず助けに行くから。

ぎゅっ、と優しく手に力を込められた瞬間、歌吹は大粒の涙をこぼしていた。

（舞照、姉様……っ）

引き攣るような嗚咽を漏らしながら、ようやく理解する。

冷え切った舞照の体に触れたとき、真っ先に自分の喉が紡ごうとしたのは、きっと「助けて」という悲鳴だった。怖がりの妹は、いつも姉に縋《すが》り付《つ》いてばかりだったから。

だが、助けてくれる舞照が、もういない。

そもそも、彼女を見殺しにした自分に、助けを求める資格などない。

悲鳴を呑み込んで唇を引き結んだら、出口を見失った感情が体の内で暴れ回り、すっかり歌吹を呑み込んでしまった。

憎悪と絶望が霧のように広がる世界の中で、どこに進むべきかわからなくなってしまったのだ。

「……助け、て」

三年前、言えなかったあの言葉をようやく吐き出すかのように、呟く。

その途端、封じ込めていたはずの感情が一斉に湧き上がり、ぼろぼろと唇からこぼれ出た。

「つらい。苦し、い。こんなふうに、失ってしまうなんて。姉様に、惨めな、く、苦しい、最期を。ひどい……申し訳、ない。あんなに、優しい、人だったのに」

「ええ」

途切れ途切れの、脈絡もない言葉に、目の前の雛女は真剣な顔で耳を傾ける。

握られた手に力が籠もれば籠もるほど、歌吹の涙もまた勢いを増した。

「姉様が失ったものを、ひとかけらでも、取り戻したい。取り戻さねば。舞照、姉様が……せめて、安らかに、眠れるように。誇りを。どうすればよいか、わからないけれど……なにかを……っ」

「ええ。必ず、取り戻しましょう」

優しい声が、力強く応じる。

きっぱりと頷かれたその途端、歌吹はふと、堅固な大地に足を下ろしたような、揺るぎなさを覚えた。

「必ず」

復讐を諦めたわけではない。

恨みを手放したわけでもない。

けれど、この闇に塗り込められた感情を吐き出せただけで、受け止めてくれる相手がいるだけで、歌吹は前に進める気がした。

まずは、黄 玲琳に詫びる。

償って、それから、今度こそ方法を間違えずに、姉に掛けられた汚名を雪《すす》ぐのだ。

「そのためには、まずここを抜け出しましょう。さあ、手を」

雛宮《すうぐう》のどぶネズミと称されていたはずの彼女は、悠然と、手を差し出してくる。

夜の蔵にはわずかな月光しか差さないというのに、その微笑みが、とびきり眩《まぶ》しく見えた。

「……なぜ、ここまで、してくれるのだ」

相手は、雛宮中から蔑まれている悪女のはずだ。

彼女から厚意など受けたこともなかったし、歌吹もまた、特に彼女と交流を持つでもなかった。

なのに、なぜ。

差し出された手の美しさに、ぼんやりと見入りながら呟けば、相手からは意外な言葉が返った。

「同じ目に遭ってほしいと、井戸に沈められた際に黄 玲琳が願ったからですわ」

「同じ目？」

「そう」

すぐには意味が理解できず、聞き返すと、相手は澄ました顔で頷く。

「黄 玲琳は、頭を殴られ、狭くて暗い井戸に沈められ、そこをかろうじて、慧……わたくしに引き上げられましたのよ」

「ああ。わたくしはそれほどの罪を犯した。だというのになぜ――」

「そしてあなた様は、今こうして頭を打ち付け、狭くて暗い失意の底に、三年も沈められていた」

反論を封じるように、彼女は歌吹のこめかみの傷を優しくなぞった。

「ですので、あとは朱 慧月《わたくし》が引き上げるところまで済ませて、ようやく、同じ目ですわ」

次に歌吹の手を握り、ぐっと力を込めてくる。

「さあ。一、二、三で引き上げますからね。声を出していきましょう！」

温かで力強い掌が、歌吹を絶望の淵から救い上げた。

2. ―― 慧月、やらかす

蔵から小池へと続く道を、慧月《けいげつ》は冬雪《とうせつ》に担がれながら、莉莉《りーりー》はそれを追いかけながら、慌ただしく引き返していた。

「離しなさい！　下ろしなさいったら！」

「慧月様、静かにしてください！　話してたら舌噛んじゃいますよ！」

「黄《こう》 玲琳《れいりん》！　あの女ぁあああ！」

「陸に揚げられた魚のように跳ねるのもおやめください」

全身を使って暴れ回る慧月を、莉莉と冬雪がそれぞれ宥《なだ》める。

冬雪の俊足は見事なもので、おかげで三人は、鷲官《しゅうかん》たちに先んじて、小池近くの四阿《あずまや》にたどり着いた。鷲官たちの捜索の声は相変わらず聞こえるが、まだそう近付いてはいない。

「ひとまず、『黄 玲琳』様は、慧月様との喧嘩に思い悩むあまり、夜の散策に出て迷い、寒さのあまり、この四阿で倒れたということにしておきましょう」

「なんなのよ冬雪、その、微妙に朱 慧月《わたくし》に原因があるような感じ！」

「まあまあ。これが一番、玲琳様ご乱心の理由として説得力がありますから。ねっ」

慧月を四阿の椅子に座らせ、女官二人はてきぱきと、鷲官に見つかったときの段取りを付ける。

「そして、わたくし冬雪は、捜索の末に気絶している主人を見つけ、慌てているという設定です。毛布や手当て道具は隠しておきましょう、不自然ですから」

冬雪は丸めた毛布や救命道具を、さっと卓の下に放り込んだ。

足でぎゅうぎゅうと押しやる様には躊躇がない。

「じゃあ、あたしは、玲琳様の失踪を知った慧月様に命じられて、偶然この場にたどり着いた女官ということで。さっき助けを呼んだのもあたし。身動きが取れない冬雪様に代わって、あちこちで叫んで回っていた、ってことにしましょう」

莉莉もまた、即座に頷くと、四阿の外に向かって声を張った。

「誰かー！　こちら！　こちらですー！　小池近くの四阿で、玲琳様がお倒れにー！」

「ちょっと、あなたたちね……！」

慧月は怒りに顔を引《ひ》き攣《つ》らせ、ばんばんと卓を叩いた。

「どうして黄 玲琳のほうに従うのよ！　なぜ玄《げん》 歌吹《かすい》を庇《かば》うわけ!?　病弱な女を殴って井戸に沈めた女なんて、鷲官に突き出して、八つ裂きにしてやればいいでしょうが！」

「ですが慧月様。当の玲琳様が、歌吹様を死なせたくないと仰《おっしゃ》るのですから」

「だから、そこが甘っちょろいと言うのよ！　こういうときは、のろまな本人の意向なんて無視してでも、周囲が断固として行動するものでしょう!?　結局はそれが本人のため――」

「なんか、慧月様って」

慧月が顔を真っ赤にしていると、莉莉はしみじみと、呆れを含ませた表情で告げた。

「玲琳様と妙なところで、似てるんですよねえ……」

「はぁあああ!?」

声を裏返した慧月に、誰より近しい女官はやれやれと溜め息を落とす。

「気付いていないんですか？　本人は平気だと言ってるのに、『自分が彼女を守らなくては！』と暴走して相手の怒りを買う。今の状況、紫龍泉《しりゅうせん》での喧嘩を、鏡に映して反転させたみたいですよ」

「…………！」

思いも寄らぬ指摘に、絶句する。

言われてみれば、その通りだった。

（このわたくしが、「黄 玲琳《ゆうじん》を守るために」、暴走……？）

我ながら愕然《がくぜん》とするが、考えれば考えるほど、慧月自身に玄 歌吹への恨みなどない。

だというのに先ほど、あんなにも彼女を挑発してしまったのは、それだけ黄 玲琳を井戸に沈めた一件が許しがたかったからだった。

脇の甘い胡蝶《こちょう》が、油断した隙にまた襲われてしまいやせぬかと、心配だったから。

「そ、そんなの……べつに……」

咄嗟《とっさ》に反論しようとするが、続く言葉が出てこない。

すると、珍しく冬雪が、慧月に気を遣ったようにこう言い添えた。

「もっとも、慧月様の場合は、ご自身の体に関わる話でもあるので、むきになるのも当然のことかもしれません」

氷の女官と呼ばれる彼女は、相変わらず淡々とした顔つきのまま慧月の前に跪《ひざまず》き、しかし手付きは優しく、主人の髪を直した。

「ですが玲琳様は黄家の女。自助努力を特に愛する気質の方です。ご自身に襲いかかった者のことは、ご自身で処遇を決めたいと願うことでしょう。自らの足で立ちたいと思う気持ちを……今のあなた様はもう、理解できるのではありませんか？」

敬意を込めた、としか表現できない手付きで、そっと傷を隠してくれた冬雪のことを、慧月はまじまじと見下ろした。

「けれど同時に、主人の意向を無視してでも主人を守れ、というあなた様のお言葉に、わたくしは胸を打たれました。あなた様が玲琳様に示してくださる友情に、筆頭女官として感謝申し上げます」

「ゆ、友情なんかじゃ……」

「自分を放置しすぎる玲琳様と、自分本位の慧月様を、足して二で割ったら、ちょうどいいんでしょうけどね」

真正面から謝意を述べられ、たじたじとなった慧月の代わりに、莉莉が肩を竦《すく》める。

「慧月様に囮《おとり》をさせることになってしまったのは、あたしだって申し訳なく思います。でもどうか、紫龍泉での喧嘩のおあいこ、ってことで、勘弁してくださいよ」

「わたくしからも、どうか。女官として、主人の意向は極力叶えたいと、やはり願わずにはいられないのです」

真剣な表情で頼み込んでくる女官二人を、慧月は半眼になって見つめ返す。

「とかなんとか言って、黄 玲琳の迫力に呑まれただけ、ってことはないでしょうね？」

女官たちが同時にさっと目を逸《そ》らす。

「あなたたちね」

慧月はひくりと唇を震わせたが、しばし考えたのち、大げさな溜め息ひとつで、それを許してやることにした。

「まあ、いいわ。どうせあの女が『朱《しゅ》 慧月』として鷲官に見つかるよりも、わたくしが『黄 玲琳』として見つかったほうが、まだ事態をごまかせるもの。なにせ、嘘をつくのは得意だし」

「仰るとおりでございます」

「ええ、慧月様は玲琳様と違って、『格の違う』悪女です」

神妙に頷いたかと思えば、すぐに女官たちはにやりと共犯者の笑みを浮かべはじめる。

以前の慧月なら、女官たちにこんなに気安い態度を取られたら茶器を割っていただろうが、今は不思議と、この雰囲気が嫌いではなかった。

「まあ、見ていなさい。たいていの鷲官はちょろいもの。黄 玲琳のお綺麗な顔で悲しげに訴えれば、簡単にあしらえるわ。ひとまず、玄 歌吹と井戸の件は隠して、せいぜい、憔悴《しょうすい》した哀れな雛女《ひめ》を演じてみせ――」

とそのとき、近くの茂みががさりと鳴り、素早く駆け込んでくる影があった。

「ここか！」

声が高くなりがちなほかの鷲官とは異なり、深みのある、男の声。

宵闇のような黒髪を翻し、やって来た人物の正体を理解するや、三人は一斉に顔を強ばらせた。

「しゅ……っ」

「玲琳殿。ご無事か」

「鷲官長！」

よりによって、簡単にあしらえない唯一の鷲官、辰宇《しんう》が来てしまったからだ。

取り押さえられたことのある莉莉はもちろん、自分以上の武技の持ち主を前にした冬雪、そして鋭い眼光に耐性のない慧月も、こぞって冷や汗を浮かべた。

「あ、あの……なぜ、鷲官長、自らが」

「ほかの者たちもじきに追いつく。声が聞こえたので、いち早く駆けつけたまで」

辰宇はさらりと答えるが、それは、せっせと小池を目指していた部下たちを、一瞬で追い越してきたということではないのか。

いったいどれだけの俊足なのか。

「玲琳殿。いったいなぜ、このような夜更けにこの場所へ？」

「あ、の」

椅子から中途半端に腰を浮かせた状態の慧月に、辰宇は沓音《くつおと》を鳴らして近付いてくる。

そして、至近距離から、慧月の瞳を射貫《いぬ》いた。

「説明を」

ただでさえ冷ややかな佇《たたず》まいの辰宇が、詠国《えいこく》には珍しい青い瞳を細めると、ただごとならぬ威圧感が滲《にじ》む。

完全に呑まれた慧月は、ふらりと崩れるようにして椅子に腰を下ろしたが、そこをすかさず、冬雪が言いつくろった。

「玲琳様は、慧月様との喧嘩に心を痛め、夜の梨園《にわ》を一人で散策していたのでございます。それを、わたくしが心配のあまり鷲官所に報《しら》せてしまいまして。結果的には、玲琳様は寒さで一時気を失ったものの、ご無事でした。お騒がせし、申し訳ございません」

よどみのない返答に、こっそりと胸を撫で下ろす。

焦りのあまり慧月がかすかに震えていることもあいまって、完璧な説明のはずだ。

だが辰宇は、

「無事？」

整った眉を微かに寄せると、長い指を、慧月のこめかみに伸ばした。

「では、この傷は？」

なんと目敏《めざと》い男であろうか。

「さ、寒さで気絶した際に、卓に打ち付けてしまったそうで！　軽く腫れてはいますが、軽傷です！　石造りの卓って、固くて困りますよねえ、あはは」

硬直した慧月に代わり、今度は莉莉が言い訳を捻《ひね》る。

辰宇はちらりと卓に視線を走らせ、幸いにも納得はしたようだったが、慧月に向き直るや、滑らかに体を抱き上げた。

「すぐに手当てを」

「え……っ!?」

突然、色男の鷲官長に抱き上げられた慧月は、動揺のあまり声を裏返した。

「て、手当て？　いえ、宮に戻って休めば十分……」

「頭部の傷は、素人判断では危険ゆえ、医官に診てもらったほうがいい。殿下専属の宮廷医のもとへお連れする」

「宮廷医……つまり、本宮に!?」

「ああ。玲琳殿の失踪はすでに殿下にも報せてしまった。殿下にもご報告に上がったほうがいい」

「殿下に!?」

殿下、の単語に、慧月はざっと血の気を引かせた。

龍気で散々に脅された最初の入れ替わりに、川まで渡らされた外遊時の入れ替わり。

尭明《ぎょうめい》に正体を見破られると、無茶をする玲琳の代わりに、なぜかこちらが割を食う羽目になる。

結果、賭け云々を抜きにしても、入れ替わった状態で尭明の前に引き出されるとなると、本能が警鐘を鳴らすようになってしまったのだった。

ああ、予想が付く。

入れ替わり――は人命救助のためだったとしても、その後うかうかと玲琳の無茶を許し、一人でのこのこと四阿に戻ってしまった自分のことを、尭明は絶対に怒る。

だって、慧月が彼の立場ならきっと、「あの暴れ猪をなぜしっかり監督しない！」と思うから。

「い、いえ……殿下にご心配をお掛けするわけには。ご報告まで、せ、せめて数日の猶予を」

「なにを言う。心配を掛けているからこそお目に掛けるのだ。殿下はすでに、嵐を起こしそうなほど心配なさっているから、早いほうがいい。揺らさないから、走っていいか」

ぐっと一層密着されたが、もはやときめいている場合などではない。

坂を転がり落ちるような速度で悪化する事態に、慧月は思わず涙を浮かべた。

「いえ、鷲官長！　そのように大事にしたくはないのでございます！」

「どうか、鷲官長様。主人のお世話は、この冬雪が責任を持っていたしますので！」

「ご再考を！　鑽仰礼《さんぎょうれい》の最中、雛女と殿下が接近しては、あらぬ憶測を呼んでしまいます！」

肩に縋《すが》り付《つ》いて衣を揺する慧月以下、冬雪も莉莉も必死に辰宇を制止したが、職務に忠実な彼は、一切それらを聞き入れない。

「秘密裏に本宮に向かう経路は、いくつか心当たりがある。もはや玲琳殿の無事の確認は、殿下の大事。女官たちは、それぞれの宮で控えるよう」

そうして、まったく重さを感じさせない手付きで慧月を抱え、さっさと歩き出してしまったのである。

辰宇が選んだ「秘密裏に本宮に向かう経路」とは、鷲官が後宮内の機密事項を本宮の皇族に奏上する際、特別に通り抜ける道であった。

後宮をぐるりと囲む塀の内部に、実は細く通路が敷かれ、そこを通れば、外から見られることなく本宮へと移動できるのである。

もっとも、通路内には一定の間隔で屈強な番人が待機していたが、彼らは辰宇が顔を見せるだけで、頭を垂れて壁に下がった。

おかげで、慧月は誰に遮られることもなく、ずっと辰宇に横抱きにされている。

長時間、成人女性を抱き上げているはずの腕はびくともせず、安定させるためなのか、ぐいと寄せられた胸板もまた厚い。

ちらりと視線を上げれば、青い双眸《そうぼう》や通った鼻筋が、すぐ近くに迫った。

「なにか」

「い、いえ」

「ご体調は」

「も……問題ございません」

規則的な振動のためか、少しだけ混乱が落ち着いてくる。

だがそれと同時に、絶世の美男に長時間密着されているというこの状況に、慧月の心臓は別方向の動揺を訴えはじめた。

（ふ、ふぅん。鷲官長って、朱 慧月《わたくし》に対しては『視界にも入りません』といった態度だけれど、黄玲琳には視線だけで反応するし、自ら話しかけるのね）

少し身じろぎをするだけで、彼は必ず視線を向けてくる。

その、無表情ながらも、こちらを大切にしていることが伝わってくるような佇まい。

(殿下にも匹敵する美貌の持ち主から、こうも案じられるというのは、なかなか悪くな……いえ)

うっかり邪《よこしま》な考えを抱きそうになった慧月は、慌てて思考を軌道修正した。

自分は雛女。皇太子の婚約者だ。滅多なことは、考えただけでも天罰が下る。

(そうよ、落ち着きなさい、朱 慧月。ときめいている場合ではないのよ。なにしろこの通路を進んだ先には、殿下が待ち受けていらっしゃるのだから)

間近に迫った男の肌の温度にどきどきしながらも、必死に言い聞かせる。

そう、皇太子・尭明は、凄まじい龍気を帯びた男だ。

完璧に整った男らしい相貌というのは、ただでさえ人を圧倒するものだが、彼の場合、目が合うだけで息が上がるような、強烈な磁力めいたなにかがあり、道力を持つ慧月はいっそう、尭明を前にすると緊張してしまうのだった。

(外遊時、殿下には、一瞬で入れ替わりを見破られてしまった。今回は相当、気を引き締めないと。ぼろが出ないよう、極力会話を控えて……)

何度目になるかわからぬ自戒を胸の内でなぞる。

以前の尭明は生まれながらの王者であるぶん、周囲にあまり頓着しない傲慢さがあったように見えたが、獣尋の儀を経て、そこにかなり、慎重さが加わったように思う。

陽の気に満ち、自信に溢れていた彼が今や、他人をじっくりと観察し、案じる視線を向けるようになった。

それはきっと、彼にとっては素晴らしい成長なのだろうが、今の慧月にとっては厄介だ。

（なんとか、殿下に引き合わされる前に、解放してもらえないかしら……）

自信をなくした彼女の思考は、ついいつもの癖で、逃げを打ちはじめた。

たとえば、体調が悪化した、と主張するのはどうだろう。

皇太子に事態を説明する前に、早く医官に診察してもらいたい、と言って逃げるとか。

いっそ気絶してしまうとか。

ああ、だがつい先ほど、体調について辰宇に「問題ない」と答えてしまったばかりだ。

さすがにいきなり倒れては不自然だろう。

（で、でも、黄 玲琳を案じている、この彼なら、過保護に反応するのではなくて？）

ちら、と視線を上げれば、またも辰宇と目が合う。真剣な眼差しだ。

「いかがされた」

青い瞳の映し出す世界の真ん中に、自分がいる。

その事実は、慧月にえもいわれぬ恍惚感《こうこつかん》と、興奮をもたらした。

（そうよ。この男はおそらく、黄 玲琳に惚れている）

かつて外遊時に炎術越しに見た、辰宇と「朱 慧月」のやりとりを思い出す。

あのとき彼は、相手の正体が黄 玲琳であると、すでに知っていた。

知っていてなお、近付いたのだ。肌に触れ、髪を掬い、「娶《めと》る」と告げた。

その青い瞳には、抑えてもなお溢れ出すほどの、ほの暗い執着心があった。

（彼は、異母兄を差し置いてでも、黄 玲琳を欲している――）

そして今、その「黄 玲琳」とは自分なのだ。

本来の朱 慧月《じぶん》が相手ではないということを、特に惨めには思わなかった。

ただただ、この美貌の男の視線を、今、自分が惹きつけているのだという事実に酔った。

この、誰にも顧みられなかった自分が、雛宮中《すうぐうちゅう》の羨望を集める男の一人に、熱心に見つめられている！

「あの……」

高揚した慧月は、か細い声を出し、辰宇の胸にぴとりと頬を寄せてみた。

途端に、こちらを抱き留める腕に、ほんのわずか力が籠もる。

こちらを見つめる瞳は、驚いたように見開かれていた。

隠しきれない、動揺。それに、堪《たま》らない愉悦が込み上げる。

ほう、とあえかな溜め息を漏らし、慧月は力なく呟いた。

「なんだか急に、気分が悪くなってしまって……」

潤んだ瞳で上目遣いをする――のは、さすがにやりすぎだろうか。

だが、申し訳なさそうに見上げるくらいなら、黄 玲琳でもしそうだ。

そしてこの美しい顔が、少し眉を寄せて見つめただけで、どんな男も骨抜きになる。

「先に医官のもとへ、連れて行ってくれないかしら、鷲官長。殿下にお会いするのは、怖いの……」

頼れるのはあなただけ、という風に、少々口調を崩して、辰宇の胸当てのあたりに手を添える。

辰宇は押し黙り、そのままの速度で通路を進んでいたが、やがてぽつりと呟いた。

「――今、とても驚いている」

「え……？」

じっとこちらを見つめる眼差しは、真剣そのものだ。

よく見ると、青い瞳は中央部分が濃い藍色をしており、その周辺に、銀色にも見える虹彩が散らばっているのがわかった。

氷を思わせる冷ややかな美貌がゆっくりと近付き、艶やかな黒髪の一筋が、はらりと肩を滑って慧月にかかる。

互いの吐息が掛かりそうな、距離。

（も、もしや、湧き上がる衝動の激しさに驚いて――？）

「中身が違うだけで、顔つきはこうも変わるものかと」

「え」

だが、続いた言葉に、慧月はざっと血の気を引かせた。

「玲琳殿の顔で、そして殿下の前で、くれぐれも媚《こ》びるような真似はしないことだ。首を刎《は》ねられても文句は言えないぞ、朱 慧月」

「な……っ」

見破られていたのだ。

（い、いったい、いつ……!?）

つい先ほどまで、たしかに熱の籠もった視線を向けられていたと思ったのに。

辰宇の唇の端が、緩く持ち上げられている。ただしそれは、愛しい女に向けた微笑ではなく、媚《こび》を見せた女への嘲笑なのだと理解し、慧月は涙目になった。

なんという恥辱。皇太子の婚約者でありながら、色男に甘えたのがいけなかったというのか。

（天罰が下るのが早すぎるでしょうが！）

過ぎた屈辱と焦りは、慧月に攻撃的な態度を取らせた。

「は……っ、悪趣味だこと！　先ほどからやけに見つめてくると思ったら、じろじろと人を観察していたわけ!?」

「べつに、見つめてなど。こんな下世話な態度を取られれば、観察などせずとも気付く」

「あーら、どうかしら！　さっきから、穴が空きそうなほどの視線をわたくしは感じたけれどね！」

正体がわかっていてなお、運ぶ手付きが丁重なのがむしろ腹立たしい。

身動きが取れぬぶん、慧月は一層言葉での攻撃を加熱させた。

「あなたがわたくしの正体を見破れたのは、『黄 玲琳』をそれは熱心に見つめていたからだわ。職務的な理由以上の熱心さでね！」

こうなるともう、止まらない。

慧月は、とにかく相手を怯ませられそうな言葉を探し、思いつくままに辰宇を脅した。

「よくって、あなたが殿下に見破ったことを報告したら、殿下はむしろ、あなたの不忠を疑うはずよ。

だって、兄の婚約者を熱心にじろじろ観察する男なんて、不敬でしかないもの！」

「…………」

「ねえ、いいことを教えてあげる。あなたが邑《むら》で『黄 玲琳』を口説いたことを、殿下はご存じよ。あなたこそ、いつ首を刎ねられてもおかしくないの。よくよく己の分を弁《わきま》えることね。あなたが、黄玲琳を欲することは、罪なの」

一語一語、区切るように告げてやったら、辰宇はその美しい眉を無言で顰《ひそ》めた。

この冷淡な男が、反応している。うまく突つけば、入れ替わりの口封じができるかもしれない。

手応えを感じた慧月は、一層口調を強めた。

「そうよ、あなたが彼女を見つめることは、許されない――」

「おまえの」

だが、辰宇は唐突に口を開き、それを遮った。

「話し方は耳に障る、朱 慧月」

まるで、刀を突き付けるかのような、冷ややかな声。

背筋が凍るような気迫に、慧月は思わず口を閉ざした。

と、そこから少しもせぬうちに、壁に取り付けられている松明《たいまつ》の量が増え、通路が明るく、そして広くなってゆく。

どうやら本宮側に付いたらしい。

そして、最後の関門と思しき場所には、意外な「番人」が立っていた。

「ああ、玲琳！　よく見つけてくれた、鷲官長殿！」

黄色を基調とした武官服に、愛器と思しき長剣を佩《は》いた男。

こちらの姿を認めるや、ほっとした様子で駆けつけてきたのは、黄家の次男、景彰《けいしょう》であった。

「ようやく喧嘩が終わりそうだと安堵《あんど》していた矢先、失踪したと聞いて、どれだけ肝を潰したか！　今日が隠密路の護衛番でなければ、後宮に乗り込んだのに。殿下もやきもきしながらお待ちだよ」

心配も露《あらわ》に近付いてきた景彰は、辰宇に抱えられた「黄 玲琳」の傷に即座に気付くと、大仰に嘆きの声を上げた。

「なんてことだ！　君の柔肌が傷付いているじゃないか！　でも案じることはない、玲琳。即座に、殿下への奏上をぶっちぎってでも、国一番の医官に――」

だが彼は、そこでふと言葉を切ると、まじまじと慧月の顔を見下ろした。

「……んん？」

温かな色味をしているはずの瞳が、怪訝そうに細められる。

「なんか……こう……」

思い切り首を傾げ、はたして、彼は慧月が一言も発さぬ内にこう告げた。

「……もしや、また入れ替わってる？」

（どんな精度なのよ！）

媚びた途端察知されるどころか、顔を見ただけで見破られるとはどうしたことだ。

これが兄妹愛とでもいうのだろうか。

なんにせよ、景彰の底知れない観察眼に、慧月は慄《おのの》いた。

だが、辰宇と決定的に違うのは、共に外遊時のあれこれを乗り越えたぶん、景彰はいくらか慧月に友好的だということだ。

彼は、ちらりと背後の扉に視線をやってから、辰宇から慧月を受け取り、小声で問うてきた。

「いったいなにがあったの？　大丈夫？　入れ替わりのこと、いったん、殿下には伏せておいたほうがいいかな」

もちろん彼としては、妹と皇太子が続けている「賭け」の内容に、配慮したのだろう。

「本宮では僕たち武官のほうが、鷲官長殿より強く出られる。彼はこの場から下がらせてもいい。どうしてほしい？」

純粋にこちらを案じたのではなかったとしても、今の景彰は、慧月にとって救いの光だった。

「ぜ、ぜひ、入れ替わりについては伏せて――」

「無駄だと思うぞ」

だが、急いで身を乗り出した慧月を、辰宇が背後からばっさりと遮る。

彼は、身軽になった腕をぶらぶらと振りながら、しらけた口調で付け足した。

「こちらが少し顔を寄せただけで頬を染め、悩ましげに擦《す》り寄《よ》ってくるような女だ。景彰殿が秘したところで、殿下にも即座に見破られるだろう」

「そっ」

ひどい言われように、慧月は顔を引き攣らせた。

「そんな言い方……！」

「……ふぅーん？」

だが、すぐ近くで響いた相槌《あいづち》に、ぞくりとするなにかを感じ取り、慌ててそちらを振り返る。

景彰は微笑んでいたが、なぜだかその笑みは、ひどく威圧的に見えた。

「そうなんだ」

「え……？」

「慧月殿って、鷲官長殿みたいなのがいいんだ。ふぅーん」

なぜだろう。口調も足取りも軽やかなのに——すごく、不機嫌な感じがする。

「あ、あの……」

「うんうん。どうせ即座に見破られるから、さっさとこちらから自白しちゃおっか。で、入れ替わりに至った事情を、速やかに、詳細に、殿下に報告してもらおうかな」

「ど、どうして⁉　さっきは秘密にしてくれるって……！」

突然の掌返しに、思わず冷や汗が浮かぶ。

だがそれに構わず、景彰は片手だけで慧月を支えると、もう片方の手で「よいしょ」と扉を開けてしまった。

途端に流れ込む、澄み渡った冬の夜気。

扉の先は、見晴らしのよい望楼になっていた。

大きく取られた窓から、風と寒さが押し寄せる。

「――そうだな」

こつ、と鳴り響いた上質な沓の音に、慧月は、いったい今夜はどれだけ不幸が重なれば気が済むのだろうと、半泣きになった。

「で、殿下……」

「おまえの話し方だと、扉越しでもよく響くのだな、朱 慧月」

そのとき窓の外に、カッ！ と稲妻が走るのが見えた。

就寝前と見えて、髪を下ろした尭明の姿は、どこか扇情的な男の魅力を湛《たた》えていたが、そこにときめく心の余裕は、もちろん持てるはずもない。

遠くに聞こえる雷鳴。

先ほどまで月が見えていたはずなのに、嵐が近付いている。

この高貴な男のもとに。

青ざめる慧月の前で、尭明はいっそ優しげに微笑んだ。

「景彰に賛成だ。入れ替わりに至った経緯――玲琳は今度、どんな無茶をやらかしたのかを、速やかに、詳細に、報告してもらおうか」

3．玲琳、忍び込む

冬の夜空にぴかりと稲妻が走ったとき、歌吹《かすい》は咄嗟《とっさ》に天を見上げた。

少し遅れて、遠くに轟《とどろ》く雷鳴。不機嫌な獣の咆吼《ほうこう》のようなそれに、つい不吉な予感を抱く。

「冬に雷だなんて。先ほどまで嵐の気配などなかったのに……」

「まあまあ、歌吹様。お陰で地面が照らされて助かりましたわ。ご覧になって。ここに、酒樽を運んだ台車の轍《わだち》が」

眉を寄せた歌吹とは裏腹に、朱《しゅ》 慧月《けいげつ》――の顔をした玲琳《れいりん》は、朗らかに地面を指差した。

「このまま北の方角へと続いているようです。追われる身としては、火をかざすわけにもいきませんし、こうして自然の光が照らしてくれて、幸運でしたね」

彼女の視線の先、ごく一瞬稲妻で染め上げられた大地には、酒樽を運ぶために台車を押した痕があった。女官沓《にょかんぐつ》の特徴的な足跡もだ。

「先ほど井戸に沈んでいたとき、たしかにその付近を、酒や食器を運ぶ者たちが通り過ぎる音が聞こえた……聞こえたそうですのよ。東を向いて沈んでいた『黄《こう》 玲琳』の、右から左へ。つまり南から北へ、足音は移動していた」

玲琳は、季節外れの雷になんら怯えることなく、深まる確信に目を輝かせた。

「北側の外れには、小さな望楼がある。人気《ひとけ》のない、茂みに紛れた場所です。四阿《あずまや》とは異なり壁で囲まれているので、火を灯しても見つかりにくい。秘密の宴を催すにはもってこいですね」

そう。彼女たちは今、金家《きんけ》か藍家《らんけ》が祈禱師《きとうし》をもてなすために開いているという宴の場所を、特定している最中なのである。

女官に扮して後宮内を嗅ぎ回っていた歌吹は、厨《くりや》に上等な果実酒と、精進料理の材料が運び込まれるのを見たという。量を見るに少人数。情報の制御のされ方を見るに、秘密の宴。

おそらく、近々――今晩にでも、祈禱師をもてなすための宴があるはずだ。

厳粛な儀式を前に、審査役の祈禱師を懐柔しようなどと考えるのは、性格的に金淑妃か藍徳妃。

彼女たちは、内々に宴を開き、そこで賄《まいない》でも渡そうというのだろう。

見下げた行いではあるが、滅多に後宮に寄りつかない祈禱師が、警備も手薄な状態でやって来るというのは好都合だ。

宴の場に忍び込み、隙を突いて祈禱師を攫《さら》えばいい。そうして、三年前に起こったことを問いただすのだ。

舞照《ぶしょう》は言いがかりのような罪で、なぜ捕らえられたのか。捕縛を命じたのは誰だったのか。

一斉に職を辞した金家や藍家の女官。炎尋《えんじん》の儀を許したのは誰で、妃よりも強い権力を持つ祈禱師が、なぜそんな横暴を許したのか。

金淑妃と藍徳妃、祈禱師は、誰がどこまで、この件に関わっているのか――。

真相を掴み次第、歌吹は、内容によってはその場で復讐を果たすつもりでいた。

だが、肝心の宴の場所がわからない。

蔵を出た後、歌吹はひとまず厨に向かおうとしたのだったが、そのとき、玲琳がはっと顔を上げたのだ。

「少人数の、秘密の宴……？　あっ」

彼女は、井戸に沈められたときに聞き取った物音を思い出していた。

この冬の寒い中、理由もなく屋外に酒や食器を運び出す者はいない。

とすればそれらは、屋外のどこかで開かれる、宴に使用されるものなのだろう。

物音と、歌吹の言う「宴」を結びつけるのは、難しいことではなかった。

まったく、井戸にも沈んでみるものである。

そんなわけで二人は、雷光を頼りに地面に目を凝らしながら、北に進んでいるのであった。

「ああ、また光りました。便利ですね。さあ、こちらですわ。進みましょう」

天が自分たちに味方してくれているのを感じる。

玲琳が上機嫌に歌吹の腕を取ると、彼女は申し訳なさそうに眉尻を下げた。

「すまない、あなたに頼りきりで。宴の場所まで、ともに来てくれるだなんて。あなたに利がある話というわけでもないのに」

歌吹の顔からは、いつもの年上然とした落ち着きがなくなり、遠慮と困惑とが滲《にじ》んでいる。

おそらくは、そちらのほうが本性に近い表情なのだろう。

おずおずとしだした年長の雛女《ひめ》に、玲琳はくすりと笑みを漏らした。

「乗りかかった船ですもの。それに、歌吹様の推測通り、金家か藍家が祈禱師様を抱き込もうとしているというなら、競合する家の者として、わたくしにも十分、関わる理由がありますわ」

実際、玲琳はこれ以上、祈禱師と金家、藍家の三者を接近させるつもりはなかった。

（特に藍家は、終の儀でわたくしを引きずり落とそうとしていると、莉莉《りーりー》が言っていましたね）

四阿まで、莉莉が説得しに来てくれたときのことを思い出す。

あのとき莉莉は、藍家は陰謀を企んでいると言っていた。結局慧月からの手紙は読めずじまいだし、彼女から事情を教えてもらう時間も取れなかったが、儀の場で玲琳を陥れようとするなら、祈禱師に賄を渡して、評価を改竄《かいざん》させることは、十分ありえるだろう。

（そして、初の儀の様子を見るに、それは芳春《ほうしゅん》様の本意では、ない）

――わたくしはもう、水仙を選んでしまいました。

わざとらしく言葉を噛まず、本来の知性を覗かせて話した芳春の姿が、脳裏をよぎった。

おそらくあれは、彼女なりの忠告だった。水白粉《みずおしろい》に毒が仕込まれていることへの。

相手が気付くか気付かぬか、ぎりぎりのところを攻めた、運任せで、迂遠な――いかにも彼女らしい忠告。

（芳春様はここ最近、自らの頭脳で、わたくしを倒すことに熱狂していたし、徳妃様を嫌っていたはず。なのに、家の方針に従って、わたくしを蹴落とそうとするのは……なぜ？）

答えはすでに、手の中にあるも同然。

妃がそれを強いたのだ。雛女の意向を踏みにじって。

徳妃と芳春の間にどんなやりとりがあったのかは知らないが、なんにせよ、玲琳は芳春に大人しく陥れられてやるつもりなどなかった。

(妃が強いると言えば、清佳《せいか》様)

ついで、清佳のことも思い出す。

初の儀で舞台から観衆を見下ろしたとき、明らかに彼女は青ざめていた。

天幕内で会話をしたときからすでに、様子がおかしかった。

四阿に見舞いに来てくれたときも、彼女は始終、淑妃の傍で俯《うつむ》いていたものだ。あの、いつも凛と背筋を伸ばしている彼女が。

そうして、ぎこちない仕草で、淑妃の発言を肯定したのだ。

当時は慧月との喧嘩で頭がいっぱいだったが、落ち着いた今こそ、清佳の様子がどれだけおかしかったかがわかる。

彼女は葛藤しているようだった。たとえば、罪の意識で。

(清佳様は、天幕が倒れることを知っていた？　わたくしが天幕に最後まで残るよう誘導し、けれど、いざ実現してしまうと、罪の意識に青ざめた。そうした筋書きはありえるでしょうか)

思考を巡らせ、得られた答えは「是」だった。

強欲で冷徹な妃と、潔癖だが逆らえぬ雛女。

黄 玲琳を陥れるよう命じられ、清佳が悩みながらそれをしていたのだとすれば、辻褄《つじつま》が合う。

（初の儀で、舞台から見下ろしたときの、徳妃様や淑妃様のご様子……）

二人の瞳がごく一瞬、驚きの色を浮かべ、それから忌々しげな色を滲ませたのを、玲琳は見逃さなかった。横で二人の雛女が青ざめていたことも。

（後で追及する、と心に決めておきながら、結局そのままでしたものね）

本当に、傷心状態だったここ数日の自分は、まるで使い物にならなかったのだ。

玲琳は猛省しつつも、次に瞬きをしたときにはもう、心を決めていた。

だからこそ、一気に巻き返す。

「わたくしにもわたくしの目論見がありますの。なのでどうぞ、お気になさらず」

決意を胸に微笑みかけると、歌吹はますます身の置き所のない様子で、黙り込んだ。

「……あなたは、不思議な人だ」

やがて、ぽつりと口を開く。

「正直なところ、これまであなたを、侮っていた。あなたはいつも、立場の弱い者に怒鳴り散らしていたし、努力もしていないように見えたから。その実こんなに、他人思いで、度胸があるなんて」

「い、いえ、そんな」

「いや。考えてみれば、あなたがそうした性質を見せる場面は、これまでにもあったな。女官のために憤った中元節も、見事な舞を見せた豊穣祭も。正直、玲琳殿と並ぶ舞い手だと感心したものだ」

玲琳は笑みを強ばらせ、じわりと冷や汗を滲ませた。

（なにせ、本人ですので）

どうしよう。歌吹ときたら、二人が入れ替わっていたときを局所的に突いてくる。

「え、ええ。実は隠れた努力家ですのよ。それに、本番に強いほうですの。ほら、初の儀での口上も、なかなか見事でしたでしょう？」

あれは慧月の実力だ。

褒めるならどうかそちらも思い出してくれ、と願いつつ告げると、歌吹は「たしかに」と頷き、それから首を傾げた。

「だが、あれはあれで雰囲気が違ったな。自暴自棄になった力強さというか。舞を見せたときや、先ほど蔵で攻防したときのあなたは、同じ度胸と言っても、もっと、こう……。すまない、感覚を言葉にするのが、あまり得意ではなくて」

「全然。全っ然、構いませんのよ。そのままずっと胸にしまっておいてくださいませ」

玲琳はぎこちない笑顔で押し切った。

「うん……。だが、硯《すずり》を受け止められたときの驚きがやはり拭えなくて。あれは明らかに訓練された、冷静な動きだった。感情的に怒鳴り散らすあなたの性格とは、なんだか違和感があって」

「いやですわ。女心は秋の空、と言いますでしょう？　感情のまま怒鳴りたい気分のときもあれば、冷静に硯を受け止めたい気分のときもある。そういうことですわ」

どういうことだろうと、本人ですら思う。

だが歌吹は、視線を泳がせる玲琳を前に、無言で瞬きをしたかと思うと、こくりと頷いた。

「そうか」

（信じてくださった！）

玲琳はほっと胸を撫で下ろした。

慧月がいれば、「そんな馬鹿な」と顔を引《ひ》き攣《つ》らせていたことだろう。

「ええ。そうなのです。そういうことなのです」

「うん。あなたが言うなら、信じる」

実際、歌吹は、自らの疑問に対してあまり頓着しない様子で、止めていた足を動かしはじめた。

「あなたの手は温かかったから、もう、それでいい」

途中、こちらを振り返り、ちらりと浮かべた笑みは、素朴なものだ。

「わたくしはあなたを信じる」

どこまでも純粋で、素直な言葉に、玲琳は咄嗟に胸を押さえた。

（どうしましょう。歌吹様もお可愛らしい……）

なんだか、彼女の亡くなった姉の気持ちがわかる気がする。

きっと歌吹はこうして無心に、姉を慕ってきたのだろう。

大切なものと、そうでないもの。外縁部を容赦なく切り落として、掌に残ったたったひとつに、一途に温もりを届ける玄家《げんけ》の血。いびつで、過剰で、幼稚とも言える在り方は、けれど容易には見捨てられない、いじらしさがある。

（歌吹様の心も、お守りしなくては）

守るべき相手、慈しみたい相手がどんどん増えていく昨今の状況に、改めて気合いが漲《みなぎ》る。

「嬉しいです。では、参りましょう」

二人は頷き合い、素早く望楼に近付いていった。

あたりには茂みが張り出し、奇岩がいくつもそそり立っている。

月が冴えていたなら、きっと見事な光景が望めたのだろうが、その月も暗雲に呑まれつつある。

雨が降り出す前にと、玲琳たちは足音を殺し、そろりと望楼の壁に貼り付いた。

一階は石畳の通路になっていて、二階、三階に、大きな物見窓を備えた室《へや》がある。

宴を催すなら上階のはずだ。

とそのとき、上空に特別強く光が閃き、同時に、まさに望楼の上階から、女の悲鳴が聞こえた。

「きゃあ、また光ったわ！」

「安妃《あんに》様ぁ、お助けくださいませ！」

「――……！」

思わず、歌吹と顔を見合わせる。

甲高い悲鳴と、舌足らずな声――金淑妃と、藍徳妃。

玲琳たちはひとつ頷き、息ぴったりに一階の通路部分へと忍び込んだ。

見張りがいたら倒すつもりだったが、幸いというべきか、幾人かの女官たちが配置されていたものの、彼女たちは長引く宴に疲れたか、椅子にもたれて眠ってしまっている。

静かな寝息が響く中、足下を照らすためだろう、階段の最下段に置かれた燭台《しょくだい》だけが、所在なげに火を揺らしていた。

視線を交わし、歌吹が先に、玲琳が後に。

二人は、二階へと続く細い階段を、音もなく上りはじめた。


「ああ、なんて恐ろしい雷ですこと！」

「本当に。雨まで降ってきたわ。さあ、安妃様。お体が冷えぬよう、もっとお酒をどうぞ」

階段に屈《かが》み込《こ》んだ玲琳たちは、敷居越しに見える室内へと目を凝らした。

壁のあちこちに灯された蝋燭に、溢れんばかりの皿を載せた卓。上等な香、そして噎《む》せ返《かえ》るような酒の匂いが充満している。


置かれている椅子はたった三つ。

中央の、最も立派なものには安妃が腰掛け、その左に金淑妃、右に藍徳妃が座っていた。

望楼らしく、椅子や卓は窓に向かって配されている。

入り口に背を向けた三人は、侵入者の存在に気付いていないようだった。

人払いを徹底しているようで、あたりには筆頭女官さえいない。

金淑妃・麗雅《れいが》が手ずから酒瓶を持ち、しどけない手付きで安妃に酌をしていた。

「こちらは、一樽で邸宅が一軒買える価値のある古酒ですのよ。安妃様は強いお酒がお好きと聞いて、金家総出で最上のものを探しましたの」

商人肌と見える麗雅は、酒を注ぐわずかな間にも、ごまを擂《す》るのを忘れない。

するとすかさず、反対側に座した藍徳妃・芳林《ほうりん》が、口調だけは愛らしく水を差した。

「あらぁ、淑妃様。いくら上等な古酒があっても、こんな雷では興ざめというものですわぁ。望楼での宴なんて避けたほうがよかったのでは？　安妃様に申し訳ないです」

　どうやらこの場を選定したのは淑妃だったようだ。

　安妃に詫《わ》びる態で、相手の段取りをこき下ろしている。

　だが麗雅は、ふふんと豊満な体を揺すると、子どもに言い聞かせるような口調で反論した。

「んまあ、徳妃様。霊験あらたかな安妃様ですもの。わたくしたちと違って、雷なんて恐れるはずがございませんわ」

　ついで、「ねえ？」と媚《こび》を含んだ瞳で、安妃の顔を覗き込む。

「安妃様はまさに始祖神に愛されたお方。安妃様に賜った平安符《おまもり》によって、哀れな女がどれほど救われたことでしょう。鉄をも溶かす水に、快楽を与える薬……安妃様のもたらす様々な『奇跡』には、まこと平伏するばかり。何度でもあやかりたいものでございますわ」

　どうも含みのある言い回しだ。

「奇跡」には仕掛けがあることを知っておきながら、それを素知らぬ顔で褒めそやす、強《した》かな商人の口調。

　すると反対側の芳林もまた、祈禱師の裾を引っ張るようにして、甘えた声を上げた。

「ええ。安妃様。陛下から信任を賜る偉大な祈禱師。あなた様が吉となる方角を述べるだけで、その方角にある宮は活気づきますの」

だいぶ酒の回っている様子の徳妃は、そこで声を潜めることもなく、安妃に縋《すが》る。

「最近、陛下のお渡りが少なくて。東の宮は寂しさに沈んでおりますわ」

安妃は静かに息を吐く。

後ろからでは見えないが、微笑したのか、嘲笑したのか。

老いた祈禱師は杯を乾《ほ》し、ぞんざいな手付きで淑妃に戻すと、しわがれた声で切り出した。

「この卑しい身でも、尊き御方々のために役立てるなら、本望でございますな」

ついで、ことさらゆっくりと、二人の妃を見回す。

「とはいえ、老体で『奇跡』を起こすのは、なかなか応えるものです」

「さようでございましょう」

妃たちは、それぞれ心得た様子で袂《たもと》を探ると、安妃に取り出したものを差し出した。

「お体の疲れを取るのには、相応の金子も要るものかと。どうぞ、こちらをお役立てになって」

麗雅が握らせたのは、おそらく相当な額が書き込まれているのだろう証文。

「わたくしは、これだけしかご用意できなくて……。ただ、後宮の出来事をお知らせしたら、無聊《ぶりょう》も慰められるのではないかと、ここ最近の動きをまとめましたの」

芳林は、財力では金家に敵わないと踏んだか、控えめな大きさの金子袋と、厚みのある書物を差し出した。

（なるほど）

三人の様子を見て、玲琳は納得する。

まさにこれは、贈賄の現場なのだ。

妃たちから祈禱師には、金子や後宮内の機密情報を提供する。

引き換えに祈禱師は怪しげな薬品を与え、妃たちに都合のよい「託宣」を皇帝に吹き込む。

平安符は、受領証の役割を果たしているのだろう。

(鉄を溶かす水、でございますか)

どうやら天幕を倒すのに使われた道具は、この祈禱師を通じて入手したらしいと、玲琳は当たりを付けた。疑われず後宮に出入りできる祈禱師は、なんと便利な存在であることか。

「労《いたわ》りに感謝を。……おや、淑妃様。今回のあなた様の信心は一層厚いと見える」

安妃が証文を開き、軽く嘆息するのを見ると、麗雅が甘えるように顔を寄せた。

「ええ。わたくしにだけでなく、雛女の清佳にも、安妃様のご加護を賜りたいのです。鑽仰礼《さんぎょうれい》に向けて、彼女はとても頑張っているものですから」

ねっとりとした口調で告げた麗雅はそこで、「とてもいい子ですの」と獰猛《どうもう》な笑みを浮かべた。

「なにしろ、誰に従うべきか、わたくしがよくよく躾《しつ》けておりますから。今後は彼女も、安妃様の忠実な僕《しもべ》となりますわ」

「ふぅん?」

だがそこに、芳林が胡乱《うろん》げな相槌《あいづち》を打つ。

「清佳様はとても勝気に見えるけれど、よくそこまで、躾けましたこと。さすがですわぁ」

賞賛の皮をかぶせた疑問に、麗雅はただ、ひっそりと笑みを深めた。

「いいえ、賢い子ですもの。ささやかな抵抗もありましたが、立ち位置を示してあげたら、すぐにわかってくれましたわ」

返す刀で、彼女は目を細めて、徳妃を見つめた。

「その点、芳春様は万事控えめで、口答えなんて考えもしないのでしょうね。羨ましいわ」

裏を返すなら、「おまえの雛女は気弱で、自分で考える頭もないだろう」と言いたいわけだ。

日頃この手の嫌味にすぐ反応する徳妃は、しかしこのとき、ふと口元を綻《ほころ》ばせた。

「そうですわねえ。……本当に、聞き分けのよい子で。助かりますわ」

なぜだか、入念に手入れされた己の爪を、満足げに見つめている。

麗雅は軽く眉を顰《ひそ》めたようだったが、すぐに祈祷師に向き直り、再び媚《こ》びた笑みを浮かべた。

「というわけですので、安妃様。わたくしども金家は、雛女まで含めて、あなた様の忠実な僕にございます。お困り事があれば、なんなりと仰《おっしゃ》ってくださいね。必ずお役に立ちますわ」

「ええ。わたくしども藍家は、黄家のように絶大な権力こそございませんが、だからこそ、ほかに気取られず、小回りの利いた働きができるというもの」

とすぐに、芳林も話に乗ってくる。

話を被せられたことが不快だったのか、金淑妃は藍徳妃を軽く睨みつけた。

「あらあ。わたくしは財を尽くして、安妃様のために献身してきたけれど、徳妃様が『小回りの利いた働き』などしたことがあったかしら？」

「ふふ、嫌ですわあ。金任せの淑妃様の『献身』を、誰が隠して差し上げたと思っていて？」

だが徳妃は、一歩も退くことなく応じた。

二人とも、よほど酔いが回っているのか、言葉からも次第に、遠慮や装飾が剥がれかけている。

「嘘おっしゃい、徳妃様。安妃様に便宜を図って差し上げるのは、たいていわたくし。今回の宴といい、あなたは、わたくしの提案に後から乗っかってくるだけじゃないの」

「あらあ。あなたのずさんな提案を、わたくしが洗練させてあげているのでしょ？　三年前だって、わたくしが責任の所在をごかまさなければ、淑妃様は取り調べを受けていましたわよお」

徳妃のその言葉に、玲琳の隣で話を盗み聞きしていた歌吹が、はっと息を呑んだ。

「ふん、三年前ねえ」

背後に気付かぬ妃たちは、片や顔を顰《しか》め、片や愉悦の笑みを浮かべと、話に夢中になっていた。

「仕方ないでしょう。あのときは、とにかくその日中に口封じをと、安妃様に頼まれたのだもの」

「女官見習いを殺してくれ、ですって。安妃様のご身分なら、問答無用で切り捨ててよかったのに、わざわざ手順を踏んで処分しようなど、本当にお優しい方」

「ああ、いえ、たしかあの女官見習いは、賢妃様の宮によく通っていたのよ。玄家は怒らせると怖そうだから、念のため、ちゃんと理由を付けたほうがよいと、わたくしが提案したのだわ」

「そうそう」

人一人を処分した話を、まるで不要な装飾品を捨てたときのように、こともなげに扱う妃たち。

「…………！」

「歌吹様、どうか今は堪《こら》えて」

怒りに震えはじめた歌吹のことを、玲琳は小声で制止した。

今はまだ、情報をすべて聞き出すべきだ。

「あの日はたしか……平安符を授与するため、安妃様がいらっしゃったのでしたっけ」

ぐらぐらと頭を揺らしながら、金淑妃が背もたれに身を投げ出す。

酒に理性を溶かしたように、彼女は上機嫌に過去を語りはじめた。

「ちょうど後宮で、『荷受け』をする手はずで。でもそこに、間の悪い女官見習いがやって来て、『荷』を見てしまったのですよね。安妃様のあんなに慌てたお姿、わたくし、初めて見ましたわ」

口元を緩めた彼女は、からかうようにして隣の祈禱師を見つめる。

安妃は酒杯を傾けたまま、沈黙を守っていた。

「ひとまず手近な鷲官《しゅうかん》に捕縛させたはいいものの、小娘の割に、やけに冷静。わたくしが直々に検《あらた》めてみれば、当時やたら玄端宮《げんたんぐう》に出入りしていた女官見習いじゃない！　査問が長引いて、粘着質そうな賢妃様の恨みを買ってはまずいもの。即座に殺そうと、果断なわたくしが提案したのだわ」

「いいえ、その前に、わたくしがあの見習いの衣服を検めたのですわぁ」

麗雅が滔々《とうとう》と語ると、すぐに芳林が割って入る。

彼女もまた、体を揺らし、酒をこぼしながら杯を啜《すす》っていた。

「彼女が隠し持っていた宝剣を見つけたのは、このわたくし。そして見事、反逆罪をでっち上げることを思いついたのですわ。陛下に仇《あだ》なす者ならば、即日処刑でも違和感はありませんもの」

「あらぁ、徳妃様。炎尋の儀を思いついたのは、このわたくしよ。後宮での儀式なら、女たちだけで行える。獣尋の儀は獅子なしにはできないけれど、炎尋の儀ならば、折よく炎を操る安妃様がいらっしゃったし。半刻後に、まさに平安符の授与集会を控えていたから、うってつけだったの」

二人の妃は、手柄を競い合って互いを睨みつけていたが、途中から、なにが楽しいのか、肩を揺らして笑い出した。

「忙しかったわねえ！　安妃様と口裏を合わせて、集会の場にきつく霊香を焚《た》いて、女官たちを興奮させて。『ここにいるのは謀反人である！』。迫真の顔で剣を取り上げる安妃様。『殺せ、殺せ！』。飛び交う怒号。ふふ、劇の一幕のようだった」

「安妃様の調合する霊香の興奮作用は、凄まじいばかりですわ。皆、その場の空気に呑まれて、状況を吟味することもなく、『罪人』を責め立てて。記憶が曖昧なものだから、記録だって後から改竄し放題。可哀想に、あの見習いが持っていたのは、暗器ではなく、世にも美しい宝剣だったのにねえ」

　くすくす、くすくす。

二人の妃たちは、とうとう背中を仰《の》け反《ぞ》らせた。

「そうね、徳妃様。たしかにあなたの、発言者をうやむやにする手腕は見事なものよ」

「いいえぇ、淑妃様。結局のところわたくしたちを助けたのは、皇太后陛下の箝口令《かんこうれい》ですわ。おかげで、改竄もなにも、記録のほうから消えてくれた！　ふふっ、玄家筋を庇《かば》ったつもりでしょうけど、結局わたくしたちのほうを助けてしまっているなんてね」

「ね。その後も、調べる素振りもないようだし、薄情ですこと。案外あの女官見習い、賢妃様に嫌われていたのではないのぉ？　下女のように、せっせと陶坊に通っていたようだし」

完全に逃げ切った、と確信しているからこその、余裕。

先ほどまでとは打って変わって、きゃらきゃらと笑う妃たち二人に、安妃もまたこう告げた。

「陶坊などに顔を出したのが、あの女の運の尽きだったのは間違いないですな」

再び酒杯を取り、ぐびりと中身を流し込む。

「私の秘術の源に、愚かにも触れようとしたのだから」

低い声も、多少は酔っているのだろう、いつもに比べれば滑舌が甘かった。

「私を妨げる者は、必ず排除する。——あなた方の献身には、感謝しておりますよ」

皇帝への直言まで許される、偉大な祈禱師からの礼。

金淑妃と藍徳妃はみるみる頬を紅潮させ、両側から安妃に媚びはじめた。

「いいえ、滅相も。安妃様は、邪悪な魂の持ち主を裁いただけですもの。礼には及びませんわ」

「ええ、そうですわ。安妃様は、正しい行いをなさっただけ。事実、罪人をすぐ鎮火してやったばかりか、手当てまでされるのですもの。本当に、慈愛深いお方でございます」

二人の対応に、安妃は満足そうに頷き、すっかり気を許した様子で椅子の背にもたれた。

「炎尋の儀で肝要なのは、炎そのものでなく、手当てなのですよ」

「え?」

「邪悪な魂の持ち主は、炎ではなく、そこで得た火傷にどれだけ病の素が入り込むかによって、その後の命運が決まるということです」

手当てをすれば火傷に「病の元が入り込まなく」なり、生き延びる確率が高まる。

当然そのように受け止めた妃たちは、「そうなのですね」と曖昧に頷く。

だが会話を聞いていた歌吹、そして玲琳は違った。

祈禱師の意図することは正反対なのだと、理解できてしまったからだ。

「あの、『手当て』こそが……！」

薬草を与えても一向に引かぬ火傷。全身に広がる膿《うみ》と、高熱。

舞照は、火傷そのものによってではなく、そこに手当てと称して擦り込まれた病の元によって殺されたのだ。

「あの、祈禱師……！　妃もろとも皆殺しにしてやる」

いよいよ歌吹が、脇目も振らず階段を駆け上がろうとする。

玲琳は後ろから慌てて口を塞ぎ、なんとか体ごと抱き留めた。

「いけません、歌吹様！　お三方を一気に惨殺しては、さすがにちょっと庇えません」

会話から察するに、おそらく妃たちは、舞照の正体を知らないのだ。

玄家の用意した「女官見習い」という偽りの身分を信じ、祈禱師の歓心を買うために排除した。

勝手に儀を許可し、無実と知って人を火にかけた罪はあろうが、そもそも妃と女官には、勝手に命を取っても咎《とが》められぬほどの身分差がある。

また祈禱師が、「手当て」によって舞照を殺害したのだとしても、安妃の自白以外に証拠がない。

この状況で捕らえたところで、安妃は絶対に己の手口を明かさないだろうし、妃二人も喜んで彼女を庇うだろう。

「確実に捕らえるには、物証を集めるか、衆人環視の中で罪を認めさせねばなりません」

「捕らえなどしなくていい。殺す」

「舞照様を、殺人犯の姉にするおつもりですか。玄家断絶の原因に仕立て上げると?」

歌吹はもがいていたが、舞照の名を聞いた途端、勢いを弱めた。

「だが……っ」

「そうだ、邪悪な魂の持ち主と言えば」

安妃がおもむろに口を開いたのは、そのときだった。

「黄　玲琳。彼女はずいぶん、分を弁《わきま》えぬ女のようですな」

思いがけず出てきた名前に、玲琳たち、そして二人の妃はそれぞれ顔を見合わせた。

「雛女の分際で、始祖神の声を聴く私に刃向かい、発言を撤回させた。これはいわば、神を侮辱したも同然です。ああした不遜な女が台頭しては、この後宮はろくな場所にならないでしょう」

「まあ。玲琳様が?」

「たしかに中の儀では、恐れ多くも安妃様に、口答えをしておりましたわねぇ」

淑妃はいかにも驚いた様子で、徳妃は嘆かわしいとでも言うように応じる。

だが二人とも、これは面白い展開になったと、興奮を押し殺せぬようだった。

皇后筆頭候補と言われる「殿下の胡蝶《こちょう》」。黄　玲琳が落ちぶれれば、自家は一気に優位になる。

「たしかに。わたくしも、紫龍泉《しりゅうせん》での振る舞いは気になりましたわ。安妃様が朱　慧月の書を凶兆と判じたにもかかわらず、それを無理矢理、瑞兆《ずいちょう》と認めさせてしまうなど」

「ねえ？　安妃様に発言を翻させ、恥を掻かせるだなんて。これで本当に凶兆だったら、彼女はどう責任を取るおつもりなのかしら」

「さよう」

安妃もまた、意を迎えるように頷く。

「私を侮辱するのは構わない。だが、偉大なる陛下を凶兆に触れさせんとするなら、それは謀反も同じこと。実に不敬で、恐れ知らずな娘です」

取って付けたような「反逆罪」。

だがその口実に満足したらしい安妃は、乾いた杯を差し出しながら、小首を傾げた。

「謀反人はやはり、炎尋の儀に掛けられてしかるべきではないかと、愚考します。もっとも、彼女が悪女であると示す証を、掴んでからのほうがよいでしょうが」

つまりは、舞照にとっての宝剣。

それを根拠に叛意《はんい》があると責め立てられる、偽りの証拠がほしいというのだ。

「まあ……」

二人の妃が話に乗ったのは、ほとんど同時のことだった。

「うちの清佳は、友人思いの性格ですので、最近気落ちしている玲琳様を見舞うことは、するかもしれませんわねえ」

目尻に朱をたっぷりと塗りつけた麗雅が、意地悪な猫のように笑う。

「その際、忘れ物をしてしまうかもしれません。たとえば、曰《いわ》くありげな人形ですとか」

要は、清佳に呪人形を持たせ、それを黄 玲琳の身辺に紛れ込ませるということである。

清佳は嫌がるだろうが、外見は無病息災のお守りのように仕上げておけばよい。

こっそり室《へや》に置いておけば、人形は密かに黄 玲琳を見守ってくれる——そう言いくるめれば、胡蝶を慕うあの娘は、自分からの見舞い品だと伝えることもなく、人形を置いてくるだろう。

「もしその人形の中に、陛下を呪う邪悪な符でも紛れ込んでいたら、大事になってしまうでしょうね。そんなことがないよう、清佳にはよく、言い聞かせておかねば」

「うちの芳春も、夢中になると視野が狭くなってしまうので、心配ですわぁ」

淑妃一人に活躍させてなるものかと、すかさず芳林が身を乗り出す。

「きっとあの子も、玲琳様の見舞いに行きたがるでしょう。けれど、なにしろ木を司《つかさど》る藍家の娘。植物を愛でるあまり、寂しい他家の花園を見ると、手を加えたくてうずうずすることもあるようで」

芳春自身が花木の世話などまるで好まないことを、徳妃は知っていたが、そんなことはどうでもよかった。

「よかれと思って、美しい花を植えてやったりしてね。けれど安妃様、ご存じでしょう？　多くの花は、大なり小なり毒を持ちますの。たまたま植えたその花が、毒とみなされたら、玲琳様にご迷惑が掛かってしまいますもの。気を付けなくてはいけませんわねぇ」

こちらは、呪具ではなく、叛意の証拠となりうる毒花を、芳春に仕込ませるというわけだ。

「もっとも、あの万事控えめな芳春が、他家の花園に勝手に花を植えるなど、まず考えられないことでしょうけれど」

つまり、誰にも疑われない。

「ほほう」

安妃は二人の発案を聞き、満足そうに笑った。

「淑妃様も徳妃様も、大変よく物事を考えておられる。きっと、陛下のご寵愛《ちょうあい》も深まりましょう」

気を良くしたらしい祈禱師の姿に、麗雅も芳林も、おもねるように顔を寄せる。

「まあ……」

「では……」

「これを。香炉に焚いて吸えば、あらゆる物思いを払ってくれる。閨《ねや》で焚けば、陛下は勇ましい獅子となりましょう」

息を詰めて両手を差し出す妃たちに渡されたのは、乾燥させた葉のようなものだった。

「両妃殿下のご厚意に応えましょう。前回の倍量を、差し上げます」

「まあ……！　ありがとうございます！」

「ありがとうございます。わたくし、一度これを使った日のことが忘れられませんでしたのよ！」

この位置からでは、葉の形状がよく見えない。

だが、会話から察するに――。

（亢進《こうしん》作用と、中毒性のある薬）

玲琳は薄ら寒い思いを抱き、眉を寄せた。

だが、もっと葉をよく見ようと、室内に向かって身を乗り出した、そのときだ。

『黄 玲琳……！』

玲琳はふと、小さく名前を呼ばれた気がして、ぱっと背後を振り返った。

見れば、階段の最下段に置かれた燭台が、ふわり、ふわりと断続的に炎を膨らませている。

『なにをしているの、出なさい！』

（こんなときに！）

なんと、慧月からの炎術である。

幸い、近くに腰掛けた女官は眠ったままであるし、雨音に掻き消されたようで、歌吹も含めて、階上の人間に炎術の声を聞き取られることはなかった。

だが、これ以上大声を上げられては、当然周囲に気取られる恐れがある。

玲琳は慌てて、足音を殺して階段を駆け下りた。

手短に会話を終え、すぐに戻らねば、きっと歌吹が飛び出していってしまう。

「しっ、慧月様、お静かに。申し訳ないのですが今は――」

『黄 玲琳。あなたはいったい、今どこにいるのよ。まだ玄 歌吹との決着が付かないの？』

「いえ、それは無事に済み、わかり合えまして。なので今、歌吹様と一緒に復讐相手のもとに忍び込んでいるのです。北の望楼なのですが、今まさに正念場という感じで」

『は……』

慧月がすっ、と息を吸い込み、「はぁあああ⁉」と絶叫しそうな気配を察知したため、玲琳は先んじて「叫ばないでください」と小声で頼み込んだ。

「相手に気付かれると、まずいのです。お静かに！」

切羽詰まったこちらの様子に、慧月はなんとか叫びを呑み込んでくれる。

玲琳はほっとして、そのまま炎を吹き消そうとした。

「ということですので、一度切りますね――」

『待ちなさい』

だが、どすの利いた声で呼び止められた。

いや、その声はわずかに、震えているだろうか。

『黄 玲琳。い、今すぐ詫びて、状況を説明なさい』

「そうは仰いましても。あの、今本当に、取り込んでいて」

慧月の様子が心配だったが、心配と言えば、今すぐ室内に突入しそうな歌吹が気にかかる。

玲琳は階上と階下の間で、忙しなく視線をさまよわせた。

『だめよ。さもなくば、ねえ、黄 玲琳、殿下が怒りの雷を落とすわよ……！』

「雷ですか？」

まったく慧月ときたら、尭明《ぎょうめい》の名を出してまで説明を求めるなんて、知りたがり屋さんだ。

だがそれよりも歌吹だ。拳が震えている。背後から飛びかかれば押さえ込めるだろうか。

「そんなもの、落とさせておけばよいではございませんか。明るくて便利ですわ」

『黄 玲琳！』

歌吹は今にも立ち上がりそうだ。いよいよ危ない。

炎の向こうの慧月は、蒼白《そうはく》を通り越し、引き攣った顔に涙を浮かべはじめていたが、玲琳はそれに気付かなかった。

「大丈夫ですったら。中途半端に報告しては、かえって心配させてしまうだけ。こういうときは、ほら、莉莉風に言うとあれですよ、ええと」

歌吹の腰が浮き始めている。

限界だ。やはり、もう強引に火を吹き消してしまおう。

玲琳はくるりと炎に向き直り、きっぱりと言い放った。

「殿下にはダマで行きましょう！」

『――ほう』

だが、息を吹きかける前に、炎の向こうから低い男の声が聞こえ、ぎくりとする。

「え……っ」

炎越しに聞いてもなお美しいとわかる、張りのある声。

慧月にそっと近付く形で、炎の中に踏み入ってきたのは――尭明であった。

（あ）

まずい。

『ああ、せっかく自白の猶予をもらったというのに、あなたときたら！』

顔を覆う慧月と、やたらと爽やかな笑みを浮かべている婚約者を見て、状況を理解する。

折しもそのとき、望楼の外ではいよいよ稲妻が夜空を裂き、怒号のような雷鳴が轟いた。

不穏だ。

『玲琳。なにか俺に、言いたいことはあるか。先に聞いておく』

「あ……」

なぜだろう。尭明はとてもいい笑顔なのに、言いようのない圧力を感じる。

釈明するなら聞いてやる、と寛大に告げられたはずなのに、処刑人から遺言はあるかと尋ねられたような気のした玲琳は、頬に手を当て、視線を泳がせた。

「か、雷は、明るくて便利なだけでなく、豊作の兆しであり、農家の皆にとっての希望、です」

『斬新なご機嫌取りだ』

尭明の笑みは小揺るぎもしない。

(慧月様!)

(仕方ないじゃない!)

玲琳と慧月は、視線だけで意志を疎通し、同時にぎゅっと目を瞑《つぶ》った。

心配性の皇太子が再三制止していたにもかかわらず、無茶する現場を、そして入れ替わった状態を押さえられてしまった。

(お、お説教……皇后確定……いえ、心配性のお従兄様なら、軟禁くらいは軽くしそう……。もしや慧月様も巻き添えに、なんらかの罰を……?)

彼の逆鱗《げきりん》に触れた自分たちは、いったいどのような罰を与えられるものか。

『……覚えておけよ、玲琳』

すっと低められた声と、そこに籠もる怒気。

途端に、炎がまるでなにかに怯えたように、じりっと輪郭を揺らす。「ひぃっ」と半泣きになった慧月の悲鳴も聞こえた。

これはあれだ、心配を天元突破してしまった兄たちによる、本気の説教時と同じ空気だ。

（ま、まずいです……っ）

玲琳も、思わず冷や汗を滲ませる。

正直、処刑未遂があってから、「お従兄様はなんでも許してくれる方」とうっすら思い込んでいたのだが、さすがに調子に乗りすぎたようだ。

だが、

『――北の望楼と言ったな』

深い溜め息の後、尭明が紡いだのは意外にも穏やかな声だった。

「え……？」

『鷲官を向かわせる。だからおまえたちは、早くほかへ避難せよ。罪人を捕らえるのも、裁くのも、鷲官《われ》や皇太子《われ》の仕事だ。ここより先は、我らの領分』

「あの……罰というか、賭けの件は……」

おずおずと目を開ければ、尭明は呆れ顔で「それどころではない」と言う。

『話は後だ。今はとにかく、退避を。気取られる恐れがあるなら炎術を切ってよいし、差し迫っているなら、報告も後でよい。どのみち、鑽仰礼の期間は、雛女と皇太子は接触を許されぬ決まりだ』

「殿下……！」

なんと話のわかる御仁だ。

玲琳は目を輝かせて身を乗り出したが、続く言葉に、ぴしりと硬直する羽目になった。

『ただし、鑚仰礼が終わったら、覚えておけよ』

地を這《は》うような、低い声。

穏やかな態度とは裏腹の、深い怒りをそこに感じ取り、自然と笑みが強ばった。

「は、い……」

『では。くれぐれも、安全に』

万が一死んだら殺してやる、という慧月の啖呵《たんか》を、尭明が告げるとこういう感じになるのか。

ふっ、と向こうから掻き消えた炎を前に、玲琳は思わず顔を覆いそうになったが、

――ガタッ！

ちょうどそのとき、階上から物音が聞こえ、はっと振り向いた。

「今の音はなに!?」

「誰かいるの!?」

室内の人物たちにも聞こえてしまったらしく、にわかに空気が張り詰める。

（いけません！）

きっと歌吹が、堪えきれず立ち上がってしまったのだろう――と思ったが、どれだけ目を凝らしても、先ほどまで、階段上部に屈み込んでいたはずの歌吹の姿が見えない。

（え……？）

怪訝さに眉を寄せた、その瞬間だ。

「騒ぐな」

耳元で突然声が聞こえ、玲琳は息を呑んだ。

ぎょっとして振り返る、いや、振り返るのすら間に合わない。

背後から伸びてきた手に素早く口を塞がれ、同時に、その凄まじい膂力《りょりょく》だけで、強引に体を後ろに引っ張られる。

「…………！」

階段の裏側、ちょうど暗がりになった場所へと、無理矢理に押し込まれた。

もがけども、敵わない。相手の手に噛みついてやろうと、体勢を整えたそのとき、

「誰なの!?」

階上から、燭台を手にした淑妃たちが下りてきたため、玲琳は体を竦《すく》ませた。

「いない……？」

「風が吹き込んで、なにかが倒れたのかもしれませんわ。紛らわしいこと」

幸い、妃二人は、一階まで下りるのを億劫に思ったのか、数段目の階段で立ち止まる。

踵《かかと》のすぐ後ろ側で息を潜めている玲琳には気付かず、ぐるりと燭台を掲げ回すと、飽きたように階上へと引き返した。

「申し訳ございません、安妃様。気のせいだったようです」

「ええ。雷雨のせいで、すっかり過敏になっていたのかもしれませんわぁ」

「さ、お酒の続きを」

口々に祈禱師へ詫び、宴を再開した。

玲琳は、詰めていた息をほうと吐き出す。

そのときになって、口を塞いでいた手が、すでに離されているのに気が付いた。

襲われたのかと思ったが、これはむしろ――。

（庇われた……？）

暗がりのせいで、相手の人相が見えない。

目を凝らした玲琳は、その人物を挟んだ反対側で、歌吹が同様に、こわごわと相手を見つめているのに気付いた。

彼女もまた、この人物によって暗がりに押し込まれたのだ。

「――……なぜ、ここに」

窓の外、徐々に収まりつつある雷が、最後のひと鳴きといわんばかりに、夜空を揺らす。

呆然とする歌吹、そして、雛女を静かに見下ろす人物のことを、閃光が一瞬、照らし出した。

「賢妃様」

震える歌吹の呟きは、雷鳴によって掻き消された。

その後玲琳と歌吹は、なんと切り出してよいのかわからぬまま、雨の中を移動させられていた。

前を進む人物――玄賢妃・傲雪《ごうせつ》の歩みは、足跡を雨が消してくれると割り切っているからか、迷いがない。

同時に、歩きながらの質問を受け入れてくれる雰囲気もなく、三人の女は、始終無言だった。

「上がれ」

たどり着いたのは、傲雪や歌吹からすればなじみ深い場所。

北の望楼からほど近くに位置する玄家の宮、玄端宮の一室であった。

「火を入れる。そこに座れ」

裏口から入ったその室《へや》は、どうやら賢妃の私室であるようだ。

女官たちは嵐に怯えて籠もっているのか、一人も控えていなかったため、傲雪は手ずから燭台に火を灯そうとした。

が、濡れた手で火打ち石を掴んでしまい、忌々しそうに舌打ちをする。

ぞんざいに火打ち石を放り出すと、代わりに「これで拭け」と玲琳たちに拭き布を投げた。

しばし、沈黙。

やがて切り出したのは、椅子に腰掛けたまま布を握り締めた、歌吹だった。

「……賢妃様は、なぜあの場におられたのですか」

意を決するように、立ち上がる。

「それも、そのような格好で。そしてなぜ、わたくしたちを、あの場から引き離したのですか」

歌吹の瞳は、まるで武官のような格好をした賢妃を見据えていた。

いや、武官の装いと呼ぶには、あまりに簡素だろうか。

長い髪は頭上でひとつにまとめ上げられ、墨色の衣の下には、襦裙《じゅくん》ではなく、男性の穿く下袴《したばかま》を着けている。

宮に上がるまでは、黒の口布まで巻いており、その姿は「まるで暗殺者のような」とでも言ったほうが相応しく見えた。

そして上背のある傲雪に、男装はよく似合っていた。

「おまえこそ」

ばさりとまとめ髪をほどいた賢妃は、質問には答えず、冷ややかに目を細めた。

「あの場でなにをしていた」

「お答えください！　賢妃様はなぜ――」

――パンッ！

歌吹が最後まで言い切るよりも早く、鋭い音が響く。

賢妃が雛女の頬を打ち据えた音だった。

打つ力に遠慮はなく、手練《てだれ》であるはずの歌吹も堪えきれず、尻餅をつくようにして後ろの椅子へと倒れ込む。

頬を押さえた雛女に、賢妃はぞっとするような声で告げた。

「大人しくしていろと、言ったはず。他家の雛女まで巻き込み、なにをしている」

一連のやりとりを、玲琳は息を詰めて見守っていた。

仲裁に入りたいが、下手に身動きも取れぬような緊張感だ。

炎術で慧月や尭明に繋いだほうがよい状況にも見えたが、肝心の火が周囲になかった。

「あの……」

「朱 慧月殿。悪いが、この一連の件、すべて黙っておいてもらえないか」

辛うじて声をかけた玲琳に、傲雪は無表情で視線を寄越す。

言葉とは裏腹に、有無を言わせぬ態度であった。

「話した場合には、それなりの措置を講じる。敵は少ないほうがよかろう、『どぶネズミ』殿？」

蔑みを込めた、というよりは、相手に状況を突き付けるための、冷徹な声に聞こえた。

それゆえ、玲琳は反感を抱かなかったのだが、代わりに歌吹がふらつきながら身を起こした。

「敵と、仰るなら」

声が震えている。

いつもの、物静かで淡々とした姿はそこになく、獰猛なまでの怒りを露《あらわ》にした女が、ぎろりと賢妃を睨みつけていた。

「あなたはどちらなのです、賢妃様」

椅子の背を強く握り締めた途端、繊細な彫刻を施された木がみしりと軋《きし》む。

「先ほどあなたは、わたくしたちを庇ったように見えた。けれど同時に、あの場から引き離して、わたくしが真相にたどり着くのを、妨げたようにも見える……」

ぐ、と足に力を込めた歌吹は、再び火を熾《おこ》そうと石を握った賢妃の、すぐ後ろまで近付いた。

「あなたはいつもそうだ。姉の件に触れないし、触れさせない。手掛かりを探ろうとすれば、飛んできて制止する。それはなぜですか？　知られて不都合なことがあるからですか」

「そんなわけがあるか」

「ええ、わたくしもそう思っておりました。賢妃様はお優しい。賢妃様は誠実だ。賢妃様はあの狐狸のような妃たちと異なり、欲も野心も持たぬ方だと。だからずっと、追及せずにきた。ですがもう限界です！　なぜ、わたくしの復讐を妨げるのです⁉」

一度堰《せき》を切ってしまった感情は、どうにも止まらないらしい。

歌吹は、頑《かたく》なに視線を合わせずにいる賢妃の腕を掴み、強引に振り返らせようとした。

「淑妃や徳妃は、あなたを薄情だと言っていた。舞照は、あなたに疎んじられていたのではないかと。そうなのですか？　だから処分した？」

「そんなわけがないと言っている」

「ではなぜ、調べさせてもくださらない！　舞照は……姉様は、あなたにとって、顧みる価値もない存在か！」

血を吐くような叫び。

それを聞き取った傲雪が次に取った行動は、玲琳の目を大きく見開かせた。

「ふざけるな！」

冷静沈着なはずの妃は、突如として振り返り、絶叫したのである。

彼女は再び手に取っていた火打ち石を投げ捨て、のみならず、目の前の棚にあった燭台や飾り壺を、乱暴に腕で薙《な》ぎ払《はら》った。

「一日、いいや、一刻たりとも、舞照を思わぬ時などないわ！」

床に叩きつけられた調度品が、粉々になって散る。

鋭い破片は危険だろうに、賢妃はまったく構わず、それらを踏みつけた。

「舞照を顧みぬだと？　あの子を、疎んじただと？　ふざけるな……っ。そんなわけが、なかろう」

「賢妃様……？」

「わたくしが何度、あの忌々しい祈禱師を引き裂く夢を見たと思う。どれだけ、あの子の復讐を願ってきたと思う。それを……っ」

彼女の声が震えるのを聞くのは、初めてだった。

すっかり硬直してしまった歌吹を見て――「朱　慧月」に至っては、視界に入ってすらいないだろう――、傲雪は深く息を吐き出し、顔を手で覆った。

「……あの子と、おまえの名付け親は、わたくしだ」

呻くような声だった。

「身勝手な親のもとに生まれ、雪に閉ざされた地で生きねばならぬおまえたちが哀れだった。せめて温もりをと思い、春を思わせる名を授けた。事実、冷宮《れいぐう》のような玄端宮で過ごすわたくしにとって、おまえたちの存在は、陽だまりのようだったよ」

呆然とする歌吹の前で、ぽつりぽつりと語り出す。

紡がれる内容すべてが、初めて聞くものばかりだった。

「舞照は心根の温かな娘だった。物静かだが、笑みも愛情も惜しまぬ。妹を心から慈しんでいる様子は、わたくしにも眩《まぶ》しかったよ。妹のおまえが一心に舞照を慕う様子も、手紙越しではあるが、傍から見ていて心地よかった」

傲雪に子はいなかった。皇帝から気遣いは受けたが、寵愛を授かることはなかった。

傲雪としても特にそれを求めなかった。

なぜなら、彼女の役割は、皇帝を出したことで躍進した玄家の権勢を、あえて削ぎ、五家の均衡を取り戻すことだったからだ。傲雪が最下位の妃となることは、暗黙裏の約束であった。

異母兄弟を次々と殺害することで弦耀を皇帝に押し上げた玄端宮には、一時、反発の嵐が吹き荒れた。自身も何度となく暗殺の危機に晒されたため、「次代の玄家に権勢は要らぬ」と、弦耀の母、すなわち現皇太后が決めたのだと言う。

誰にも求められない、誰も求めない。

静まり返った北の宮で、ただ妃の末席に座り続ける。

それが、傲雪の人生だった。

虚無と静寂に塗り込められたような日々の中で、唯一彩りがあったとすれば、玄家当主の娘たちの名付けを託されたことだったろうか。

玄家当主からすれば、不要な子どもの命名を押し付けただけだろう。

賢妃と玄家が良好な関係にあることを示す、演出のひとつに過ぎなかったかもしれない。

だが——自分の授けたなにかが、誰かの命を祝福するために使われること。

それはまるで、雪の中にふと現れた花のように、鮮やかで、瑞々《みずみず》しい喜びだった。

傲雪は何日も何日もかけて、名を考えた。数年後、上の娘である舞照との文を通じ、彼女たちが名を気に入ってくれていると知ると、自分でも戸惑うほどの誇らしさを覚えた。

もう、これで十分。

傲雪は、掌に残ったささやかな輝きで、満足していた。

舞照が、入内前《じゅだいまえ》の手ほどきのため宮に通い出すまでは。

実際に子どもの温もりを知ってしまうと、傲雪は欲深くなった。

「舞照は気持ちのよい娘だった。大声を上げて笑いはせぬが、いつも微笑んでいる。穏やかかと思えば、自ら鉄を打ちたがる突拍子のなさもあって、見ていて飽きなかった」

直に話す舞照は、生き生きとしていた。

彼女の向ける、混じりけのない好意は、傲雪の心の奥底までも、まっすぐに照らし出した。

まとう空気が清々しかった。何を語らずとも心地よかった。

「……会えば会うほど、大切な存在になった」

話を聞いていた玲琳は、なんとなく、向かい合う二人の玄家の女を思い浮かべた。

べつに、膝を叩いて笑い合うことはなかったろう。冗談で盛り上がったことも。けれど、二人は凍える空気を白い息で溶かすように、ぽつりと笑みを交わし合う。そしてそれで十分だった。

いいや、それこそが、冬に凍えてきた者にちょうど心地よい、陽だまりの温度だった。

「なのに、わたくしが目を離したばかりに、あんなことに……」

賢妃の声が、不意に凄みを増す。

覆った手から、ぎらりと覗く瞳は、鬼火が宿っているかのようだった。

「事件があった日の自分の行動を、後悔しない日などない。あの日に限ってわたくしが後宮を出なければ。せめて女官を付けておけば。早く戻れば。舞照の身分を堂々と示しておけば。そうした考えばかりが渦巻き、頭がおかしくなりそうだ」

「賢妃、様……」

歌吹は驚きに声を掠《かす》れさせた。

賢妃の懊悩は、どれも身に覚えのあるものばかりだった。

強い後悔と、絶望。怨嗟《えんさ》。

これほどまでに舞照のために心をすり減らした人が、自分以外にもいたなんて。

「なぜ、それを、言ってくださらなかったのです。それに……なぜ、それほどの恨みを持ちながら、わたくしの復讐を止めるのです？」

先ほど傲雪は「忌々しい祈禱師」と言った。彼女もまた、舞照の死の原因は安妃にあったことを突き止めつつあったのだ。おそらく、歌吹が今日の宴でそれを知るより、ずっと前から。

「祈禱師が怪しいと……あの女が姉様に手を下したと、賢妃様はご存じだったのでしょう？　ならばなぜ、わたくしが疑ったとき、口を噤《つぐ》むような真似を！」

歌吹が強く腕を掴み、揺さぶると、賢妃は溜め息のような笑みを浮かべた。

「……なあ、歌吹。おまえは、人の体から、どれだけ血が出るものか、知っているか？」

「え？」

「どの程度の力で首の骨は折れるか。内臓をどれほどの深さで裂けば人はこと切れるか。皮を剥ぐとどんな音がして、それはどんな感触なのか。口では『殺す』などと言っても、おまえはそれらを知らなかろう？　……わたくしは全部知っている」

　ぱき、と、賢妃がまた破片を踏む。

　足音を殺すため履いていたのだろう布靴は柔らかく、痛みを感じないはずはなかったが、彼女は眉を寄せさえしなかった。

「息子を誰より愛した現皇太后陛下は、玄家の女らしく、冷酷な手段でほかを排除し、息子を皇帝の座にまで押し上げた。かつて、玄端宮の周囲には憎悪の渦が巻き、雛女だったわたくしにも、多くの刺客が送られたものだ。わたくしはそれを、生き延びた。すでにこの手は、多くの血に汚れている」

　思いもかけぬ賢妃の過去に、歌吹ははっと息を呑む。

　傲雪は、血の気のない白い両手を、見せつけるように掲げた。

「だからこそ、ありありと思い描くのだ。描けてしまう。あの祈禱師の腸《はらわた》に手を突っ込んでやったらどうなるか。目玉を抉《えぐ》ったら。手足を落としてやったら。何度も。何度も、何度も、何度も……っ」

　彼女は込み上げる怒りのまま、突き出していた手を拳の形に握り締める。

「絶対に許せない。復讐が果たせるなら、わたくしはこの身が八つ裂きにされても構わぬ。だが」

皮膚が切れるほどに拳を握り締めていた彼女は、しかし唐突に、声を震わせた。

「歌吹。おまえはだめだ」

「え……？」

「おまえは、このような暗闇に、囚われてはならぬのだ」

――感情に呑まれるな。

舞照の手紙を巡り攻防したときの、賢妃の言葉を思い出す。

攻撃的になっていた歌吹を、ただ宥《なだ》めるために告げたのだと思っていた。だが違ったのだ。

傲雪の願いは、歌吹の想像する何倍も、切実だった。

「我が子を殺されて、復讐を願わぬ者などおらぬ。だが。だがな、歌吹。おまえは、おまえだって、わたくしの大切な……可愛い娘なのだ」

鶯《おう》歌《か》燕《えん》舞《ぶ》。

まるで春の日差しを味わうように、愛おしむように、賢妃は舌の上でその響きを転がした。

「おまえはわたくしに残された陽だまり。かけがえのない娘。おまえには、前を向いて生きてほしい。煮えたぎる憎悪に悶え、悪夢に跳ね起きるようなことを、してほしくない。穏やかにいてほしいのだ。憎しみを手放すためなら、すべて忘れたって構わない。わたくしや舞照を嫌ってもいい」

「賢妃様……」

「復讐が成るまでの日々は、ひたすらに苦しい。果たしたところで、今度は自らが罪人となり、世界中から石を投げられる。そのどちらにも、おまえを巻き込みたくはないのだ」

彼女たちの復讐相手は、皇帝に直言が許されるほどの祈禱師や、妃たちだ。

すでにこの事件は玄家によって秘匿され、皇太后から箝口令まで敷かれた。真相を解き明かすことは容易ではないし、法に頼らず裁きを下したなら、大罪人として玄家からさえ見放されるだろう。

――わたくしからのものだと、周囲には言わないでくれ。

歌吹はふと、霞粧《ほおべに》を寄越してきたときの傲雪を思い出した。

――わたくしはこれまで、ほとんどおまえの教育に携わってこなかった。

ずっと親身に雛女を導いてきたのに、急に突き放すような発言をした彼女。

傲雪は、歌吹との関わりを極力断とうとしたのだ。

万一自身が捕らわれた際、せめて歌吹のことは逃がせるように。

いったい自分は、目の前の女性の、どれだけの愛情と優しさに包まれてきたのか。

喉元まで熱が込み上げる。

身を震わせる歌吹の頬に、傲雪はそっと手を伸ばした。

「だっておまえは、復讐相手のもとに、こんな格好で乗り込むほど未熟だもの。気配すら殺せず……ふふ、おまえさえあの場に来なければ、今夜わたくしが、やつらを血祭りに上げていたのに。なんのために、酒に薬まで混ぜたと思う」

泣き笑いするようにして告げられた言葉で、歌吹も玲琳も悟った。

賢妃がなぜあの場に、あんな格好でいたのか。

望楼の一階で、見張りの女官たちはなぜ眠り込んでいたか。

なぜ妃たちも祈禱師も、ぺらぺらと調子よく罪を語ったのかを。

「ようやく、やつらが罪を語った……。ようやくあの忌々しい祈禱師が後宮にやって来た。今宵やっと、確信を持って、やつの体を裂いてやれるはずだった……！」

彼女は歌吹と同様、少しずつ真相に近付いていていた。

祈禱師を怪しみ、安妃が数年ぶりに後宮へとやってくる機会をひたすらに窺い、そしてとうとう彼女の罪を確信したあの瞬間、まさに復讐を果たす寸前であったのだ。

「この闇は、わたくし一人が引き受ける」

賢妃が、感情を窺わせない黒い瞳で、まっすぐに歌吹を見つめる。

「だから、頼む。おまえはどうか、手を引いてくれ。道を誤る前に」

ただしそこから一筋こぼれた涙は、どんな氷をも溶かすほど熱いに違いなかった。

「……賢妃様」

事実、深く凍てついていたはずの歌吹の心は、みるみる内に緩んでしまった。

溶けた水は涙となり、目から止めどなく溢れ出した。

「賢妃様。賢妃様。わたくし……」

気付けば衝動のまま、歌吹は傲雪へと腕を差し伸べ、抱きついていた。

幼子が母親に縋るように、顔を胸元へ強く押し付ける。

すぐに力強い抱擁が返り、ますます涙の勢いが増した。

「わたくしが、愚かでした」

なぜ、もっと早く、この人の懐へ飛び込んでゆかなかったのだろう。

誠実な人だと、知っていたはずなのに。自分より深い闇を、そして深い愛情を抱えてきたことに気付かなかった。いつも間合いを探っては、微妙な線を引いて。

もっと素直に胸の内をさらけ出していたら、きっとわかり合えたのに。寄り添えたのに。

二人で力を合わせれば、よりよい策も、ありえたはずなのに。

「歌吹。わかってくれるな。もうここで、手を引くのだ」

「賢妃様。ですが……っ、賢妃様お一人にすべてを押し付けるなど」

「頼むから。おまえを罪人にしたくはない」

「あのう」

賢妃と歌吹が涙ながらの押し問答を始めようとしたそのとき、玲琳はおずおずと声を上げた。

「水を差すようで、恐縮なのですけれど」

すっかり他家の雛女の存在を忘れていた玄家の女たちは、はっと顔を上げ振り返る。

「朱 慧月殿。この通りだ。この件はわたくし一人が責を負う。どうかその胸ひとつに収めてくれ」

「無理でございます」

申し訳なさそうな態度とは裏腹の、きっぱりとした言葉に、傲雪は面食らった。

「なんだと？」

「というのも、歌吹さまはすでに思い切り道を誤り、黄 玲琳を殺しかけたからでございます」

そして続く言葉に、絶句する羽目になった。

「……なに？」

「あ、あの、賢妃様。これは――」

「歌吹様は黄 玲琳を、三年前に霊麻《れいま》を買い占めた犯人だと誤解して、井戸に沈めたのですわ。幸いわたくし『朱 慧月』が救出しましたし、黄 玲琳も歌吹様を咎めるつもりはございません。ですが、すでにこの復讐劇は、黄家や朱家を巻き込んでしまっているのでございます」

　爽やかに歌吹の所業を暴露した玲琳は、そこで優しく微笑んだ。

「そして、第三者としてお二方の会話を拝聴していたわたくしは、このように感じました」

　姿勢よく腰掛けていた椅子から、すっと立ち上がる。

「さくっと復讐を、成功させてしまえばよいのではないでしょうか」

　穏やかな口調で、とんでもないことを言い出した雛女に、歌吹たちはぎょっと目を剥いた。

「だってそうでしょう？　お二人が絶望と怨嗟に苦しんできたのは、復讐相手がわからず、また遭遇できなかったから。今はまさに千載一遇の機会。ここで復讐を果たせれば、解放されます」

　こつ、と、品よく前に進み出る彼女からは、言いようのない気迫が滲み出ている。

　歌吹よりさらに手練れの傲雪でさえ、その迫力に、知らず喉を鳴らした。

「そしてもう一つ。賢妃様や歌吹様が一人で責を負おうとするのは、この復讐劇が、罪に問われるものとなることを想定しているからです。ですが公明正大に復讐すれば、その危険はありません」

「公明正大に復讐……」

　歌吹が戸惑った様子で復唱したが、玲琳は神妙に頷くだけだった。

「ええ。復讐をするなら、速やかに、そして堂々と。わたくしに考えがございます」

にっこりと笑みを深める。

歌吹たちほどの強い恨みではないが、祈禱師には、慧月を侮辱し、追い詰めたことへの怒りがあるのだ。もちろん、舞照のような善良な女性を平然と殺《あや》めたことにも、憤りを覚える。

さらに言えば、祈禱師のもたらす薬品を使い、雛女たちまで利用して、しきりと黄家を陥れようとする金淑妃や藍徳妃も、許しがたかった。

玲琳は今、はっきりと認識する。

彼女たちは、雛宮《すうぐう》という花園にはびこる汚泥だ。

そして花園が泥に沈もうとするときにこそ、蓮の花は、その汚泥を制し、力強く咲き誇らねばならない。

「ただしこれには、皆様の協力が必要です。具体的には、五家の雛女、全員の協力が」

玲琳は、ぽかんとしている玄家の二人を順に見つめ、手を差し出した。

「さあ、この復讐劇。声を出してまいりましょう」

雨で濡れていた肌は、すでに乾きはじめている。

玲琳はそばかすの浮かんだ頬を、笑みの形に緩めた。

4・慧月、凄む

鑽仰礼《さんぎょうれい》・終の儀まであと五日を残したその昼下がり、冬の空はすっきりと晴れ渡り、一方で風は頬を切るような冷たさだった。

日差しはあるのに、どこか人を拒絶するような寒さの、冬の梨園《にわ》。

静まり返った空間を、小包を抱えた金《きん》清佳《せいか》は無言で歩き続けた。

(なんと美しい梨園《にわ》ですこと。雑草に占拠された、金家のそれとは大違いですわね)

等間隔に植えられた庭木に、石の風合いを生かした四阿《あずまや》。石畳の道は、ごく自然に生まれたような曲線を描きながらも、その実、入念に計算された軌跡を描き、梨園《にわ》のあちこちへと延びている。

完璧に手入れされた梨園《にわ》を見て、清佳は感嘆し、だがすぐに俯《うつむ》いた。

(……四阿への道が、雑草に覆われていればよいのに。石畳が崩れて、蛇が出て、人が歩けなくなっていればいい)

ありえない願望に、つい自虐の笑みが浮かぶ。

金家を荒らす低俗な野草を排除し、清らかな花を咲かせることが、長らく清佳の目標だった。

だというのに今、いっそ、梨園《にわ》がめちゃくちゃに荒れていればよいと願うだなんて。

（悪へと続く道は、なんて滑らかなの）

丁寧に舗装された石畳の道を前に、堪《こら》えきれず清佳は立ち止まった。

どうして人気《ひとけ》がないのだろう。

女官か、鷲官《しゅうかん》あたりが現れて、自分を見つけてくれればよいのに。

他家の構える四阿に、供もなく近付こうとしている清佳のことを、見咎《みとが》めて、警戒してくれればいい。そうすれば清佳は、「目撃されては終わりだもの」と自分に言い訳して、すぐにでもこの道を引き返すのに。

だが、どれだけ立ち尽くしてみても、あたりには誰一人通りかからない。ちょうど昼餉《ひるげ》を終えて、雛女《ひめ》も女官も寛《くつろ》いでいる頃だからだろう。見舞いには最適の時間だ。

だから淑妃も、今この時刻に動くよう命じた。

清佳の歩く道の先には、黄《こう》玲琳《れいりん》が休んでいるはずの四阿があった。


「ねえ、清佳さん。玲琳様は長らく元気がないようだから、お見舞いに行ってほしいの」

いつも朝は不機嫌な淑妃は、今朝に限ってはやけにご機嫌で、清佳を梨園《にわ》に連れ出すや、例の猫なで声で話しかけてきた。

「玲琳様は、あまり高価なものを贈ると、遠慮なさる方でしょう。だから手頃な菓子と、それから、平癒祈願の人形をお届けしたいの」

そう言って彼女が差し出したのは、愛らしい木彫りの人形であった。

赤い頬をした少女が優しげな笑みを湛《たた》えていて、もし人から贈られたならば、清佳でも素直に嬉しいと感じるだろう品である。

淑妃にしては意外な趣味に、清佳は訝《いぶか》しさを覚えたが、麗雅《れいが》の次の発言によって、違和感は一気に警戒心へと転じた。

「中には、霊験あらたかな祈禱師《きとうし》様の手になる平安符《おまもり》が入っているのよ。ただし、多くの願掛けがそうであるように、願いは人に知られてはいけないの。だから、人形は玲琳様に見つからないよう、こっそりと四阿に置いてきてほしいわ」

艶麗さを自負する妃は、清佳を誘惑するように顔を覗き込んでくる。

いったい昨夜はどんな酒を飲んだのか、彼女からは癖のある花のような匂いがしたが、それよりも告げられた内容の怪しさに、清佳は眉を顰《ひそ》めた。

「……見舞いの品を、本人に、見つからないように渡せと？」

「ええ。恩着せがましいのも嫌味でしょう？」

麗雅は少し赤らんだ顔で応じる。

彼女の中で、理屈は通っていると思い込んでいる様子だった。

「ですが――」

「ねーえ、清佳さん。わたくし、これでも優しいつもりよ。いつも丁寧に頼んでいるでしょ。妃が、雛女風情によ？　その程度のことも弁《わきま》えられないなら、ほかの方に躾《しつ》けてもらうしかないのかしら」

反論すべく身を乗り出せば、麗雅は歌うような口調でそれを遮る。

石の卓に頬杖を突き、一転、這《は》うような声でこう告げた。

「あなたの未来の旦那様は、鞭《むち》を使うのがお好きだそうよ」

凄みある笑みと内容、その両方に、清佳は息を呑んだ。

「な……」

「わざわざねえ、手紙が来たの。軟膏《なんこう》の贈り物付きよ。花嫁には白き柔肌であってほしいのですって。そうでないと、赤い血が滴ったときの楽しみが減るから、と。まめな方よねえ」

くすくす笑ったかと思えば、大あくびをする。

淑妃は目尻に溜まった涙を拭きながら、「それで」と、物憂げに清佳を見つめた。

「見舞いに行ってくれるでしょう？　昼過ぎがいいと思うわ。その時間、女官たちに休憩を取らせているみたいだから」

伺いを立てるような口調だが、これは命令なのだ。時刻まで指定されている。

黄家の女官たちが四阿を離れる時間帯も、淑妃はすっかり把握している様子だった。

「この四阿の白練《しろねり》も、鷺官も下げておくわ。誰にも見られない。見舞いの品はそれ。そうそう、終の儀で陛下にお贈りする玉器も、職人に用意させておいたわ。ぜーんぶ、お膳立てしておいたから」

彼女はよほど眠いのか、頬をそのまま卓へと滑らせると、とろんとした目で清佳を見上げた。

「面倒見のよい妃に恵まれて、あなたは幸せだことねえ？」

ただし声に籠もった蔑みは、心臓を突き刺すほどに鋭いものだった。

（この人形には、おそらくなにかの細工がされている……。玲琳様を陥れるための、細工が）

菓子の入った包みとは別に、人形を収めた懐を、清佳はきゅっと押さえる。

愛らしいはずの小さな人形から、悪意が汚臭を放っているような気がした。

この人形を黄家の四阿に仕込めば、近い将来きっと、黄 玲琳に不利なことが起きる。

あの美しく、慈愛深く、気高い女性を、引きずり落とすなにかが。

けれどそれをせずにいたならば、地の底に引きずり落とされるのは自分なのだ。

薄布をまとわされ、閨《ねや》で慰み者にされる。好き勝手な暴力に怯えながら。

（もういや）

清佳はぎゅっと目を瞑《つぶ》った。

誰か止めて。邪魔をして。この滑らかに続く破滅への道を、どうか壊して。

だが、石畳の道には誰も現れない。雑草の一本さえも。

だとすれば、自分を止めるのは自分しかいないのだ。

（いっそ……）

どく、どく、と鼓動が速まってゆく。

ぎゅ、と、包みを抱きしめる腕に力を込めれば、懐で、硬い感触のものがごそりと音を立てるのを感じた。

呪い人形と一緒に、菓子を切り分けるために入れておいた、短刀だ。

（いっそ）

この、悪意で塗り固められた道。

進んでも、退いても、己を汚してしまうと言うのなら。

「………」

清佳は強く唇を噛み、ぎろりと前を見据える。

短く息を吐き出し、ついで毅然《きぜん》と、四阿に続く道を歩きはじめた。

＊＊＊

「金 清佳様がこちらに近付いていらっしゃいます」

冬雪《とうせつ》の静かな呼びかけを聞き、四阿でのんびりと月餅《げっぺい》を摘《つま》んでいた黄 玲琳――の顔をした慧月《けいげつ》は、喉を詰まらせそうになった。

「来たの？　本当に？」

「ええ。口の端についた餡《あん》をお拭きください。『黄 玲琳』様は、食べこぼしなどなさらない」

氷の女官、とあだ名される彼女は、淡々と告げる。

以前よりだいぶ険は取れた気がするが、隙あらば小言を呈するのは相変わらずだ。

「ふん。食べこぼすどころか、月餅を取り落としたって聞いたけど？」

「その原因はあなた様であったことをお忘れなく。では、わたくしは下がりますので、以降は手はず通りに」

慧月は手巾《しゅきん》で口元を拭いながら嫌味を返したが、冬雪はさらりと受け流す。

「ちょっと――」

「天幕の後ろに隠れておりますので、ご安心ください」

そうして、さっさと外に出て行ってしまった。

四方にぐるりと毛皮を張り巡らせた四阿の中、一人残された慧月は、大きな溜め息をついた。

「なにもかも、あなたの思い描く通りに進むってわけね、黄 玲琳」

ぼやく相手は、この体の本来の持ち主、黄 玲琳だ。

どこまでも大胆で、ふてぶてしく、かつやたらと悪運の強い女のことを、慧月は内心で、思い切りこき下ろしてやった。

昨夜、彼女の代わりに「保護」され、尭明《ぎょうめい》たちにあっさり正体を見破られてしまった慧月は、彼らに囲まれながら、それは大量の冷や汗を掻いて炎術を繋いだものだ。

しおらしく詫《わ》びさせれば、まだ尭明の怒りは収まるかもしれない。そう思って自白を促してやったというのに、あの女ときたら、「ダマで行きましょう」などと言い放つ。

あの瞬間の、背後に佇《たたず》む尭明が漂わせた冷気を思い出すだけで、慧月は震えが走る思いだった。

だが、そこは本当に慧月としても感心するのだが、尭明は見事に怒りを抑え込んだ。

そうして彼女に、処罰より報告より、避難を優先するよう命じたのである。

ただし、「鑽仰礼の後、覚えていろよ」と特大の釘を刺しながらではあったが。

あのときの、黄 玲琳のぎくっと怯えた態度は、なかなか見物であった。

巡り巡って自分に返ってくるのだろうとはいえ、尭明に「もっとやれ！」と喝采を送りたくなったほどだ。

（彼女が殿下を怒らせるあまり、抱かれでもしたら、わたくしの賢妃の座が確定してしまうと焦っていたけれど……最近ではなんだかもう、殿下に対して「やっておしまい」とさえ思うわね……）

慧月はげんなりと遠い目をした。

黄 玲琳はもっと、適切な恐怖心を知るべきだ。自制というものを覚えるべき。

暴走して、周囲を振り回してばかりの猪は、頑丈な檻《おり》に入れられてしかるべきなのだから。

（でも、無駄かも。さすがに懲りただろうと思ったのに、全然そんな気配がないのだもの）

慧月は無意識にこめかみを揉《も》み、改めて昨夜の出来事をなぞった。

あれは、黄 玲琳が避難を命じられてから、四半刻ほど後のこと。

尭明の差し向けた辰宇《しんう》たち鷲官は、即座に望楼へと駆けつけ、結果、呂律《ろれつ》が怪しくなるほど酔っ払った二人の妃を発見した。祈禱師は気配を察したか、立ち去った後であったらしい。

淑妃も徳妃も、「二人きりで親交を深めていた」と言い張ったので、証拠を持たぬ鷲官がそれ以上追及できるわけもない。

最優先事項であった「雷雨の夜に出歩き、危険に晒されている雛女があれば保護せよ」という命令については、どの雛女の姿も見当たらなかったため、辰宇たちはそのまま散会した。

報告を聞いた尭明はひとまず、玲琳たちが安全な場所に移動したのだろうと判断。

慧月に「玲琳から連絡があった場合には伝えよ」とだけ命じ、後宮に送り返したのであった。

だが、その「安全な場所に移動した」はずの玲琳が、いつまで経っても帰ってこない。

しびれを切らした慧月、そして冬雪や莉莉《りーりー》が、炎術を繋いでしまおうと燭台《しょくだい》に向き合ったとき、

「ああ、慧月様。まだ起きていらしたのですね」

黄 玲琳は朗らかに黄家の四阿へと戻ってきたのだった。一人でだ。

いったいこれまでなにをしていたのだと聞けば、彼女はのんびりと、玄端宮《げんたんぐう》にて賢妃や歌吹《かすい》と話し込んでいたのだと答える。

避難したはずが、なぜそんなことになっているのか。

慧月が激怒すると、黄 玲琳はおっとりと、頬に手を当てた。

「ええと、少々経緯が込み入っているのですが……結論から申し上げますと、五家の雛女で力を合わせ、敵を一網打尽にしよう、ということになりまして」

「いえ、意味がわからないから最初から全部話してほしいのだけど」

慧月が声にどすを利かせてしまったのも無理はあるまい。

玲琳はやはり穏やかに、蔵を移動した後まで遡って「経緯」とやらを説明したが、それを聞けば聞くほど、慧月の顔は一層強ばってゆく羽目になった。

「まずですね、歌吹様の事情は、慧月様もお聞きになったとおりです。お姉君の復讐ですね。わたくしは事情を聞いて、歌吹様に腹が立ってしまったので、手を貸すことにしました」

「最初から特大のぼけをかますのはやめなさいよ。どうして『腹が立ったので』手を貸すのよ！」

「だって、お姉君は歌吹様に『元気に過ごして』と書き遺したそうなのに、歌吹様が全然元気に過ごしていないのですもの。これではわたくし、殴られ損ではございませんか」

さっぱり理解できない理由だが、玲琳の中では筋が通った、かつ、とても重要な理屈らしい。

未知の思考回路を前に、慧月は思うさま怒鳴り散らした。

「そんなことを言って、結局お人好しを発揮しただけでしょう！　ふざけんじゃないわよ、わたくしがあなたを助けたのは、玄 歌吹を許すためなんかじゃ――」

「そう。あなた様は、わたくしを救ってくださった」

だが、玲琳に真剣な顔で手を取られ、言葉を失う。

つい先ほどまで死の淵をさまよっていた女は、敬虔《けいけん》とすら言える手付きで、慧月に手を重ねた。

「あなた様は、わたくしのほうき星。この手はいつも、人を絶望から力強く引き上げてくれる。だからわたくしも、この手に――『朱《しゅ》 慧月』にふさわしくありたいと思ったのです」

まるで、感謝を噛み締めるような口調。

真正面から、混じりけのない好意と敬意を捧げられ、慧月はすっかり動揺してしまった。

一方の玲琳は、ごく平然と説明を続けた。

「さてそれで、成り行き上、祈禱師様のいそうな宴の場所まで乗り込むことになりまして」

「結果、黒幕は祈禱師様だと判明し、さらには淑妃様や徳妃様の関与も判明しまして」

「彼女たちは『黄 玲琳』のことも狙っていまして」

次々と披露される展開に目眩《めまい》を覚えたのは、なにも慧月が繊細だからではないはずだ。

「そして慧月様との炎術を終えた直後、歌吹様と一緒に、とある人物によって強引にその場から連れ出されてしまいましたの。その人物とは、扮装して祈禱師様を殺そうとしていた、玄賢妃様でした」

だが、さらっと付け足されたその言葉にこそ、慧月は一番驚いたかもしれない。

「……はい？」

「ですから、扮装して祈禱師様を殺そうとしていた賢妃様」

「なぜ賢妃様が祈禱師を殺そうとするの!?」

「実は賢妃様は、歌吹様と同じかそれ以上に、お姉君の件を恨みに思っていたのです。彼女もまた、荒れ狂う憎悪を押し隠し、祈禱師様への復讐の機会を窺っていたのですわ」

あの淡々とした、いかにも玄家の女といった雰囲気の玄賢妃・儌雪を思い浮かべ、慧月はしばし呆然とする。

やがてしみじみと、呟いた。

「玄家って、怖いわ……」

「怖いですよねえ」

うんうんと頷く玲琳に、冬雪は心外そうに眉を寄せ、莉莉に至っては生温い微笑を浮かべた。

「とにかくそれで、賢妃様は歌吹様を復讐に巻き込むのを嫌がるし、歌吹様は賢妃様を『なぜ教えてくれなかったのです』と責めるしで、お二人ともどんどん絶望的な雰囲気になってしまいまして」

「それはそうよ……」

「なので、もう悩むのはやめて、さくっと復讐してしまってはどうかとご提案いたしました。協力しますから、と」

「はぁっ!? だから、なぜそこであなたが賢妃様に手を貸すのよ！」

絶叫する慧月の前で、玲琳は朗らかに片方の手を掲げてみせた。

「だって無実の女性が殺されたままなんて、あんまりですもの。それにこれは、慧月様のお嫌いな、『お人好し』の行為ではありませんわ。ちゃんとわたくしたちにも利のあるお話です」

きらきらと輝く瞳は、まるで慧月に「褒めて」と訴えかけるかのようだった。

「まず、祈禱師様と淑妃様、徳妃様は共犯ですので、祈禱師様の罪を明らかにできれば、まとめて摘発できます。あのお二人には初の儀で、慧月様まで巻き込んで嫌な思いをさせられましたもの。きちんとやり返さねばなりません」

ぴん、とまっすぐに立てられた玲琳の人差し指を見て、慧月は改めて、彼女の怒りの深さを知った気がした。

黄　玲琳は底抜けに寛容な人間だが、自分が慈しんでいる者が巻き込まれたとなると、報復をかけらも躊躇《ためら》わない女だ。

「二つ目。これは、考えすぎかもしれませんが……清佳様と芳春《ほうしゅん》様が心配です」

次に立てた指には、少しだけ躊躇いが滲んでいた。

「実は天幕が倒れる前、芳春様には忠告めいたものをもらいました。中の儀の後、清佳様が見舞いにいらしたときは、終始なにかを思い詰めているご様子でした。おそらくお二人とも、意志に反して、わたくしを陥れようとしているのだと思います。両妃を止められれば、お二人を解放できるはず」

——余計なこと、しないでくれます？

そのとき慧月はふと、藍家《らんけ》の四阿で見た芳春の姿を思い出した。

腹黒女のはずなのに、本物の怯えを滲ませていた彼女。

計算高いはずの瞳は落ち着きなくさまよい、顔は青ざめていた。

——あなたには、命懸けで手を差し伸べてくれる人がいたのに。

あの言葉には、単なる侮蔑だけでなく、恨みが籠もっていなかっただろうか。

自分には手を差し伸べてくれる人なんていないのに、とでもいうような。

「……そうね」

唇を撫でながら呟いた慧月に、玲琳もいたわしげな顔になった。

「意志を持って攻撃してくるなら叩き潰すのみですが、誰かに従わせられているのなら可哀想です。解放して、こちらに服従させてあげないと」

「……そうね？」

黄 玲琳がごく自然に王者の発想をしてしまうのは、その身に流れる黄家の血ゆえなのだろうか。

「そして三つ目ですが」

慧月の戸惑いをよそに、玲琳は厳かに三本目の指を立てた。

「慧月様。陛下の誕辰《たんしん》の贈り物って、もう準備されました？」

「え？」

予想外の質問に、ぽかんとする。

慧月はしばし考え、それからさあっと、血の気を引かせた。

鑽仰礼・終の儀の課題は、「皇帝の誕辰にふさわしい贈り物を用意すること」。

家の威信を懸け、最上の品を探し回るべき期間だったというのに、喧嘩やら陰謀やらに巻き込まれた結果、すっかり準備が疎《おろそ》かになっていたのである。

「なにも用意していないわ」

「実はわたくしもなのです」

玲琳も重々しく頷いた。

「ど、どうするのよ。あと五日、いいえ、四日しかない。ねえ、黄 玲琳、あなたのせいよ。わたくしはもっと早く相談したかったのに、あなたが無視なんてするからこんなことに――」

「そうですね、その通り。すべてわたくしが悪い」

動揺のあまり他責的になりはじめた慧月に、まったく動じることなく、玲琳は神妙に応じた。

「ですので、責任を取りとうございます。わたくしの提案にご協力いただけるなら、慧月様は五分の一の労力で、素晴らしい贈り物を用意することができます」

「素晴らしい贈り物？」

「ええ。きっと国宝に匹敵するほどのものになります。しかも慧月様は、材料をご提供いただくだけで構いません。すでに歌吹様の協力も取り付けております」

もしかして、人心を迷わせるあやかしの声とは、このようなものなのだろうか。

いまだ真意は掴めぬものの、懸案事項を突き付けられた後の提案は、慧月の耳にとびきり甘美に響いた。

高慢な祈禱師や、なにかと厄介な淑妃、徳妃を一網打尽にし、しかも終の儀で素晴らしい贈り物を用意する作戦。

それはいったい、どんな内容なのだろうか。

「も、もう少し、詳しく……」

「ただしこれを実現するには、清佳様と芳春様にもご協力いただかなければなりませんの」

無意識に身を乗り出した慧月の前で、玲琳はにこりと微笑んだ。

「おそらく明日、清佳様や芳春様は『黄 玲琳』を陥れようと、人形やら毒花やらを持ってやって来るはずですので――」

そばかすの散った頬を笑ませ、ぽんと両手を合わせる。

愛らしく小首を傾げて、彼女は言った。

「そこを捕らえて脅して、こちら側に寝返らせましょう？」

語尾こそ軽やかに上げているが、疑問形ではなく、ほぼ断定口調だ。

「脅す……？」

「ええ。慧月様なら、絶対にできます！」

顔を引《ひ》き攣《っ》らせた慧月の手を、きゅっと握り締める玲琳の顔は、晴れ晴れとしている。

「できれば明日中に寝返らせてしまいたいので、説得工作は分担しましょう。慧月様は、清佳様を。

わたくしは、まあ、芳春様で結構です」

「え、ちょ」

どんどん進む話に、頭が付いていかない。

なぜ自分まで金 清佳の説得に駆り出されるのだ。黄 玲琳はなにを企んでいるのだ。

というかやはり彼女は芳春が嫌いなのか。

「弱みを握り、裏切らせる。うふふ、わたくしたちの悪女ぶりも、だいぶ板についてきたものです。これもひとえに、悪女の大家、慧月様の薫陶ゆえと感謝しておりますわ」

「は？　は……？」

「二人の悪女が力を合わせれば、なにも怖くありません。せっかくですから、五人とも悪女になって、一致団結して敵を倒しましょう」

目を白黒させる慧月をよそに、玲琳はぐっと拳を握って告げた。

「根性！」

と。

（その後、黄 玲琳が寄越した作戦ときたら……）

慧月は、もう何度目になるかわからない回想を終え、同じく、何度目になるかわからない溜め息を吐いた。

まったく、あの胡蝶《こちょう》の皮を被った猪の大胆さには、毎度驚かされる。

誰か、それこそ尭明あたりが牽制《けんせい》してくるのを慧月は切に願ったものだが、なぜだか彼からは、使者の一人すら寄越されなかった。

あれほど、玲琳の無茶に気を揉んでいたにもかかわらずだ。

不審に思って玲琳に尋ねれば、彼女はえへ、と笑って「実は、皇后陛下に頼みました」と言う。

なんと彼女は、玄家陣に作戦を授ける際、賢妃を通じて皇后に「雛女たちに一任させてほしい」と根回しをさせていたのである。

もとより鑽仰礼は、男たちのものでなく、妃たちのものでもなく、雛女の領分。

その期間、外野は口を出さないでほしいという願いは、絹秀《けんしゅう》には当然の内容に思われたらしく、彼女はあっさりそれを呑んだ。すなわち、尭明に一切の手出しを禁じた。

というわけで鑽仰礼が済むまでのあと四日、玲琳たちは、危険な報復にのびのびと精を出せるのである。

「困ったときは皇后陛下の威を借りよ。これもまた、慧月様による悪女の教えのひとつです」

「人を悪の見本市みたいに言うんじゃないわよ！　言っておくけど、殿下の手出しを禁じれば禁じるほど、その後の反動は絶対にひどくなるんですからね。わかっているの？」

「う」

慧月が脅しつけると、玲琳はたじろいだように顎を引く。

「ですが……先延ばしにしている間に、先方が怒りを忘れてしまう可能性だってあるではありませんか。きっとある……あったらいいなぁ、みたいな……」

視線を泳がせる姿は、いたずらで壊してしまった壺を隠す子どもそのものだ。

その反応に、慧月は少々驚いた。

「殿下の胡蝶」はいつでも泰然とし、どんな人間の前でも悪びれないと思っていたのに。

(黄 玲琳も少し、変わってきたわね)

そして思う。

ここ最近、彼女は少しずつ、感情を露《あらわ》にするようになってきたと。

理不尽な罵倒に傷付くようになった。すれ違いを悲しむようになった。襲われれば腹を立ててやり返すようになり、大切な相手から叱られることを恐れるようになった。

きっとそれは、天女のようだった以前の彼女に比べれば、堕落したとも取れる変化なのだろう。穏やかさを手放し、心を揺らすようになり、怒りや卑怯さを身に付けてしまったわけだから。

だが慧月は、すべてを受け入れ、気高く微笑みながら死のうとする黄 玲琳よりも、今の彼女のほうが、よほど好ましく思えた。

みっともなくて、なにが悪い。

それこそが、生き生きしているということではないか。

そうした思いもあり、今の黄 玲琳を、突き放すこともできずにいるのだが——。

(いざ、こうしてすべてが彼女の掌の上で事態が進んでいくと、なんだか腹立たしいわね)

慧月は、徐々に天幕に近付きつつある気配を前に、渋面になった。

「――ごきげんよう。金 清佳でございますわ。玲琳様、ただいま少し、よろしくて?」

とうとう清佳が、来てしまったのだ。

「ええ」

慧月は軽く咳払いし、努めてしとやかな声で応じた。

こうなっては仕方がない。作戦を実行するのみだ。

覚悟を決め、清佳を招き入れた。

「どうぞ、お入りになって」

「ありがとうございます」

四面ある毛皮の内、石畳に面した側の毛皮を少し持ち上げてやれば、清佳は優雅な挙措で中へと踏み入ってくる。

「玲琳様が長らく、お加減が優れぬままだというのが心配で……。先日は菓子も持たず伺ってしまったので、再度、見舞いに上がりましたの」

「まあ、お気遣いいただいて恐縮ですわ」

慧月は笑みを浮かべ、その実警戒しながら包みを受け取った。

黄 玲琳によれば、清佳は金淑妃に命じられ、叛意《はんい》の証拠となる人形を仕込みに来ているはずだ。

わずかに膨らんでいる清佳の懐を見て、慧月は「そこか」と当たりを付けた。

(もしやこの菓子にも、毒かなにかが仕込まれてやいないでしょうね)

すぐに開ける気にはなれなかった包みは、ひとまず卓に置いて、清佳を向かいに座らせる。

華やかな金家の雛女は、周囲を見回すと、ぽつりと呟いた。

「女官たちは、いないのですね……」

「ええ。ちょうどこの時刻、皆に休憩を取らせているのです」

本当は、付け入る隙を演出すべく、黄　玲琳が退がらせてしまっただけだし、冬雪はすぐ後ろの天幕に控えているのだが。

「わたくしの淹《い》れるお茶では、あまり美味しくないかもしれませんね。申し訳ないですわ」

「いいえ、そんな」

清佳ははっとした様子で否定し、それから軽く俯いた。

「……わたくし、玲琳様にもてなしていただくべき身では、ございませんわ」

蚊の鳴くような声。

やはり彼女は、この工作について、相当深い葛藤を抱いているのであろう。

(ふん、どれだけ悩んで善人ぶろうが、結局ここに来た時点で、あなたは実行犯なのよ)

だが慧月は、美しい顔を歪《ゆが》める清佳を前にして、こっそりと鼻を鳴らした。

そもそも慧月は、この女のことが好きではないのだ。

黄　玲琳にも比する美貌を持ち、舞にも優れ、常に堂々としている彼女のことが。

金　清佳は潔い女だ。美しいものを愛し、醜いものを嫌って憚《はばか》らない。

一貫した基準を持つ彼女は、ある意味で裏表のない人間と言えよう。

だが、醜いと判じられ、攻撃されてきた身としては堪《たま》ったものではなかった。

（いいじゃない、初めての挫折。せいぜい醜い行いに手を染めて、苦しむがいいわ）

金 清佳が、黄 玲琳にほとんど崇拝めいた感情を抱いているのは知っている。

なぜなら、見目麗しく、優雅で、どんな問いにも穏やかさと聡明さをもって応じる胡蝶は、清佳の理想の体現者だからだ。

ずっと焦がれて見上げてきた胡蝶の羽を、自らむしろうとしている現実は、どれほど醜悪な行為として清佳に映ることか。

けれど、それを選んだのは、ほかならぬ清佳自身なのだ。

「菓子の包みを……開けますわね。大きいので、少し、切り分けたほうが食べやすいかと」

不自然な沈黙の後、清佳がぎこちなく包みを開ける。

現れたのは、芸術品のように立派な花糕《かこう》であった。たしかに、そのまま食べるには大きい。

「よければ、わたくしが。あら……どこに仕舞ったかしら。たしかに、わたくしとしたことが」

清佳が、それらしく衣のあちこちをまさぐるのを見て、慧月は鋭く目を細めた。

（今、呪い人形を仕込むつもりかしら）

たとえば、身を屈《かが》めた拍子に。

あるいは、なにかを取り落としたふりをして、それに紛れて。

だが、それをしたとき、金 清佳はこちらに従うことになる。

「わたくしと、したことが……」

清佳はしばらく衣を探っていたが、しかし不意に、天を見上げて口を噤《つぐ》んだ。

「…………」

「清佳様？」

怪訝に思った慧月が声を掛けると、清佳はふっと、苦々しい笑みを浮かべた。

「……なんと無様な」

「え？」

目を瞬かせた慧月の前で、金家の雛女は居住まいを正し、懐へと指先を伸ばした。

「玲琳様。わたくし、玲琳様に折り入って、お伝えしたいことがございます」

白い指が取り出したのは、人形かと思ったが、違った。

花糕を切り分けるためと思しき短刀だ。

彼女は、鞘《さや》に収まったままのそれを卓に伏せると、まっすぐに慧月のことを見据えた。

「わたくしは、あなた様を心より尊敬しております」

「はぁ……？」

驚いたのは慧月だ。

悩みながらことを仕掛けるかに見えた相手が、突然、真剣な表情で語りはじめたのだから。

だが、清佳は慧月の困惑などお構いなしだった。

彼女は、声が震えるのを必死に抑え、切々と訴えた。

「恥ずかしながら、自領にいたときのわたくしは、自分こそが最も優れた器量を持つ女だと自惚《うぬぼ》れておりました。だからこそ、玲琳様と初めてお会いしたとき、あなた様の美しさや、才能、聡明さに、雷に打たれたかのような衝撃を受けました」

「そ、そうですの」

慧月は反応に悩み、曖昧な相槌《あいづち》を打ってしまった。

そんな告白をされたって、自分が喜ぶわけにも、謙遜するわけにもいかない。

「玲琳様は誇り高くていらっしゃる。病弱でいらしても、それを言い訳にすることなく、努力を重ね、弱さを見せない。どれだけ周囲から愛されても、けっして彼らに寄りかからない。媚《こ》びず、甘えず……卑俗な金家の傍流たちとは大違いです」

卓の上、短刀のそばに置かれた清佳の拳が、激情を堪えるように握り締められる。

切れ長の瞳には、涙の粒が浮かびはじめていた。

「玲琳様とともに過ごせたこの日々は、わたくしの宝。あなた様はわたくしの理想。その理想を、自らの手で汚すことなど、わたくしにはできない」

震え声ながら、きっぱりと告げた清佳に、慧月は軽く目を見張った。

(なんですって?)

では、淑妃を裏切るというのか。

「けれど……っ」

だがそこで、清佳はいよいよ身を震わせた。

「淑妃は、あの強欲な女は、わたくしに玲琳様を陥れるよう命じました。ことが成せねば、わたくしは雛女の座を追われ……好色な男に売られ、な、慰み者にされてしまう。閨に押し込まれ、この身に、好き勝手、むくつけき手や、鞭を這わされ……っ」

血を吐くように告げた彼女は、ぶるぶると揺れる手を短刀に伸ばした。

「いっそと、わたくしは思うのです。雛女の座を追われるくらいなら。この身を好き勝手に暴かれるくらいなら。いっそ」

ぎこちなく握った短刀を、彼女はひしと己の胸前で抱きしめる。

瞳を強くぎらつかせ、清佳は凜と言い放った。

「わたくしは雛女の座を、自ら辞そうと思います」

刀を帯びた彼女が、真に言わんとしていることは明らかだ。

金 清佳は、自害も辞さぬ覚悟でいる――。

(……はん)

だが、清佳の悲壮な決意を聞き、慧月はしらけた思いを隠せずにいた。

(馬っ鹿じゃないの?)

だって慧月は知っているのだ。

本当に死を望む人間は、こんなふうに人前でそれを宣言したりなんかしない。

絶望を微笑みの下に押し隠し、うまく泣くことさえできずに、堪えて、堪えて、ある日ふらりと姿を消してしまうのだ。誰の手も取ろうとせず、一人で。

すべてを諦めて、ひっそりと井戸底に沈んでいこうとした、黄 玲琳のように。

(清佳様は酔っているだけね、己の悲劇に)

よって慧月は、冷ややかにそう断じた。

自分自身が一番哀れだと思い込み、戦うこともせずに自滅を選ぶ。

その選択すら、胸ひとつに留めておけないで。

覚えのある状況だ。

そう。今の金 清佳は、朱貴妃に追い詰められて絶望し、黄 玲琳に「殺して」と縋《すが》った、かつての自分自身《けいげつ》とそっくりだった。

なんとも言えない不快感が込み上げ、慧月は剣呑に目を細めた。

「本当に淑妃様に、そう言われたのですか？　黄……わたくしを陥れねば、雛女の身分にあった女を、ほかの男のもとに嫁がせると？」

「ええ。淑妃は俗悪な金家傍流の女。傍流どもは、金さえ手に入ればそれでよいのです。尊厳も道理もなく、自領の女を競りにかけるのですわ」

「ふぅん。なら、金で解決すればよいではありませんか」

そしてつい、思ったままを口にしてしまった。

清佳はぽかんとしてこちらを見たが、知ったことではなかった。

「だってそうでしょう？　淑妃様は、あなたが雛女として役に立たないから、せめて金を儲けて元を取ろうとしただけ。当然の発想のように思えますわ」

「え……？」

「競りにかけるなんて、ある意味徹底していますこと。金で満足してくれるというなら、あなた自身が、自分を競り落としてしまえばよいではありませんか。あなたには雛女として与えられた俸禄も、元手となりえる舞の才能も、きれいな顔もおありでしょう？」

問いかける声に、つい皮肉の色が滲んでしまった。

だって、金 清佳はちっともわかっていない。

このままでは売られてしまう、などと言いながら、自分がどれだけ有利な札を持っているかを。

彼女は舞がうまい。皇太子から直に褒められるほどの才能だ。べつに誰かのもとに嫁がずとも、一人で身を立てていける。大金だって稼げるはずだ。

彼女は美しい。黄 玲琳の庇護欲《ひごよく》をくすぐる美貌とは異なれど、ぱっと目を引く華がある。

その麗しい声と澄んだ声をうまく使えば、男なんて簡単に手玉に取れるだろう。

つまり彼女は、その気になれば競りなんて回避できるし、よしんば好色な男のもとに嫁がされたとしても、その容貌を生かして相手を操縦することだってできるのだ。

才能にも、美貌にも恵まれず、後見人の貴妃に追い出されたら嫁ぎ先もなく、死ぬしかなかった慧月とは、話が違う。

（よしよしと慰められるとでも思った？　残念、この『黄 玲琳』は、そんなことしないのよ）

もし清佳の目の前にいるのが本来の黄 玲琳であれば、きっと彼女は眉を寄せ、親身に話を聞いただろう。

早まった真似はよせと制止し、一緒に考えましょうと手を差し伸べる。

あの女はいつもそうだ。慧月の真似をした、などと言うが、あれは本来の気質に違いない。

（つまるところ、あの女は甘いのよ。誰も彼もを、救おうとする）

自身がその性質に助けられたくせに、いいや、だからこそ、玲琳がこれ以上ほかに慈愛心を振りまくのは嫌だった。

だってそれでは、この自分も結局、黄 玲琳にとって有象無象の存在でしかないということになってしまうではないか。

「淑妃様の鼻先に、金子を突き付けてやればよいではありませんか。ああ、よければ、黄家が面倒を見ましょうか？ 清佳様ほどの舞い手を私妓として抱えられるなら、鼻高々というもの。金に糸目は付けませんわ」

勢いで黄家の財布を借りてしまったが、一拍置いて、実際それは名案だと慧月は思った。

皇后にせよ黄 玲琳にせよ、黄家の女たちは底抜けに鷹揚《おうよう》だから、金になんてきっと頓着しない。名妓が手に入るとなれば、惜しみなく大枚をはたくだろう。そうしたら慧月もときどき黄 玲琳と入れ替わって、黄家の紐付きとなった清佳をいびり抜いてやる。

「な……」

くすくすと笑い出した雛女を前に、清佳はしばらくなにも言えずにいた。

（玲琳様……？）

突き付けられた言葉が、信じられなかった。

黄 玲琳がたおやかでありながら、その実芯の通った性格の持ち主だということは、理解していたつもりだ。

だから、自害を匂わせても、慰められたいなどとは期待しなかった。むしろ厳しい顔をされて、そんなことはおよしなさいと、叱られる可能性もあると思っていた。

いずれにせよ、彼女からはもっと、真摯な反応があると思っていたのだ。

こちらの意志を尊重して頷くであるとか、逆に命の大切さを説いて叱るであるとか。

だというのに、まさか、「金で解決すれば？」だなんて。

清佳は不意に、嘲笑を浮かべる「黄 玲琳」が、頬杖を突いていることに気が付いた。

攻撃的な表情も、だらしない仕草も、皇后筆頭候補にまったく似つかわしくないものだ。

（――……彼女は）

なんら論理的でない、思考よりも感覚に近しいなにかが、ぞくりと背筋を駆け下りていった。

（誰なの？）

殿下の胡蝶、黄 玲琳。

その佇まいは典雅で、いかなる時も気品を損なわない。

凍った池に沈んだ直後でさえ、きちんと背筋を伸ばしていたというのに、今、猫のように背を丸め、だらしなく肘を突いているだなんて。

まるで体を縮こめるような姿勢。睨み上げるようにして浮かべる嘲笑。

その姿が、清佳の記憶のどこかを、強く刺激した。

「あらあら、清佳様、どうされました？　真っ青ですわ！」

言葉とは裏腹に、意地悪く跳ね上がる語尾。

弱った相手と見るや強気に話しかけてくる態度。

興奮するとすぐに声が裏返る口調は——誰かに、とてもよく似ている。

(まさか)

ごく一瞬、脳裏に閃いた考えはあまりに荒唐無稽なもので、すぐに振り払う。

だが、どれだけ否定しても、それはしつこい染みのように頭に滲み出し、やがて清佳の全身を蝕《むしば》んでいった。

(ありえない)

きっと疲れているのだ。

こんな、とうてい現実にはありえないことを、思いついてしまうなんて。

——媚薬《びやく》なんて、卑俗な道術とともに葬られた、伝承のようなものだろう？　実在するとでもいうのか？

だがそのとき、先日の茶会での会話を、清佳はなぜか思い出してしまった。

——慧月様のお父君は、道士を志していた風変わりな方だったとのことで……。

道士を父に持つという彼女。最近やけに、黄 玲琳に接触していた彼女。

今や伝承と思われている道術を、もし父親から継承していたのだとしたら？

鼓動が速まる。

からからに乾いた口で、清佳はこう切り出した。

「——それもよいかもしれませんわね、玲琳様」

「え？」

目を瞬かせた相手に、気取られないよう腹に力を込める。

なにかに驚く際、清佳の憧れる胡蝶は、こんな風にぽかんと、口を開けたりはしなかった。

なぜ気付かなかったのだろう。

黄　玲琳の優美な眼差し、舞のような仕草、そのひとつひとつを、ずっと熱心に研究してきたはずの自分なのに。

相手が扇で顔を隠していても、指の動かし方ひとつ見れば、正体を見抜ける。

それほどの精度で、芸を高めてきたはずの自分なのに。

「黄家お抱えの私妓となり、玲琳様のもとで芸を高められたなら、きっと素敵ですわね」

「え……」

「覚えていらっしゃいますか？　いつかわたくしと、競演舞をしてくださるという約束を。あれは、たしか今年の春先、梅を見上げながらでございましたね」

清佳は短刀を置き、目の前の女に向かって誘うように微笑みかけた。

実際のところ、黄　玲琳とそんな約束など交わしたことはない。

だがあえて、清佳はこう続けた。

「燕歌鶯舞。春のきらめく光景を体現するがごとき舞を、共に披露しましょうと、玲琳様は誘ってくださった。鶯のように見事な舞を期待していますわと仰《おっしゃ》って」

「……ああ」

相手は困惑を滲ませたように押し黙り、だがやがて、頬杖をやめて頷いた。

「そんなことも、ありましたっけ」

その瞬間のことだ。

清佳は卓に大きく身を乗り出し、鞘を払った短刀を相手の首に突き付けていた。

「あなたは誰なの」

無意識のことだった。

怒りで声が震える。

確信に変わったおぞましい推測が、清佳を凶行に駆り立てた。

「と……っ、突然、なにをするの、清佳様――」

「玲琳様とわたくしは、競演舞の約束などしていない」

ぐ、と刃先を近付けて凄《すご》めば、目の前の女は息を呑み、それからぎこちなく笑った。

「そ、そう。勘違いしてしまいましたわ。ここ最近、慌ただしかったものですから」

「慌ただしいと、言い間違いにも気付かなくて？　燕歌鶯舞《えんかおうぶ》ではない。鶯歌燕舞ですわ。舞うのは燕《つばめ》。

こんな慣用句さえ、ご存じない？」

吐き捨てるように告げると、相手は悔しそうにぐっと言葉を詰まらせる。

ああ、そうだ、そうした反応も彼女そのものだ。

「い、今のは、その、疲れていたから」

「玲琳様のお顔で、そんな見苦しい言い訳をしないで。聞き苦しい悲鳴を上げないで」

雛女として違和感のない会話はかろうじてできても、致命的に学のない女。感情的な女。

裏返った声で話し、情けなく悲鳴を上げ、すぐに言い訳をする。

強者におもねり、弱者をいたぶり、困難があれば、すぐに他人に縋り付く女。

「か、刀を離して……」

こちらの肩を押し返そうと持ち上がった手が、みっともなく指を開き、がくがくと震えているのを見て取り、清佳はいよいよ怒りを募らせた。

黄 玲琳の手は、いつだって誇り高い美を湛えていたのに。

同時に、はっきりと確信した。

このぎこちない姿勢。だらしのない体の動き。しばしば、雛宮《すうぐう》で目にしてきた。

「なぜ玲琳様の体を、乗っ取っているの？」

問いながら、すでに清佳は答えを知っていると思った。

鑽仰礼があるからだ。

雛女を審査し、順序づける儀式があるから。

自力では勝てないと考えた彼女は、道術で他人の体を奪うことにしたのだ。

「答えなさい、朱 慧月！」

首に尖った刃先を感じた慧月は、呼吸を浅くし、身を強ばらせた。

「ねえ、そうなのでしょう。道術で玲琳様の体を奪ったのでしょう。無芸無才のあなたでは、鑽仰礼を生き残れないから！　わたくしは、逃げ出したい思いを堪えて儀に臨んできたというのに、あなたときたら、他人の体を使ってことを済ませようなど……なんと卑劣な。このどぶネズミ！」

鋭い糾弾の声に、慧月は心臓を錐《きり》で突かれたような心地を覚える。

いったいなぜ見抜かれたのだろう。

「ここまで気付かなかったわたくしも愚かだわ。そのだらしのない仕草、品のない表情、低俗な発想。ああ、見れば見るほど、あなたでしかないというのに！」

ちょっとした仕草や顔つきで、入れ替わりの事実どころか正体まで見抜かれるなんて、誰が予想したものか。

金　清佳は、こちらが思うよりずっと鋭く、聡明だったのだ。

危機感に、冷や汗が滲む。

だが、清佳が続けた言葉に、慧月は目を瞬かせることになった。

「答えなさい、朱　慧月！　さもなくば、今すぐ鷲官に突き出すわよ！」

そのとき抱いた感想を率直に表現するなら、「なんだ」だった。

（……その程度？）

目の前で未知の秘術が展開されていると知り、憧れの人物が他者に体を乗っ取られていると知り、清佳がするのは鷲官に訴える程度なのか。

（目を抉《えぐ》ったり、虫責めを仕掛けるのではなく？　引き倒して髪を抜き、水を浴びせるのでもなく？　周辺のものを薙《な》ぎ倒して、圧死させようとするのではなく？）

どれも、報復に出たときの黄家の女の対応だ。

改めて見れば、清佳が首に突き付けた短刀は、怒りと緊張で小刻みに震えている。

こんな握り方では、慧月でも容易に躱《かわ》せてしまえるだろう。

現に、「応戦に値しない」とでも判断されたのか、天幕の裏にいるはずの冬雪が乱入してくる気配もない。

試しに、手近な燭台の炎を膨らませ、清佳の手を一瞬包んでみせると、彼女は「きゃあっ！」と椅子を蹴って立ち上がり、短刀を放り出した。

「こ、これが道術なの……!? な、なんとおぞましい……！」

手を胸の前で握り締め、なんとかこちらを睨みつけてくる清佳。

だが、その美しい瞳には、恐怖の色がくっきりと浮かんでいた。

「お、脅して口を封じようとしても、そうは行かないわ。邪術でことを成そうとする、浅ましい女のことなど、わたくしはちっとも」

「あなたね」

余裕が生まれるにつれ、慧月は、きゃんきゃんと騒ぎ立てる清佳への苛立ちを募らせはじめた。

「きれいごとも大概になさいよ」

感情のまま、ばんっと目の前の卓を叩いて立ち上がる。

荒々しい言動に慣れていないらしい金家の雛女は、怯えと非難とをない交ぜにして息を呑んだ。

「ええ、そうよ。仰る通り、わたくしは朱 慧月。雛宮のどぶネズミ。道術で黄 玲琳と入れ替わったの。でもそれを、あなたに非難される筋合いなどないわ。黄 玲琳自身が許容しているもの」

「な……っ！　そんなでたらめ、誰が信じるものですか。私欲のために邪術で玲琳様の体を奪ったのでしょう？　そんな醜悪な行いをしておきながら、よくも」

「はいはい、『醜悪』ね。言ってくれるじゃない。じゃあ聞くけど、あなたの美学ってなんなの？　しょせん口ばかりじゃない。あなたの美学には、『根性』ってものがないのよ！」

力の限り一喝してしまってから、慧月は内心で、複雑な思いを噛み締めた。

美学に根性という取り合わせはどうなのだろう。明らかに誰かに影響されすぎている。

後ろの天幕で冬雪が噴き出す気配がし、一方の金　清佳は困惑気味に眉を寄せた。

「なんですって？」

だが、口にしてしまった言葉は取り返せない。

慧月は腹をくくり、肩に掛かっていた髪をばさりと払った。

「ふん。わたくしはむしろ、淑妃の気持ちがわかるわよ。あなたは、美しくありたい、高潔でありたいと口では言うけれど、そのために戦うことなんてしないじゃない」

じり、と清佳が後ずさったぶんだけ、慧月は近付く。

石の床に、こつりと沓《くつ》の音が響いた。

「無理矢理嫁がされそうになる？　じゃああなたは淑妃に嫌だと抵抗したの？　殴りかかった？　金切り声を上げた？　罠に嵌《は》めた？　せいぜい怯えながら睨んだだけでしょう、今みたいに！」

おそらくそれが、普通の姫君なのだろうとは慧月も思う。

だが、同時にこうも思わずにはいられなかった。

（わたくしは戦った。抗ってきた）

金切り声を上げ、歯をむき出しにして、道術を駆使して他人を呪った。

人はそれを惨めだと笑うけれど、罪だと言うけれど、それでも慧月は髪を振り乱し、なりふり構わず立ち向かってきたのだ。

この不条理な人生で、自分が自分であるために。

手を差し伸べてきたのは、黄 玲琳だけだった。

慧月が恵まれたものなんて、ほかには何一つなかった。

「あなたには美貌がある。才能がある。自力で戦えるじゃないの、わたくしと違って。そして今、黄家からの資金提供という、他者の助力まで差し出されたというのに、あなたはそれを使いもしない」

「…………っ」

「足掻こうともしないくせに、被害者ぶって、挙げ句の果てに、一生懸命悪あがきをしているわたくしを醜いですって？　何様のつもりよ！」

思いきり啖呵《たんか》を切ってやると、清佳は弾かれたように顔を上げ、やがてぐっと唇を引き結んだ。

澄ました表情ばかりを浮かべていたはずの瞳に、ぎらりと強い怒りが滲みはじめる。

清佳は胸に手を当て、一語一語をちぎるようにして反論した。

「醜いものは、醜いのよ。他人に寄生し、感情のままに振る舞うのは、おぞましいことなの。野望を隠しもせぬ傍流たちの暴挙を、わたくしの祖母や母は、黙って耐えてきた。高潔に、よ」

その脳裏には、踏みにじられた庭を前に、拳を握って黙り込む母や祖母の姿があった。

彼女たちは背筋を伸ばしていた。

声を荒らげることも、感情のまま物にあたることもせず、まっすぐに前を見つめていた。

いつも孤独な室《へや》に端座し、遠くから悩ましい嬌声《きょうせい》——あの、欲望を開けっぴろげにし、他人に媚びて寄生する女たちの声！　——が届いてきても、顔を顰《しか》めさえしなかった。

彼女たちの横顔から、清佳は学んできたのだ。

高潔とはなにか、清廉とはなにかということを。

「金家直系の者たちは、誇り高くあらねばならないのよ！」

「じゃあ誇り高く耐えてきた結果、あなたたちは救われたわけ!?」

清佳は天幕を震わせるほどの声量で叫んだが、慧月の声量はそれ以上だった。

当然だ。

怒鳴り散らすことにかけて、慧月の右に出る者などいないのだから。

「傍流の思うがままに家を操られ、しまいには身売りまでさせられそうになってる！　黙って耐えることのなにが素晴らしいの？　そんなの、身を竦《すく》めているだけじゃない！」

「違う——」

「ねえ。懐にしまってあるのでしょう。出しなさいよ」

押し問答になりつつあるのを察し、慧月は素早く切り口を変えた。

「黄 玲琳を陥れるためのものを、淑妃に持たされたのでしょう？　察するに、人形？」

「なぜ……」

知られるはずのないことを突き付けられて、清佳が大きく目を見開く。

愕然《がくぜん》としている相手の隙を突き、慧月は強引に懐から人形を奪い取った。

「なにをするの……！」

「あらまあ、可愛らしい人形ですこと！　これを仕込みにきたの？　中にはなにが入っているのかしら。毒？　それとも、怪しげな呪符？　黄 玲琳を、謀反人に仕立て上げようというわけ！」

「そんなこと、知らされていないわ！」

「でもあなたは薄々理解していた！　そのうえで、この人形をのこのこ持ってきたのよ。高潔？美学？　聞いて呆れるわ、ただ怖じ気づいて淑妃に従っているだけのくせに」

再度卓を叩いて突き付けてやると、清佳はとうとう、青ざめて黙り込んだ。

慧月は短く息を吐き出し、奪い取った人形を卓に転がした。

「ねえ、清佳様。この人形って、あなたとそっくりだわ。きれいで、姿勢もいい。なにせ木彫りだもの。なにがあっても表情を変えず、黙って耐えている。そして、持ち主の好きにされるがまま」

こつ。

沓音を立て、また一歩、清佳に詰め寄る。

鼻先が触れ合いそうなほどに顔を寄せ、慧月は相手を睨みつけた。

「これが理想だとでも？」

「………」

清佳の唇はわななき、肩からは力が抜けはじめていた。

「ねえ、わかる？　これをわたくしに気取られた時点で、あなたはおしまいなの。後はもう、わたくしを殺すか、淑妃に刃向かうか、自分を滅ぼすしか、道はないのよ。わたくしは親切にも、あなたを作戦に引き込んで、淑妃に刃向かわせてあげようと思っていた」

でも、と、慧月はそこで唇を歪めてみせた。

「人形みたいな女を仲間にするなんて、ごめんだわ。脅して従わせたところで、またうじうじ被害者ぶるんでしょ？　見苦しいったら！」

見苦しい、の言葉に、清佳は弾かれたように顔を上げた。

「わたくしを、見苦しいと言ったの？」

直前まで消沈していた瞳に、苛烈な光が蘇《よみがえ》る。

ただ清廉なだけではない、凄みのようなものが、彼女の顔つきに滲みはじめた。

「この、わたくしを」

「ええ、そうよ。聞こえなかったの？　何度でも言ってあげるわ。口先だけのきれいごとを唱えて、うじうじ悩むあなたは、見苦しくて、醜いわ！　うわべだけきれいな、無様な人形！」

慧月がきっぱりと言い切った瞬間、明らかに、清佳のまとう雰囲気が変わった。

視線は鋭く、華やかなだけだった美貌は、迫力を備えたものへ。

彼女は反論を口にすることなく、素早く、卓に転がっていた短刀を拾い上げた。

「…………！」

迷いのない手付きに、慧月は軽く驚く。

金 清佳が口よりも先に、行動で意志を示そうとするのは、初めてのことだった。

(どう出るの)

さりげなく背後の燭台に向かって気を練りながら、慧月は身構える。

握り締めた短刀で、彼女は、自害を決行することにしたのか、それとも、慧月の口を封じることにしたのか。

(こちらに振りかざしてきたら、火だるまにしてやる)

ごくりと喉を鳴らし、間合いを測る。

清佳は短刀を握り直し、大きく振り上げ――。

――だんっ!

それを、卓に放り出されていた人形に突き立てた。

「…………!」

ぎょっとする慧月の前で、人形はしばし沈黙し、それから、ぱかりと間抜けな音を立てて、二つに割れた。

「訂正してもらうわ。わたくしは、醜くなどない」

人形の内側は空洞になっていて、そこには怪しげな文言が赤茶けた墨で綴《つづ》られていた。

清佳はそれを冷ややかに見下ろすと、呪符が綴られているほうの半身を、今一度刃で貫いた。

「そして、人形でもない」

あれだけ啖呵を切っていた慧月でさえ怯ませるような、気迫だった。

そこでようやく、慧月は理解する。

たとえ自分から見て理解に苦しむ価値観でも、金 清佳にとっては不可侵の指針なのだと。

慧月にはわかりえぬ、金 清佳の十七年分の、あるいは彼女の母や祖母まで含めた人生が詰まっている。

たとえ臆病と罵られようが、彼女たちが絶対に譲らなかった、頑《かたく》なまでの美への情熱が、そこにはあるのだ。

「たしかに、わたくしがこれまで、なにひとつ具体的な行動を取ってこなかったことは、認める。正しい努力を払い、行動を起こすべきだと、認識を改めましたわ」

怒りを突き抜けた清佳の声は、いっそ淡々としていた。

「けれどそれは、美しくあることへの誇りを、捨てるという意味ではない」

白い肌に、切れ長の瞳。緩く波打つ髪に、一分の隙もない立ち姿。

たしかに彼女は、今、神々しいほどに美しかった。

「低俗な淑妃には、もう従わないわ。自害で逃げることもしない。どちらも、醜いから。今目の前にある道のうち、あなたの手を取ることが唯一、かろうじてましに見える」

からん、と、短刀を投げ捨て、清佳は居丈高に言い放つ。

「だから、朱 慧月。あなたの言う作戦とやらを話しなさい。聞いて差し上げるわ」

美しく整えた眉を片方だけ持ち上げる仕草は、役者のように板に付いていた。

「そのうえで、そちらに付く。脅されて言うことを聞くのではない。美学に沿うと判断した場合に限り、わたくしが、あなたに協力してあげるのよ」

口上のように朗々と告げ、清佳は慧月に向かって手を差し出した。

白魚のような手を、慧月はまじまじと見つめ、それから思わず、噴き出しそうになる。

まったく、なんて気位の高い女だろうか。

だが、それでこそ金 清佳。

美と芸術を司《つかさど》る金家の雛女だ。

「いい選択をしたと思うわ。ただし言っておくけど、この作戦を聞いたら、あなたの黄 玲琳への憧れは、粉々に砕け散るでしょうね」

予想していた形とは異なるが、説得成功だ。

金 清佳は人形を破壊し、淑妃とは訣別した。

もう「こちら側」の人間である。

上出来の成り行きに、安堵《あんど》と愉悦とを半々にしながら、慧月は清佳に向かって手を差し出す。

だがそれを見た清佳は、嫌そうに顔を顰め、手を引っ込めた。

「あなたって、手の伸ばし方ひとつ取っても野暮というか、玲琳様に全然及びませんのね」

「ひっぱたくわよ、この女」

口を開けば、これだ。

二人は握手をする代わりに、互いに顔を顰めながら、右手同士を打ち鳴らした。

5. 玲琳、叱る

ひやりとする畑の土に手を差し込み、藍《らん》　芳春《ほうしゅん》はしばらく蹲《うずくま》っていた。

豊かな土だ。よく耕され、美しく畝が作られている。作物は互いを邪魔せぬようきっちりと間隔を取って植えられ、冬だというのに、霜に縁取られた葉が健気な緑を湛《たた》えていた。

「玲琳《れいりん》お姉様って本当に、なにをさせても、お上手ですこと」

ぽつん、と呟く。

ここは朱駒宮《しゅくぐう》の外れ。かつて朱　慧月《けいげつ》が追放された蔵の前にある畑だ。

突然様子がおかしくなった彼女が、黄家《こうけ》の雛女《ひめ》のために奔走して倒れたのは中元節の頃のこと。

どぶネズミとして蔑視されていた朱　慧月が見せた誠意に、人々は大いに驚き、また、気まずさを噛み締めた。それで金家《きんけ》の清佳《せいか》や鷲官長《しゅうかんちょう》が、また他家の女官たちが、境壁が崩れていることを理由にここを「公共空間」と言い張り、彼女を見舞ったのだ。

その後、朱　慧月の人となりは以前のものに戻り、朱駒宮で金切り声を響かせるようになったので、周囲も、以降はこの蔵にやって来なくなった。

ただし、黄　玲琳は、朱　慧月の見せた友情に感動したのか、その後もちょくちょくと、人目を忍んでこの蔵に遊びに来ている様子だ。

土性の強い雛女だからか、手慰みに草花を育てているとの噂も聞いた。

今芳春が見つめているのは、その黄 玲琳が整備したという畑であった。

「小さな花壇程度かと思えば、立派な畑なんですもんねー。ほんと、面白い人」

面白い、という言葉の割に、芳春の顔つきは暗い。

彼女は今しがた植えたばかりの毒花を、ぼんやりと眺めていた。

黄 玲琳が「ひそかに通っている」と人々に認識されている場所。

毒花を仕込み、「黄 玲琳は秘密裏に謀反の準備をするためにここに通っていたのだ」という筋書きに説得力を持たせるのに、ここはうってつけだった。

(こんなあっけない工作で、たぶんあの人の命は終わる)

昨夜、祈禱師《きとうし》をもてなす宴を終えた徳妃は、奇妙に甘ったるい香をまとわせながら、芳春に黄 玲琳を陥れるための工作を命じた。

金家でも同様の策を巡らせているから、おまえも、「黄 玲琳が謀反人である」と示す証拠を捏造《ねつぞう》せよと言うのである。

どうやら黄 玲琳は、紫龍泉《しりゅうせん》の一件で祈禱師の恨みを買ったらしく、終の儀で、断罪される運びになっているようだ。

権威ある祈禱師が糾弾し、金家と藍家が共同して証拠を用意するのだから、彼女は速やかに有罪とされ、処刑されるのだろう。

すでに筋書きが決まっている以上、証拠などお粗末でもいいのだ。とにかく、あればいい。

黄 玲琳は、もはや死んだも同然だった。

「……あーあ」

芳春は笑おうとした。

笑うべきだ。だって、あの手強い敵を、間違いなく陥れることができるのだから。

手強い敵。初めて芳春の本性を見抜いた女。

いつものように顔を隠して煙に巻こうとしたら、強引に距離を詰め、甘い声で囁《ささや》いた。

――わたくし、あなた様が大嫌いですわ、芳春様。

人からあんなにもはっきり嫌われたのは、初めてだった。

偽りの姿に対してではなく、本来の自分に対して、苛烈な感情を向けられた経験などなく、どんな表情を浮かべればよいのかわからなかった。

だから芳春は咄嗟《とっさ》に袖で顔を隠そうとした。

だが黄 玲琳は、その芳春の腕を掴んだのだ。

袖を押しのけて顔を上げさせ、宝石のような瞳で芳春を射貫《いぬ》いた。

あのとき初めて、芳春は誰かと、きちんと向き合った気がした。

（わたくしは、ずっと、顔を隠してきたもの）

屈《かが》んだ膝に頭を埋め、そんなことを思う。

娼妓《しょうぎ》の娘として生まれた芳春は、兄の林熙《りんき》とともに、常に身を小さくして幼少時代を過ごした。

分を弁《わきま》えろ、叛意《はんい》は絶対に見せるなと、母親から口酸っぱく言われていた。

苛立ちを隠せ。侮蔑を微笑みの下に押し込んで、身を縮こめろ。

小さければ小さいほどいい。無力で、無害で、哀れでいろ。

弱者は身を丸めて、嵐をやり過ごすしかない。誰も守ってはくれないのだから——。

損得を正確に計算できるという意味においては、たしかに聡明な母だった。

自然体でいることと、快適な暮らしを送ることを天秤に掛け、彼女は躊躇《ためら》いなく後者を選んだ。その合理的な在り方が、きっと藍家当主に気に入られた部分でもあったのだろう。

結果、母は当主の寵愛《ちょうあい》を独占しつづけたし、あわよくば、くらいの気持ちで育てた割には、林熙も芳春も、直系に迫る地位を得た。彼女の教えは、正しくはあったわけだ。

（ずっと屈んでいるというのも、疲れるんですけどねー）

土いじりなんてしたことがないものだから、畑に四半刻屈み込んだだけで、足が痺《しび》れている。

かといって起き上がる気にもなれず、芳春はそのまま、膝頭に顔を押し付けた。

（疲れたなー）

利き手だけで掘ったものだから、右側の肩と腕が凝っている。爪の間に挟まった土が不快だ。

そうとも、藍家は木を司《つかさど》るなどと言っても、それは概念としての木。成長や発展、創造を象徴する植物を崇めるという意味であって、園芸なんてまったく趣味ではない。

地べたを這《は》うなんてごめんだ。

小さな虫のように丸まって、己を愚かに見せるのにだって、もううんざりしていた。

だから立ち上がったのだ。よく回る頭と口さえあれば、どんな相手だって操れると信じて。

それだというのに――。

「疲れた……」

芳春は、汚れた右手をだらりと土の上に落とし、呟いた。

小さな声は、誰に向けたものでもないはずだった。

「あらまあ。そんなに一生懸命、なにを植えているの？」

だから、背後から軽やかな女の声が掛かったとき、芳春は思わず肩を揺らし、振り向いた。

＊＊＊

時は少し遡る。

「慧月様、首尾よく清佳様を説得できてますかね……」

すぐ後ろを歩く莉莉《りーりー》が、心配そうに呟いたので、朱 慧月――の姿をした玲琳は、首を傾げながら振り返った。

「まあ、心配なのですか？　大丈夫ですよ、慧月様も恫喝《どうかつ》は得意だと仰《おっしゃ》っていたではありませんか」

「そりゃ、怒鳴り散らすのはお得意ですけど……。相手は清佳様ですよ。あの方も気が強いではありませんか。怒鳴ったりしたらそのぶん、怒鳴り返されて、険悪な空気になりやしないかと」

さすが慧月の側仕えを続けているだけあって、かなり精密な予想である。

だが玲琳は気にした風もなく、機嫌よく砂利を踏みしめながら足を進めた。

「ですが、慧月様と清佳様は、気性がまっすぐなところがよく似ていますわ。ぶつかったらぶつかったで、かえって、友情が芽生えるかもしれません」

その声は、信頼に満ちている。

「慧月様は魅力的な方です。きちんと話し合えば、きっとどんな方とも親しくなれる。むしろ問題は、わたくしがちゃんと使命を果たせるかというほうです」

白砂利の代わりに草が目立ちはじめた道をかきわけ、玲琳はふと立ち止まった。

「大嫌いな相手を、ちゃんと仲間に引き込むことができるかどうか」

細めた目の先には、よく手入れのされた畑と、蔵。

彼女たちは今、公共空間と化した、朱駒宮外れの蔵にいた。

日頃は人気のないその畑の隅に、人影がひとつ、屈み込んでいるのが見える。

簡素な青磁色の衣をまとっていることから、一見した限りでは、藍家の下級女官のようだ。

けれど、よく梳《くしけず》られた髪や、優雅な仕草からは、彼女の本来の身分の高さが窺える。

畝の前で屈み、うなだれている女の正体は、藍 芳春だった。

周りの土が盛り上がっているところを見るに、すでに工作を終えた後であるらしい。

「やはり、こちらに回りましたのね」

畑から離れた茂みで、玲琳は頬に手を当てて溜め息をついた。

藍徳妃の命を受け、「黄 玲琳」の身辺に、怪しげな毒花を仕込みに来るという芳春。

普通なら、黄 玲琳が滞在している四阿《あずまや》か、黄麒宮《こうきぐう》の離れに見舞いを装ってやって来そうなものだが――おそらく金 清佳はそうするだろうと思われる――、芳春ならきっと、裏を掻くと玲琳は考えたのだった。

なぜなら、貴妃追放以降、朱駒宮は常に人手不足だ。

護衛も少なく、崩れた塀から他家の人間が出入りしようが、見咎《みとが》める者などいない。

それならば、わざわざ梨園《にわ》や他家の宮に赴いて、誰かに目撃されてしまうより、藍狐宮《らんこぐう》のすぐ隣にある蔵や畑に細工をしたほうが、よほど安全である。

だいたい、「黄 玲琳が謀反のためこっそり毒花を育てている」という筋書きならば、堂々と黄家の敷地内に毒花を植えるはずがないのだ。

それで、念のためにこちらに足を伸ばしてみれば、案の定、という結果であった。

「まったく、芳春様ったら、よく知恵が回りますこと」

正直なところ、なにかと相手の裏を掻き、数手先を読もうとする芳春を相手取るのは、遊戯盤の上に限るならば、愉快と言えなくもない。

だが、玲琳が丹精込めて育てた畑に、勝手に作物を植え付けようとするなら、話は別だった。

(毒花がネギ科だったら、連作障害を防ぐ効果もあるのでまだ許せますが……シソ科だったら容赦はしませんよ)

生命力の強いシソ科の植物は、虚弱な玲琳にとって敬愛の対象だが、一方では生命力が強すぎてほかの作物を駆逐してしまうこともあるため、愛憎半ばする存在だ。

莉莉が聞いたなら「そこですか!?」と叫ぶであろう点にふつふつと怒りを滾《たぎ》らせながら、玲琳はそっと、芳春の背後に近付いた。

蹲っている芳春は、こちらの気配に気付いていないらしく、「疲れた」と呟いている。

こっそりと咳払いをひとつ。

練習の成果を披露すべく、「朱 慧月」らしい口調を心がけ、玲琳は嫌味っぽく話しかけた。

「あらまあ。そんなに一生懸命、なにを植えているの？」

「――……！」

芳春はすぐに振り返った。

「あら。附子《とりかぶと》。意外に捻《ひね》りがございませ……ないのね」

この冬の季節、花は付いていなかったが、草葉の形から毒花の正体を見抜いた玲琳は、拍子抜けする思いで肩を竦《すく》めた。

だが、芳春はもちろんそれどころではないらしい。

さっと顔色を変え、立ち上がる。

小動物のような素早さで逃走を図る相手を、玲琳はそれ以上の速さで捕まえた。

「お待ちなさい。女官に扮してまでなにをしていたのか。答えをまだもらっていなくてよ、芳春様」

「慧月様……」

ごく一瞬、芳春が怯んだように息を呑む。

とはいえ、そこはやはり頭脳を誇る藍家の雛女。

彼女の判断は迅速だった。

腕を掴まれたまま身をよじり、崩れた塀の外側――藍家の方角に向かって、声を張り上げたのである。

「お、おやめください、慧月様！」

「芳春様？」

「ごめんなさい！　勝手にこの場に踏み入ったことは、お詫《わ》びいたしますから！　怒らないでください！　殴らないでくださいませ！」

声はごく自然に震え、目には涙も浮かんでいる。賞賛に値する演技力だ。

「何事です!?」

「朱 慧月様が暴行を……!?」

悲鳴を聞きつけた女官や鷲官が、慌ててこちらに駆けつけてくる足音が聞こえる。

（なるほど。どうせ目撃されてしまったなら、被害者として印象づけようということですか）

玲琳は、瞬く間に知恵を巡らせる芳春に、いっそ感心する思いだった。

もちろん、「朱 慧月」が雛宮《すうぐう》のどぶネズミとして軽蔑されていることも、彼女が不測の事態を前にすると硬直してしまう性質であることも、計算にしっかり織り込まれているのだろう。

とにかく相手を動揺させ、「朱 慧月が藍 芳春をいたぶっている」という状況を作り上げる。

言い訳が苦手な「朱 慧月」が絶句している間に、いくらでも辻褄《つじつま》合わせをすればよい。

かつて外遊先で江氏《こうし》を裏切った藍 林熙と、実に血縁を感じさせるやり口だった。

「ちょ……っ！　ど、どうしましょう。玲、いえ、慧月様、ここは一度、引き上げて……」

自身も誤解されやすい身の上だからだろう。莉莉はしきりと塀の外を振り返り、焦り顔で玲琳の袖を引いてくる。

だが――。

(これでもわたくし、舞台度胸はあるほうですわ)

今、この体の中にいるのは、黄 玲琳なのだ。

玲琳はもちろん、うろたえも、立ち尽くしもせず、代わりに、勢いよく己の頬を殴った。

ついで、ひしと芳春を抱きしめた。

「大丈夫よ！」

「…………!?」

腕の中で、芳春がびくっと体を揺らす。

「は……っ？」

「芳春様。もう大丈夫よ！　わたくしが付いているわ。ねえ、幻覚なんてすぐに収まる。もう大丈夫、怖くないわ！」

今度は逆に、芳春が愕然《がくぜん》としてこちらを見上げた。

玲琳は力強く頷き、ついで、塀の外に向かって叫んだ。

「誰か！　誰かいないの！　芳春様が、ニラと誤って水仙の葉を食べてしまったわ！　幻覚に苦しんで、暴れ回っているの！　誰か、医官を！　莉莉もほら、背中をさすって！」

「な……っ！」

それが、玲琳が咄嗟に考えた筋書きだった。

腕を突っ張って逃れようとする芳春の肩を掴み、激しく揺さぶる。

「芳春様。大丈夫よ。落ち着いて。あなた様を殴る者などいない。すべては幻覚、悪い夢よ！」

「ちょ……」

「さあ！　わたくしの頬をまた叩こうが、引っ掻こうが、気にしなくてもいい！　大丈夫だから！落ち着くのよ！」

一生懸命背中をさすっていると、女官たちが次々に蔵へとなだれ込んでくる。

血相を変えていた彼女たちは、しかし二人の姿を見るや、ぽかんと口を開けた。

「ええと……？」

彼女たちの視界に映るのは、頬を赤く腫らし、もがく芳春の背をさする「朱 慧月」である。

どうにもそれは、幻覚を見て暴れる雛女を、叩かれながらも必死に宥《なだ》めている姿に見えた。

「朱 慧月様、これは……？」

「だから言っているじゃないの！　芳春様が、水仙の葉を誤食してお苦しみよ！　さっき嘔吐したほか、幻覚もあるみたいで、周囲の者すべてが、恐ろしい化け物に見えているようなの。可哀想に、『殴らないで』と泣きじゃくって」

「ちが――」

「さあさあ、ここに吐くのよ！」

反論しかけた芳春に、勢いよく手を押し付けることで、口を封じる。

「鷲官たち！　殿方に見られて嬉しい姿ではないわ。急ぎこの場を離れ、医官を呼びなさい！　女官たち！　なにをしているのよ、早く湯と布、そして盥《たらい》を持ちなさい！」

「え、ええ、ですが、いったいなぜ、芳春様がこんな蔵に……それも、女官服などお召しで……」

「わたくしが聞きたいわ！　今はとにかく救助よ。あなたたち、主《あるじ》を死なせたいの!?」

もっともな疑問を呈する女官のことは、力業で丸め込んでいった。

とにかく、藍 芳春に口を開かせないことが重要なのだ。

「早く！」

裂帛《れっぱく》の気合いを込めて命じると、女官たちは蜘蛛《くも》の子を散らすようにその場を去って行った。

後には、気圧《けお》されて顎を引いている莉莉と、呆然としている芳春、そして玲琳が残った。

「ふう。ひとまず、ごまかせました……じゃない。ふふん、上手くごまかせたわね」

「――……なに、それ」

驚愕でか、それとも怒りでか、芳春は唇をわななかせている。

「ニラ？　ニラと水仙を誤って？　わたくしが？　幻覚を？」

「ええ。木を司る藍家の雛女としては少々苦しいけど、芳春様なら、ぎりぎり信じてもらえるのじゃなくて？」

玲琳は優しく微笑み、こう付け足した。

「だって、『子どものような天真爛漫《てんしんらんまん》さ』と『無邪気さ』が売りのお方だもの」

「……医官が調べたら、水仙なんて食べていないとわかってしまうと思いますけど？　真実が明らかになれば、あなたは一気に怪しげな容疑者に転落ですね」

芳春が、音が鳴りそうな鋭さで睨みつけてきても、玲琳は小揺るぎもしなかった。

「そのときはもれなく、女官服をまとって他家の宮の蔵にいたあなた様も、怪しげな容疑者に仲間入りということね。真実が明らかになって不利になるのは――はたしてどちらのほうかしら」

艶然と微笑んでみせれば、芳春は目を見開き、後ずさる。

「慧月様、ですよね……？」

ちょっと悪意に晒してやれば、すぐに取り乱すはずの朱　慧月。

それが、こうも堂々としていることに、違和感を抱いたらしい。

入れ替わりを気取られる前に、玲琳はさっさと芳春を追い詰めに掛かることにした。

「気付かなくって、芳春様？　黄　玲琳の通う場所に附子を仕込んだこと――それを、わたくしに見られた時点で、あなた様の命運は、尽きたも同然であると」

「……附子は薬の材料にもなる植物です。べつにそれを他家の畑に植えたところで、やましいということになんて」

「ならないかもしれないわね。芳春様が雛女としてやって来たなら。けれどあなた様は、わざわざ女官に扮してきた。明らかに悪意ある工作よ。言い逃れは、苦しいと思わない？」

芳春は唇を引き結んだが、次の瞬間には、挑発するように小首を傾げた。

「でも、黒幕を別に仕立て上げることはできます。たとえば、玲琳お姉様と仲違いした慧月様が、腹いせに藍 芳春《わたくし》を脅して、玲琳お姉様を陥れようとした、とかね」

玲琳たちが和解したことをまだ知らないからだろう。芳春は「仲違い」の言葉を強調した。

ふと黙り込んだ相手をどう受け止めたのか、彼女はことさらゆっくりと、「朱 慧月」の耳に毒を注ぎ込んだ。

「どぶネズミ。あなたは雛宮一の嫌われ者で、今や庇護者《ひごしゃ》の玲琳お姉様からも見放されているんですよ。その状況下、人々はわたくしと慧月様、どちらの主張を信じるんでしょうねー？」

傍で会話を見守っていた莉莉は、主人の拳が静かに握られはじめたのを見て、はっとする。

だが、相手の弱みを突くことに集中していた芳春は、そのことに気付かなかった。

「『大人しく無害な』わたくしが、玲琳お姉様を陥れるために毒花を仕込んだ？　誰も信じませんよ。さっきの介抱だって、『朱 慧月の自作自演』だと、すぐに結論付けられる。だって、慧月様のような悪女が咄嗟に他人を助けるなど、ありえませんもの」

「…………」

「それでもなお、玲琳お姉様のために尽力すると？　無駄じゃないですかねー。だって、今さら玲琳お姉様に擦《す》り寄《よ》ったところで、彼女のほうは、とっくに慧月様なんて見限ってますから」

「…………」

すう、と、主人が薄く笑みを浮かべたのを見て取り、莉莉はどっと冷や汗を滲《にじ》ませはじめた。

「玲琳お姉様も、今までよく我慢していたものですよ。慧月様みたいに美貌も才能もなく、庇護を求めて寄生虫のように頼ってくるわりに、感情的に怒鳴り散らしてくる人を、友にしていたなんて」

主人の口角がきれいに上がっていくにつれ、莉莉の鼓動もまた速まってゆく。

そのへんにしておけ、と、藍 芳春に忠告してやりたい気もしたが、莉莉自身もすっかり気迫に呑まれ、身動きが取れずにいた。

「今さら慧月様が玲琳お姉様のために奔走しようと、壊れた友情は戻らない。いいえ、そもそも友情なんかじゃないですね。慧月様のそれは、単なる一方的な依存――」

徐々に滑らかになっていった芳春の弁舌だが、最後まで紡がれることはなかった。

がっ、と、骨がぶつかるような音を立てて、両の頬を引っ張られたからである。

「ひ……っ？」

「この、にくじったれ、さん」

玲琳は、掌まで大きな慧月の体を存分に生かし、渾身《こんしん》の力で芳春の頬を引っ張った。

顔に笑みこそ浮かんでいるものの、怒りのあまり言葉は千切れるかのようである。

（ふふ。芳春様のこの柔らかい頬を、ねじ切ってしまいたい気持ち）

芳春はこの手の言葉を慧月本人にも告げたのだろうか。

いや、告げたのだろう。あの日、藍家の四阿で話していたときに。

だからこそ自分たちは喧嘩なんて演じる羽目になったのだ。

玲琳はぎりぎりと音が鳴るほど芳春の頬をねじり、相手が痛みと恐怖に涙をこぼしたところで、ぱっと手を離した。

「まったく、その憎たらしいお口を閉じてくださいます？　痛い目を見ても知りませんよ」

「痛い目を見せた後に言うのはどうかと……」

莉莉がぼそっと呟くが、芳春自身は突っ込みを入れるどころではない。

腫れ上がる頬を、土で汚れた右手で押さえ、ふらりとその場に倒れ込んだ。

「い、た……っ」

「この場にいない黄 玲琳《ほんにん》に代わって訂正しておきますが」

玲琳は、蹲る芳春の目の前に跪《ひざまず》き、顔を寄せる。

芳春の手で押さえられていないほうの頬に右手を伸ばし、そっと撫でた。

いつの間にか口調が素に戻ってしまっていたが、それに気付かないほど、強い怒りに心を占められていた。

この思い上がった子りすに、どうやって事実をわからせてやろう。

「黄 玲琳は、朱 慧月《わたくし》を素晴らしい友人だと評してますのよ。だって、朱 慧月はたしかに感情的かもしれませんが、自分を偽らない。様々な素養の持ち主で、しかも努力家で、表情豊かな姿は実に愛らしい。頼りきりなんて大嘘。どんなことからも逃げ出さず、自力で戦っている」

目を細め、ごく冷ややかな声で付け足した。

「自立心が旺盛なのです。徳妃様の言いなりになっている、あなた様と違ってね」

「…………っ」

芳春が、弾かれたように顔を上げる。

顔色を失った相手を突き放すように、玲琳はゆっくりと立ち上がった。

「正直なところ、あなた様にはがっかりしております。徳妃様は『馬鹿なおばさん』ではなかったのですか？　なのに、その徳妃様の命じるまま、嘘をばら撒《ま》き、人の心を傷付けて回るなど」

「…………」

「南領を引っ掻き回したときのあなた様は、生意気で邪悪でしたが、まだ知性がありました。策が成るかは運に委ねても、自らの頭でその策を考えていた。それが今はどうです？　言われるがまま、附子などという捻りのない毒花を植えて。今のあなた様には、自分で考える頭も能力もない」

　こちらを見上げる芳春の顔が、みるみる青ざめてゆく。

　彼女が最も嫌う言葉を、玲琳はあえて告げた。

「無能ですわね」

「…………っ」

　地に崩れ落ちたままの芳春が、土ごと右手を握り締める。

　嘲笑を浮かべかけたようだが、途中で口元が震え、結局きつく唇を噛み締めたまま、俯《うつむ》いた。

「……じゃあ、どうしろと？」

　小さく丸まった肩を、はらりと髪が滑ってゆく。

　まるで視界を遮断するように、髪が乱れるに任せ、芳春は下を向いたまま問うた。

「どうすればよかったんです？　仰る通りですとも。口で言うのは簡単。ならあなたは、立ち向かえるとでも言うんですか？」

声を引《ひ》き攣《つ》らせ、最後に、芳春はずっと隠していた左手をこちらに突き出した。

「こんな目に遭わされて！」

血を吐くような叫びとともに、掲げた手。

常に袖に覆われていた左手の、桜貝のように可憐な爪は、小指のものだけが剥ぎ取られていた。

赤く腫れた指先に、莉莉が思わず息を呑む。

玲琳もわずかに眉を顰《ひそ》めた。

「それは、徳妃様が？」

「ええ。わたくしが生意気だと言って、でも口では敵わないから、暴力に訴えることにしたんです。叩いて、突き飛ばして。女官たちに命じてわたくしを取り押さえて！　そうして、釘を……！」

顔を上げた芳春は、それまでとは一転、熱に浮かされたようにまくし立て、しかし唐突に涙で声を詰まらせた。

「嫌……」

爪の剥がされた左手と、土に汚れた右手で、顔を覆う。

緩く首を振り、ぼろぼろと泣き崩れる様は、幼子のようだった。

「痛いのは、嫌なんです。嫌。嫌なの……！」

とうとう、口調から嫌味っぽさまで抜け落ちる。

芳春は、身を小さく丸め、再び地面に向かって屈み込んだ。

「従ったって仕方がないじゃないですか！　だって痛いんだもの！　誰もわたくしを、守ってくれないんだもの！」

誰も守ってくれない。

それは、芳春の幼少時からその身に刻み込まれた呪詛《じゅそ》だった。

――お聞き、芳春。私たちはしょせん、妓女《ぎじょ》上がりの妾《めかけ》と、その娘。

花街で男を虜《とりこ》にして離さなかったという母は、夫の前ではけっして見せぬ冷え冷えとした顔で、何度も芳春に告げたものだった。

――思い上がらぬことよ。相手がどれだけ愚かでも、わたくしたちの命を握っているのはあちらなの。林熙は男だから、まだ一人で身を立てられる。けれど女は、身を小さく丸めて、可愛がってもらうしかないのよ。

母の教えのもと、芳春は己を偽ることを学んだ。

侮蔑なんて表に出さない。感情も知性も隠し、あどけなく振る舞った。

腹黒になってなにが悪い。強《したた》かでいられるのは、袖で覆い隠した内側でだけなのだから。

おずおずとして見えるその仕草をするとき、芳春はたいてい、舌を出していた。

いいや、やがてそれもあまりしなくなり、袖が地面に落とす影をぼんやりと見つめていた。

あまりに気乗りしない会話には、袖の隙間から影が見えるかどうかで答えを決めていた。

だってどうでもいい。どうせ自分が心から望んで選び取るものなど、ひとつもないのだから。

求められるのは意志ではなく、判断。

どちらがより合理的か。どちらがより快適に生き延びられるか。

意志を伴わない選択は退屈だ。受動的になるのも仕方なかった。

芳春はそうやって、くだらない、くだらないと呟きながら、人生を過ごしてきた。

あの日、暇つぶしに手を出した温蘇《うんそ》の報いを、黄 玲琳から受けるまでは。

「わたくしだって……」

芳春は、濡れた頬に髪を貼り付かせ、ふらりと相手を見上げた。

「一度は、立ち上がろうとしたんです」

――わたくし、あなた様が大嫌いですわ、芳春様。

強引に顔を上げさせられたとき、嫌われているという事実よりも、目の前の人物とまっすぐに見つめ合っているという状況に、胸が躍った。

隠さなくていいのだ。

周囲を蔑み、小ずるく立ち回る本当の自分を、この人の前ではさらけ出せる。

会うたびに迷惑そうな顔をされても、全然構わなかった。

ずっと押し殺してきた感情、能力、それらを全部ぶつけてなお、黄 玲琳は揺るがない。

逆上して暴力を振るうのではなく、ただ小蠅《こばえ》を追い払うように軽くあしらう。

刺激的なのに、安全。

雛宮で過ごす日々が楽しかった。こんな生活がずっと続けばと願った。

思えば高揚していたのだ。

自分には能力があって、それをぶつける相手もいる。

必要とあらば無邪気さだって完璧に演じられて、女官たちは完全に掌中にある。

だったらもう、浅慮な徳妃の前で、こそこそと身を丸めている必要などないではないか——。

「でもそれが、間違いだった」

あどけない瞳から、ぼろぼろと涙がこぼれた。

赤く腫れ上がった指先を、芳春は庇うように右手で覆った。

「あのおばさんは馬鹿だけど……だからこそ、いつ激昂《げきこう》するかは予想もつかない。理論を重んじず、安易に暴力に頼るの。それが一番簡単だと、知っている。ある意味、合理的なのかも」

皮肉を紡ぐ声にも、以前のような毒々しさはなく、ただただ、消え入るようだった。

「女官たちは、口では、わたくしを守るだとか言っていたくせに……いざおばさんが暴力に及ぶと、青ざめて立ち尽くすだけ。あっさり見捨てる。玲琳お姉様が奔走するのも、慧月様にだけ」

小動物を愛でるようにして、芳春を慈しんできた女官たち。

心底芳春の虜になっている彼女たちなら、きっと徳妃の暴力から庇ってくれると思ったのに、彼女たちときたら、ただ怯えて震えるだけだった。立ち尽くし、芳春を見捨てるだけだった。

黄 玲琳とて似たようなものだ。芳春の境遇に、関心の一欠片《ひとかけら》も払おうとはしなかった。

水仙にかけて白粉の毒を忠告したとき、彼女なら違和感に気付いてくれるのではないかと、縋《すが》る思いもあったのに。

「誰も、守ってくれない。だから……こうするしかないじゃないですか！」

再度俯き、土に涙を落とす。

肩を震わせる芳春に、玲琳は無言のまま、一歩近付いた。

相手に向かってそっと伸ばされた玲琳の手を、だが、脇に控えた莉莉が素早く掴む。

「だめです」

「莉莉？」

振り返った主人に、莉莉は複雑な表情で告げた。

「簡単にほだされちゃだめです。あんたは、なんでもかんでも許しすぎるんですよ」

莉莉の脳裏には、追い詰められて刃を振るった過去の自分と、それを許して抱きしめた玲琳の姿があった。

自刃しようとした冬雪《とうせつ》を止め、生きるよう諭した玲琳の姿があった。

そして体を奪った慧月にさえ、微笑みかけて受け入れる玲琳の姿があった。

たしかに自分はそれで救われた。芳春だって今ここで、「ならばわたくしが守ります、仲間になりましょう」と言われたら、どれだけ楽になることだろう。

だが結局のところ、それは玲琳の負担になるだけなのだ。

黄 玲琳は、他人のためなら、自らを省みず無茶をする。それが暴走した結果が、今回の慧月との喧嘩だ。仲裁にさんざん振り回されはしたものの、莉莉とてもちろん、思うところは大きかった。

自分は黄 玲琳に救われたけれど、いいや、だからこそ、これ以上、周囲を彼女に寄りかからせてはいけない。

（玲琳様の作戦を成功させるためには、藍 芳春をこちらに引き込むだけでいいんだ。べつに、心ま

で癒やしてやる必要はない）

　莉莉は、痛々しい傷に湧き上がる同情心を押し殺し、そう結論した。

「考えてもみてください。事情があったとはいえ、この人は天幕を倒して、雛女様を殺そうとしたんですよ。そんな簡単に、許してはだめです」

　真剣に告げると、主人はそばかすの浮いた顔をきょとんとさせ、ついで口元を綻《ほころ》ばせた。

「大丈夫ですよ」

　穏やかに笑った彼女は、芳春に向き直り、こう告げた。

「わたくしは芳春様にこう言うつもりだったのですもの。――立ちなさい、と」

「え……？」

　静かながらも厳しさを伴った声に、思わずといった様子で芳春が顔を上げる。

　玲琳は今度、彼女の前に屈み込むことはせず、ただ相手を見下ろした。

「誰も守ってくれない。つらいことですね。けれどその通り。自分を守るのは、自分だけでございます。自身の苦しみというものは、本来、その者自身が抱えなくてはならない」

　例外があるとすれば、と、玲琳はわずかに目を細めた。

「王を戴《いただ》いた民か、誠意を尽くして友を得た者だけが、相手に苦しみを委ねていい。けれどあなたは、わたくしの民ではなく雛女。友ではなく仇《かたき》です」

　玲琳としてももちろん、「暇つぶし」で南領の民を危機に晒し、慧月を追い詰めた芳春を、簡単に許すわけにはいかなかったのだ。

「は……。だから、苦しんで、当然だと……？」

いよいよ泣き笑いのような表情を浮かべた芳春に、しかし玲琳は答えず、代わりに彼女の近くに茂る草へと視線を転じた。

「――わたくしが思いますに」

畑に植わった野菜や花は、どれも丁寧に手入れされてはいたが、もちろん夏の盛りに比べれば、寒さに身を縮こめているような姿だった。

霜に負けて倒れてしまったものもある。苗や球根だけの姿になって、じっと寒さをこらえているものもある。

畑のものすべてが、無事にとはいかない。弱いものから枯れてゆく。

「冬の厳しさに晒されたとき、草花は、弱いものからその命を落としていくものでございます。冷風は、厳重に囲いをされた花へ真っ先に吹きすさぶのではない。野ざらしにされ、細く、栄養も十分でない弱き葉を、まず枯らしていく」

「なに……？」

「徳妃様は、安易に暴力に頼ると仰いましたね。暴力を振るうという選択に慣れている。では彼女は、どうやってそれに『慣れて』いったのでしょうか」

静かな声での指摘に、芳春は大きく目を見開いた。

「え……」

「卑劣な人間が誰かをいたぶるとき、いきなり雛女という、それなりの権力者を狙うものでしょうか。

芳春様よりもっと弱く、もっと逃げ場のない者を、いたぶってきたのではないですか？」

　相手の物憂げな視線の先には、力なく倒れた雑草があった。

「雛女が一の悪意に晒されたなら、目下の者は、すでに十の災難を被っているのではないでしょうか。女官たちに、妙なところはありませんでしたか？　ひどく怯えた様子を見せる者は？」

　問われた瞬間、芳春の脳裏を、数々の光景がよぎった。

　徳妃が登場した途端、慌てて叩頭《こうとう》を始めた女官たち。

　謙虚さがそうさせたのかと思ったが、自家の妃に対して、叩頭までする必要はなかったはずだ。殴られた芳春のもとに駆けつけるときさえ、声を潜めていた彼女たち。

　まるで、非難を聞き取られるのを、恐れるかのように。

　拭き布を握る手はカタカタと震えていた。立ち尽くしているときの顔は真っ青だった。

――芳春様のその天真爛漫なご様子が、わたくしどもにとっては、代えがたい宝物なのですわ。

――芳春様の笑顔を見守ることが、わたくしどもの唯一の癒やしでございます。

　女官たちはいつも、無力で無害な芳春を愛でた。笑顔を見ることが唯一の癒やしと言った。

　そんな些細《ささい》なことが癒やしになるほど、彼女たちの生活が苦難に満ちたものであったとしたら？

「まさか……」

「以前、あなた様が四阿で香炉の炭を浴びたとき、そして先ほども、縹《はなだ》女官の対応は、それは甲《か》斐《い》甲《が》斐《い》しいものでした。まるで過保護な母が、無垢《むく》な子を守るように」

　顔色を変えた芳春に、相手が改めて向き直る。

「彼女たちは徳妃様に気まぐれに嬲《なぶ》られながらも、必死にそれを、あなた様に気取られまいとしてきたのではありませんか？」

その問いは、芳春にはこう聞こえた。

女官たちが芳春を見捨てたのではない。先に芳春が、女官たちを見捨てていたのではないか？

「あ……」

すう、と、頭が冷えてゆく感覚があった。

――やっぱり、指甲套《しこうとう》で引っ掻くのが一番楽ね。

頬を叩くのには指甲套を着けるのがよく、爪を剥ぐには釘がよいと知っていた徳妃。

一体彼女は、どうやってそれを知ったというのだろう。

――ああでも、この子は、顔は控えなきゃ。

この子は。相応の身分にある雛女は。

では、妃の意向ひとつで処刑できる、女官に対しては？

藍狐宮の女官たちが頻繁に入れ替わるのは、飽き性のせいではなく、虐待のせいだとしたら？

止まらなかった涙が、見る間に乾いていった。涙を止めたのは、驚愕であり、羞恥であった。

そう。自身でも驚くことに、芳春はそのとき羞恥を覚えた。自分がなにひとつ、物事を理解できていなかったことに対して。手駒としか思っていなかった女官たちのほうが、よほど思慮深く、愛情深く、自分に尽くしていたことに対して。

「たしかに爪を剥がされた芳春様はお可哀想です。もしあなた様がわたくしの民か、友であるなら、わたくしは即座に、徳妃様に報復を果たしていたことでしょう」

　そばかす顔が、くいと、誘うように傾げられる。

　視線で「立て」と促してくる相手を、芳春は熱に浮かされたように見上げた。

「ですがあなた様は民ではない。雛女です。ならばあなた様は、立たねばならない。自分より弱き者を、守るために」

　唇の動きが、やけにくっきりと見えた。

「でも……」

　芳春は女の顔に見入りながら、ぽつんと呟いた。

「どうしたら、いいんですか」

　途方に暮れた声だと、自分でも思った。

　だってわからなかったのだ。

　よく回る知恵、自在に言葉を紡ぐ舌は、最大の武器だと思っていたのに、あっさり暴力で打ち砕かれて。

　突然立ち上がれと言われたところで、ずっと身を屈め、言葉での攻撃に頼ってきた芳春には、なにを足がかりにすればよいのか、さっぱりわからなかった。

「わたくしも女官も、徳妃の前には無力です」

「そうですね」

　朱家の雛女の顔をした女はひとつ頷き、なぜか芳春の程近くにある雑草の茂みに手を伸ばすと、ぶちりと草を引きちぎった。

深緑の草ごと拳を握り、もう片方の手で、こちらの腕を掴んでくる。

芳春は咄嗟に、袖を上げて顔を覆った。

表情を隠すためではなく、恐怖のために。

爪を剥がれたときから、誰かに手を伸ばされるのが苦痛になっていた。

（殴られる――!?）

ぐい、と、強引に立たされる。

芳春は背を反らしたが、掴まれた腕の先にひやりとしたなにかを感じ、はっと前を振り向いた。

赤く腫れた小指の先に垂らされたのは、揉《も》んだ蓬《よもぎ》の汁だった。

「手の爪は、一月ほどで再生するもの。患部を清潔に保てば、じきに痛みも減っていきます。いつまでも腫れているのは、傷口が膿《う》んでいるから。清水と酒、それから薬草で癒やす術を教えますわ」

ひとまず応急処置です、と告げ、相手は慎重な手付きで揉んだ蓬を乗せ、芳春のもう片方の手で、それを軽く押さえるよう指示した。

「膿を取るには外用薬が有効ですが、状態が酷いなら煎じ薬も必要です。桔梗《ききょう》や枳実《きじつ》、あとは芍薬《しゃくやく》のあたりですね。どれも手持ちがあるので、お分けします」

「…………」

熱を持った指先にじわりと広がる、蓬の汁。

掠《かす》れた声が、口を衝《つ》いた。

「わたくしを、守ってくださるの？」

「いいえ」

思わず身を乗り出した芳春を、しかし相手はきっぱりと拒絶した。

「わたくしの大切な者たちを傷付け、詫びのひとつも寄越さぬあなた様は、わたくしの友ではない。わたくしはあなた様を、守りなどしない」

淡々とした答えに、身が竦むほどの衝撃を覚える。

ではなぜ、と、俯きながら呟くと、相手はぐいとこちらの頬を掴み、顔を上げさせた。

「傷を癒やすのは、あなた様に、女官たちの傷を癒やす術を身に付けてほしいからです」

「…………！」

「雛女、藍 芳春。お立ちなさい」

女が、芳春を見据える。

正面から、まっすぐに。

「誰も守ってくれないと泣き崩れるのではなく、雛女として、女官たちを守りなさい。あなた様は、王の側に立つ女」

こちらの能力を信じて疑わぬ態度は、厳しくはあれど、芳春の心を揺さぶり、奮い立たせた。

萎えていたはずの両足に、ふと血が巡りだし、気付けば自然に地を踏みしめている。

芳春は、食い入るように相手の顔を見つめ返していた。

「痛みがもたらす苦しみは重々理解します。ですが、そこを堪《こら》えて女官たちを案じられたなら、彼女たちは間違いなくあなた様の助けになる。一人一人は無力でも、数が集まれば太刀打ちできます」

大きくも小さくもない、つり気味の二つの目を、まるで宝石でも見つめるかのような熱心さで覗き込んだ。

「本来のあなた様はそれができる、聡明な雛女のはず」

それは他人から初めて向けられた、率直な評価だった。

あどけない、愛らしい、善良だと、外面に騙された賛辞ではない。

腹黒だ、ずる賢い、悪知恵が働くと、敵意にまみれた非難でもない。

芳春の弱さを指摘し、それでもなお中に宿る才能を信じる、力強い言葉。

聡明。

たったそれだけの形容に、芳春は奇妙なほど心を震わせた。

「そして、女官たちを掌握できる能力の持ち主なら、あなた様は有用な人物です。芳春様は、わたくしの民でも、友でもないけれど……それだけ有用であれば、一時的に手を組んでもいい」

守らない。

けれど――手を組む。

枯れて萎《しお》れかけていた心が、女の言葉を聞いて芯を取り戻すのを感じる。

鼻の奥がつんとして、先ほどまでとは異なる理由で目が潤んだ。

だってこれは、芳春を対等と認める言葉だ。

小動物にするように撫で回すのではなく、地を這う虫にするように踏み潰すのでもなく。

同じ高さから手を差し出す言葉。

もしかしたら、ただ守られるよりも、ずっとよいかもしれなかった。

「わたくしにも、徳妃様にやり返したいことがあるのです。そのためには、大嫌いなあなた様の協力が必要ですの。さあ芳春様、わたくしの側におつきなさい。あなた様なら、なにが賢い選択か、おわかりになるでしょう？」

いつの間にか、二人は傷を介して、片手を取り合うような状況になっている。

押しのけられた袖の向こうから、揺るぎなくこちらを見つめる女の顔。

「芳春様。やっておしまいなさいませ」

涙で滲んだ視界に、邪悪に微笑む相手の姿を捕らえて、芳春はふと呼吸を止めた。

――わたくし、まだまだふつつかではございますが、悪女ですのよ。

同じ笑い方をする女を、見たことがある気がしたからだ。

――あなた様を追い詰める。たとえ秩序に反しようが、感情的な行いであろうが、必ず。

虫も殺さぬような顔をしていくせに、報復をするとなると、手段を選ばない女。

――わたくし、あなた様が大嫌いですわ、芳春様。

袖で本心を隠し続けてきた芳春に、強引に顔を上げさせ、視線の真正面に引きずり出す女。

宝石のような瞳、天女のような微笑みで、静かに凄《すご》む女。

黄 玲琳。

「――……ふ」

無意識に溜め込んでいた疑問の粒が、一息に真実の糸で貫かれるのを感じる。

意図せず、笑いが口を衝いた。

「ふふ……ふふふっ」

なぜ気付かなかったのだろう。

芳春は今こそしみじみと、自分が悲劇に酔って、視野を狭めていたことを自覚した。

朱 慧月には薬草の知識なんてない。

彼女は芳春を「あなた様」などと呼ばない。こんな美しい口調で話さない。

言葉には誰より敏感なはずの自分が、それに違和感も覚えずにいたなんて！

（信じられない。入れ替わり？　なんなの？　この人、どこまでわたくしの予想の斜め上を駆けてゆくの？）

笑いの正体は、よくわからなかった。

自嘲だったような気もするが、それにしては愉快な気分だ。

こうも心から笑ったのは、もう半月ぶりだった。

芳春は今、興奮し、歓喜していた。

「芳春様？」

突然笑い出した芳春に、目の前の雛女がさっと手を引く。

上品なくせに、まるで農家が作物にアブラムシを見つけたときのような、この嫌そうな顔！

ますます笑いが止まらなくなって、芳春は首を仰《の》け反《ぞ》らせた。

「あははは！」

だって、意味がわからなかった。

なぜ黄 玲琳と朱 慧月が入れ替わっているのか。

なぜ彼女ときたら、毎度毎度、俯く芳春の前に現れては、強引に顔を上げさせてくるのか。

「いやですわ……頭のねじが緩んでしまったのかもしれません。徳妃様ったら、いったいどれだけ、芳春様を甚振《いたぶ》ってきたのか」

「どう考えたって、あんたの気迫に呑まれておかしくなっちゃったんでしょうが！」

頬に手を当てた雛女――ああ、あの仕草――に、赤毛の女官が天を仰いでいる。大混乱だ。

非現実的で、まったく論理的でない事態は、普段なら厭《いと》わしいはずなのに、今、わけのわからないこの事態が、面白くて仕方なかった。

芳春はいよいよ涙をこぼして笑い、息も絶え絶えに告げた。

「あはは……っ、いい、いい、ですよ……っ」

「はい？」

「わかりました。わたくし、あなたと手を組みます」

なんとか息を整え、短く言い切る。

急に心を決めた芳春に驚いたのか、目を見開いた相手に、今度は芳春のほうから近付いた。

「だって、すでに附子を植えている現場を見られているんですもん。選択肢なんて、はなから他にな

いでしょー？　おばさんのほうを裏切るしかありません」

風に葉がくすぐられるような、愉悦と不安の両方を秘めた胸のざわつき。

協力とやらの内容を確認すべきだ、相手の真意を探れ、と訴える理性を、芳春は軽やかに無視した。

だって、この雛女は、どれだけ緻密な予想も薙《な》ぎ払《はら》ってしまうのだから。

理論なんて無用だ。

小難しい理屈を並べなくても、今、芳春の全身が、黄 玲琳と行動を共にしたがっている。

この手を取るのが正解だと、考える前から、もうわかっている。

「わたくし、あなたと手を組みます」

手を差し出しながら、芳春は繰り返した。

小動物のようなおずおずとした話し方ではなく、雛女に相応しい、決然たる口調で。

真正面から相手の顔を見つめ、はっきりとした意志を込めて。

だって——もう自分は、無力な虫のように、身を丸めなんてしない。

彼女に、袖を押しのけられ、顔を上げさせられてしまったのだから。

「ずいぶん急に、吹っ切れたご様子ですね」

「ええ」

どこか警戒した様子で相手が差し出し返してきた手を、きゅっと握り締める。

大きく息を吸い込み、芳春はにこやかに尋ねた。

「それで、わたくしに期待されている役回りとは、どんなものなのですか、玲琳お姉様？」

「ああ、それは」

女の反応は、見物だった。

「――えっ？」

ごく自然に回答しかけ、ついでさっと青ざめたのである。

「な……なにを言っているのかしら？」

先ほどまで、女帝のような貫禄を滲ませていた彼女は、完全に虚を突かれた様子で、声を上擦らせた。

「いやだわ、芳春様ったら。馬鹿を言うんじゃないわよ。まあ、これだけ心が追い詰められていたなら、仕方のないこと。錯乱してしまったのね？」

口調も、ふんと鼻を鳴らす仕草も、なるほど「朱慧月」をよく再現できてはいたが、今さらだ。

「馬鹿？　ふぅーん？　さっき、わたくしのこと、聡明だと言ってくれたと思ったのですが」

「幻聴よ。風の音だわ」

「なんか玲琳お姉様って、機転は利くんですけど、さっきのニラといい、今の風といい、ごまかし方が雑なんですよねー。ごついっていうか」

「えっ？」

心外そうに顔を顰《しか》めた主人の横で、赤毛の女官が、焦ったような、芳春に同意したそうな、複雑な表情を浮かべている。

「まあ、いいです。どうごまかそうと、わたくし、もう確信しちゃいましたし。手を組む以上、事情も全部、教えていただけるのでしょー？」

顔を覆う代わりに、両袖を広げて相手に抱きつく。

そう。芳春はもう確信していた。

目の前の女は、黄 玲琳。

美しくて、厳しくて、敵を絶対許さない——でも結局、芳春のことを見捨てない、唯一の人。

爪を失った指はまだ痛むけれど、蓬のお陰か、腫れが引きはじめている気がした。

「事情をどこまでお伝えするかは、わたくし一人では判断できませんが……ひとまず芳春様には、徳妃様に内緒で、木材を融通していただきます」

そばかすが印象的な雛女——黄 玲琳は、苦虫を百匹ほど噛み潰した顔で、ぐいぐいとこちらを引き剥がしに掛かってくる。

芳春は仕方なく離れてやってから、こてんとあざとく首を傾げた。

「木材を？」

「ええ。燃料がほしいのです。あとは、型枠にも使いたいですし、ほかにも色々と用途が」

玲琳はそこで、指を折りながら、必要なものを挙げていく。

「朱家の慧月様には炎を。玄家《げんけ》の歌吹《かすい》様には大量の水と、砂金の確保を。芸術を司る金家の清佳様には意匠に協力いただいて、黄家のわたくしは、良質な土を提供する予定ですわ」

「いったい、なにをするおつもりなのです？」

心底不思議に思って尋ねると、相手はようやく、笑みを取り戻した。

「こたびの終の儀――陛下の誕辰《たんしん》ですが、雛女同士で競い合うのではなく、協働して、とあるものを贈ろうと思うのです」

彼女がにやりと微笑んだちょうどそのとき、盥や水を持って、女官たちが駆けつけてきた。

6・玲琳、演じる

終の儀が行われるその朝、王宮内はどこも贅《ぜい》を尽くした装飾がなされ、空もまた美しく澄み渡っていた。

今回、皇帝の誕辰《たんしん》と同日に行われることとなった終の儀は、祝賀の儀の前祭として位置づけられている。

そのため開始の刻限となっても、本宮に設けられた広い会場内には、まだ皇帝とその息子の姿はなく、妃嬪《ひひん》や雛女《ひめ》、臣民のみが祝いの品を持ち、しずしずと整列していた。

あちこちで、始祖神に捧げるための香が焚《た》かれ、ゆったりと白い煙をくゆらせている。

石畳の床に数百とひしめくのは、本宮の武官や文官、後宮の女官や職人たちだ。

それぞれの所属ごとにひとかたまりとなり、身分の高い者ほど、宮殿の近くに跪《ひざまず》いている。

彼らより一段高くなった場所、五色の布を張り巡らされた臨時の舞台には、五家の雛女が。

そこから宮殿へと続く長階段の、両脇には四夫人、中ほどにある踊り場には祈禱師《きとうし》、最上段には皇后がいる。

皆、神妙な表情で椅子に腰掛けていた。

この寒い中、皇帝が登場するまでの間、長時間黙して全員が揃うのを待ち、始祖神に祈禱を捧げ、祝賀進行役の皇后に目録を渡し、と、相当な長丁場が予定されている。

だが、進物を抱えた臣民の顔には、興奮もまた色濃く滲《にじ》んでいた。

なぜなら、ここで自らの贈り物が皇帝や皇太子の目に留まれば、一気に栄華を掴むことも夢ではないからだ。

武官ならば演武を、文官ならば詩詠を。

繍坊《しゅうぼう》の女官なら孔雀糸で縫った衣を、陶坊の宦官《かんがん》なら異国の土で練った物珍しい花瓶を。

それぞれが、自慢の技や作品を携え、今か今かと品評のときを待っている。

彼らの頬は上気し、滲み出る野心は、湯気となって立ち上りそうなほどであった。

（ふん、有象無象の輩《やから》どもが、目をぎらぎらさせおって）

一方、熱気を湛《たた》える民のことを、冷ややかに見下ろす者がいた。

長階段の踊り場に立ち、白い装束をまとった祈禱師、安妃《あんに》である。

（始祖神に焚く香に、ちと霊麻《れいま》を混ぜすぎたかな）

彼女は片方だけを露《あらわ》にした目で周囲を睥睨《へいげい》し、中でも、各所に設けた香壇の状態については、ことさらじっくりと確認した。

儀式において、小道具の調整は非常に大切だ。

彼女が起こす数々の「神秘」や「神通力」は、道具の力によるところが大きいのだから。

あちこちに仕込んでおいた小道具が、万全な状態であるのを見て取ると、安妃は布で隠した口元を、笑いの形に歪《ゆが》めた。

（至高の座を掴むのに、神通力などいらぬわ）

そうして改めて、胸に下げた神鏡の縁を、愉快な思いで撫でた。

未来を読む力、炎を噴き出す陣、人から嘘を奪う呪文。

どれも、安妃が持つとされる神通力の例だが、つまるところそれらは、地道な情報収集と、異国の技術を組み合わせたものでしかない。

後宮の女どもや子飼いから得た情報を組み合わせれば、先のことなどある程度読めるし、着火性の高い塗料で陣を描けば、軽く擦《こす》っただけで出火する。

心を高揚させ、幻覚を見せるには、呪文で関心を逸《そ》らしつつ、焚いた麻薬を嗅がせればよい。

ちょっとした大道芸を、神秘と思わせることにかけて、安妃は素晴らしい才能を持っていた。

祈禱師が日々の修行を行う仙域は、民に位置を知られていないのをいいことに、異国の要人や学者の逃亡先に使われることもある。

祈禱師の中でも素養が低く、下働きでしかなかった安妃が、彼らから知識を吸収するようになったのは、ある種の必然であった。

学を誇示する輩をおだて、話を聞き出す。異国の技術や知識を完全に我が物としたあたりで、相手のことは「処分」する。

安妃はそうやって、今の地位を築き上げた。

賢君と評判の皇帝に仕えはじめたときは、まがい物の神通力など見抜かれるのでは、と恐れたものだが、蓋を開けてみれば、彼は穏やかに微笑むばかりで、「奇跡」を検証などしなかった。

きっとあの皇帝は、すっかりこちらの力を信じ切っているのだろう。

安妃はいかなるときも気を抜かず、見た目でも口調でも「神秘的な祈禱師」を演出し、力の詳細は一切語らなかった。それがよかったのだ。

そう。この地位を守るための秘訣があるとすれば、それは、「奇跡」の仕掛けを誰にも知られないことに尽きた。

(その点、三年前は下手を打ったものだ)

あの一件を思い出すとき、安妃は必ず口の中に苦いものを覚える。

三年前の冬、ちょっとした手違いで、女官見習いに手口を知られかけてしまったのだ。

安妃が持つとされる着火能力は、実際のところ、特別な加工を施した鉱石を熱し、発火させるものにすぎない。

強く擦った程度の熱で燃え出すこの都合のよい鉱石は、血を思わせる赤褐色をしている。

安妃はこれを「聖血石」と呼んで粉状の塗料にし、狙った時にいつでも火を熾《おこ》せるよう、祈禱紋などに用いてきた。

難点があるとすれば、この聖血石は加工法を誤ると、発火温度が下がりすぎ、常温でも燃えだしてしまうという点だ。

半端な職人に加工を任せるわけにはいかなかった安妃は、やがて、質の高い後宮の職人を買収するに至った。

後宮内の調度品を製造する陶坊であれば、異国の鉱石が出入りしてもおかしくはないし、本宮で祈禱を行った後、後宮に顔を出して職人たちを労《ねぎら》えば、怪しまれずに神秘の材料を入手できる。

かくして、安妃は数十年もの間、この方法で聖血石を確保してきた。

だが三年前、聖血石の密造に関わっていた職人が病を患い、予告もなく後宮を追われてしまった。業務は辛うじて後任に引き継いだようだったが、その後任はあろうことか、たまたま陶坊にやってきた女官見習いを、安妃の遣いと勘違いしたのである。

少し遅れて安妃が陶坊にやってきたとき、職人は女官見習いに「ご要望の聖血石は、大切に保管しておりますよ」と、もみ手せんばかりに話しかけているところだった。

美しい顔立ちの女官見習いが、戸惑った様子で首を傾げると、「どうぞ質をお確かめください」などと、聖血石の粉を差し出す。

相手の美貌に緊張したのか、声を上擦《うわず》らせた職人が、「ただし、あまり擦っては危ないので」と声をかけたその瞬間、安妃は慌てて会話に割って入ったのだった。

(あの女官見習いは、己が見たものの正体を理解してはいなかったようだが)

間の悪い女官見習いを、放置することもできた。

だが、不穏の芽を小さなうちから摘んでおくことこそ、地位を長く保つための極意だ。

結局安妃は、子飼いにしている金《きん》淑妃や藍《らん》徳妃に命じ、女官見習いに濡れ衣を着せ、炎尋《えんじん》の儀に掛けることにしたのである。

疑われぬよう、火傷を負った娘のことは、自ら手当てを申し出た。

そのとき娘の肌に擦り込んだ「薬」もまた、安妃が誇る知識の賜《たまもの》である。

傷口に汚物を擦り込めば、菌が広がり人は死ぬ。

安妃はこうして、みずみずしく育とうとしていた新芽をむしり取ったのだった。

(不穏の芽は、芽のうちに)

安妃は低く笑い、色を濁らせつつある瞳を、とある者たちに向ける。

五色の布を張り巡らせた舞台の上に、等間隔で腰掛ける五人の雛女たち。

中でも、品のよい黄朽葉色《きくちばいろ》の衣をまとった雛女——黄《こう》玲琳《れいりん》に向かって、安妃は皺《しわ》の寄った目を細めた。

今、最も自分の地位を脅かしかねない不穏の芽とは、この娘だ。

(中の儀ではよくも、私の判定を覆させたな)

祈禱師の言葉は、始祖神の言葉。

安妃が吉と断じればそれは吉となり、凶と断じればそれは凶となるべきだ。

なのにこの娘は、入水などという予想外の方法で周囲の関心を引きつけ、祈禱師の判定を撤回させた。

皇帝の手前、大人しく引き下がりはしたものの、安妃の内心は煮えくり返っていた。

特に、次期皇帝である皇太子の前で、過ちを認める形になったのが、許しがたかった。

まがいものの「神通力」とは異なり、皇太子は本物の龍気を帯びるという。

どんな些細《ささい》な失点が命取りになるか知れず、安妃は彼の前でことさら神経を尖らせていたのだ。

(皇太子の寵愛《ちょうあい》を受けているという黄 玲琳。もしあの娘が、私の神通力の正体を見抜き、皇太子に吹き込みでもしたらことだ。今のうちに始末しておかねば)

おそらく黄 玲琳は聡明なのだろう。

胆力に富み、機転も利くのだろう。

それは安妃にとって、一刻も早く処分すべき相手ということに他ならなかった。

(儀で受けた非礼は、儀の中で返すとしよう)

ふん、と鼻を鳴らし、長階段の両脇、椅子と卓が持ち込まれているあたりに首を巡らせる。

色と金しか頭にない金徳妃と、策士ぶるくせに浅慮な藍徳妃は、それだけで安妃の視線に気付き、扇の陰から笑みを返してきた。

仕込みは順調、ということである。

(よろしい)

黄 玲琳を引きずり落とすための偽証は、すでに用意されている。

となれば後は、安妃がこの場で、黄 玲琳が恐ろしい叛意《はんい》を抱く悪女であることを、神がかった態度で告げてやるだけだ。

大仰であればあるほどよい。神秘的であればあるほどよい。

(炎尋の儀を、始めようではないか)

白い日差しを注いでいる太陽をちらりと見上げてから、安妃は静かに目を閉じる。

そうしてじっと、儀の進行を待った。

「皆の者、よく集まってくれた。これより、皇帝陛下の誕辰の祝いに先駆けて、皆からの贈り物を、皇后たる妾《わらわ》と祈禱師殿が検《あらた》める。雛女たちの贈り物については、ここでの判定と、後に頂く陛下からのお言葉とを合わせて、鑽仰礼《さんぎょうれい》・終の儀の評価とする」

宮殿に繋がる階段の最上段で、儀の開催を告げたのは、皇后・絹秀《けんしゅう》であった。

彼女が椅子から立ち上がった途端、妃も雛女も臣民も、一斉に叩頭《こうとう》を始める。

水を打ったような静けさの中、皇后はよく通る声で話した。

「半刻の後には、この場に陛下がおいでになる。それまでに目録の確認を終えるゆえ、官吏は十人ずつの組となって、職人や女官は所属ごとに、前に出でよ。雛女たちの贈品の判定は最後とする」

絹秀が滑らかに口上を述べる間、安妃は彼女より十段ほど低い階段に立ち尽くし、ひたすら時機を窺っていた。

黄 玲琳に好意的な皇帝や皇太子がいない今こそ、彼女を陥れる好機である。

ただし安妃は忍耐というものを知っていたので、自分に託された祈禱もつつがなくこなし、臣民が緊張しながら贈り物を差し出してきても、神妙な顔で、賄《まいない》に応じた品評を与え続けた。

老獪《ろうかい》な祈禱師が動いたのは、その後だ。

下位の者の目録提出がすべて済み、次はいよいよ雛女たちの番となったそのとき。

椅子から立ち上がった五家の雛女たちが、祈禱師に向かって礼を執った瞬間、安妃ははっと息を呑んでみせた。

「――……！」

眉を寄せ、恐れおののいた風情で天を見上げてもみせる。

様子のおかしい祈禱師に、民がざわめき、上段の皇后が何事かと身を乗り出してきた、その最も自分に関心が集まった頃合いを見計らい、安妃は告げた。

「叛意の相がある」

しわがれ声の紡ぐ、短い言葉に、あたりが静まり返る。

「なんだと？」

「皇后陛下。ただいま、この老いた女の耳に、始祖神よりの御言葉が下りました。雛女の中に、偉大なる皇帝陛下を害さんとする、おぞましい叛意の持ち主がいると」

絹秀の問いに安妃が答えた途端、金淑妃と藍徳妃が「まあっ」と悲鳴を上げた。

「どういうことですの!?」

「なんと不吉な……!」

息の合った相槌《あいづち》だ。

興奮作用のある霊麻を焚いていたことも手伝い、驚愕《きょうがく》と動揺は、瞬く間に民衆の間へと広がっていった。

「どういうことだ？」

「雛女様の誰かが、叛意を？」

「――静まれ」

だが、皇后が軽く手を打つだけで、たちまち場は静まり返ってしまう。

絹秀は、まさに妃嬪の長の風格をまとわせ、安妃を見下ろした。

「滅多なことを言うものだ、祈禱師殿。妾の娘にも等しい雛女に、叛意の持ち主がいるだと？」

「始祖神の御言葉でございますゆえ」

「笑止」

安妃は皇后に向き直り、重々しく告げたが、絹秀は軽く笑って取り合いもしなかった。

「この場にいる雛女たちは、十日の長きにわたり、陛下を祝うための努力を重ねてきたのだ。ゆえに天も満足し、このような晴れ空をお恵みになった。不吉な予言を差し挟む要素が、どこにある？」

彼女はひらりと掌を天に向かって翻す。

天候のよさを理由に、安妃の予言を退けようとしたのだ。

たしかに、穏やかな晴れ空の下では、不穏な予言は受け入れられにくい。

（ふん、愚か者め。それを計算に入れぬ私ではないわ）

だが、安妃はおもむろに目を閉じると、右手をすっと、天に向かって差し伸べた。

「始祖神曰《いわ》く――光は東より上り、西の空を照らし、南の空は澄み、北の風は穏やかである」

ゆらり、ゆらり、と腕を東西南北に揺らしながら、あたかも予言のように気候を述べる。

そしてぴたりと、上空に向かって指を止めると、目を開いた。

「だが央の地にだけ、凶兆が現れる」

ちょうどそのとき、王宮の空のひと隅を、烏《からす》が群れとなって横切っていく。

それは、安妃が王宮の片隅に仕込んだ餌と、子飼いに吹かせた笛によって集められた群れであったが、人々は突然現れた烏の一団に驚き、固唾を呑んだ。

「烏が、群れで？」

「祈禱師様が予言した途端に現れたぞ」

実際のところ、烏が安妮の予言に合わせたのではなく、安妮が烏の登場に予言を合わせたのだ。

だが、香と儀式で高揚している人々は、すんなりとそれを神秘だと信じた。

広間の香壇のひとつに仕込んでおいた聖血石が、ちょうどこの頃合いに、灰の熱を拾い、発火したのもよかった。

「きゃあっ！」

「始祖神に捧げる香から、急に火が……！」

人々はぎょっとして香壇から距離を取り、肩を寄せはじめる。

（今日の演出は、また格別の仕上がりだ）

安妮は布の下で笑いつつ、それをおくびにも出さず、皇后に再度申し出た。

「かように、始祖神はこの儀に凶兆を示しておられる。皇帝陛下に捧げる儀に、万一にも不穏な要素を紛れ込ませてはなりませぬ。どうか、雛女たちに叛意がないか、私めに確かめさせてください」

「確かめるだと？　鷲官《しゅうかん》でもない祈禱師殿が、どうやって確かめるというのだ」

「炎尋の儀によってでございます」

短く答えると、途端にあたりの空気が緊張を孕《はら》む。

「炎尋の儀？　雛女を、たったそれだけの凶兆とやらで、火にかけるだと？」

絹秀は不快さを隠さず、椅子を蹴って立ち上がったが、安妃もまた譲らなかった。

「私が操るのは始祖神より賜った火、描くのは始祖神の示した陣。魂が清らかな者であれば、陣から火が出ることはございませぬ。炎尋の儀と火刑は、まったくの別物でございます」

これは建前ではあったが、嘘というわけでもなかった。

魂が清らかであると、安妃が認めた者の陣に、聖血石の粉末は混ぜない。

万が一陣から火が出たとしても、実際にその者を死に至らしめるのは、火そのものではなく、治療と称して擦り込む「薬」のほうであるのだから。

「もし火傷を負う者がいれば、私が責任を持って治療に当たり、鷲官に引き渡します。私は、自身で謀反人を懲らしめたいのではない。ただ、真実を明らかにしたいだけなのです」

「だが」

「はっきり申し上げたほうがよろしいか、皇后陛下。凶兆が現れたのは、東西南北の空のどこでもなく、央の地。火が上がったのは、五つある香壇のうち、黄色に塗られたものであると」

主張を退けようとする絹秀に、安妃は一息に踏み込んだ。

「私が疑っているのは、黄 玲琳様でございます」

断言に、人々が一斉に息を呑む。

雛女の中でもとりわけ慈愛深く、美しい「殿下の胡蝶《こちょう》」。

まさか黄 玲琳が謀反の疑いを掛けられるなど、誰も予想しなかったのだ。

「玲琳を？　妄言も大概にすることだ。玲琳は素養の高い雛女であり、皇帝陛下ご自身も目を掛けてきた娘ぞ。なぜ叛意を抱く理由がある」

「それを解き明かすのは鷲官の仕事でございます。私はただ、始祖神の御言葉を預かったまで」

針の落ちる音さえ聞こえそうな沈黙の中、絹秀と安妃のやり合う声だけが響く。

そこに、長階段の両脇でやり取りを見守っていた金淑妃と藍徳妃が、次々と加わった。

「皇后陛下。わたくしはもちろん、玲琳様の潔白を信じておりますわ。ですが、だからこそ、炎尋の儀を行いましょう。邪念がなければ焼かれないというなら、疑惑は早く晴らしてしまわねば」

「そうですわ。まさか玲琳様が、そんな恐ろしいことを考えるはずがございませんもの」

だがそれを、絹秀はぴしゃりと撥《は》ねのけた。

「実際に火に掛けられるのは、そなたらの雛女ではない。軽々しく口を挟まないでもらおう」

空気ごと一刀両断してしまうような鋭さだ。

迫力に呑まれ、両妃が後ずさったとき、意外にももう一人の妃、玄《げん》賢妃が口を開いた。

「ならば、雛女たち全員を炎尋の儀にかければよいのではありませぬか」

淡々とした口調だった。

「雛女は誰より清廉性を重んじるべき者たち。疑わしき行動があったのなら、火に巻かれて死ぬべきです。真に潔白であるなら、疑惑を晴らせばよいだけのこと。どの家の雛女もです」

いいや、その視線には、絹秀以上の鋭さが含まれていただろうか。

はたして玄 傲雪《ごうせつ》は、黄 玲琳の火刑に加勢しているのか、それとも妨害しているのか。

賢妃の真意を掴み損ねた淑妃たちは、当惑の表情を浮かべた。

「そ、そんなの――」

「いいえ、賢妃様」

そのとき、舞台から可憐な声が上がった。

五つの椅子の中央に座す、黄家の雛女である。

「皆様を巻き込むことを、わたくしは望みませんわ。祈禱師様がわたくしを疑うのならば、どうぞ、わたくしだけを炎尋の儀に掛けてくださいまし」

胸に片手を当てて言い切るが、この展開が恐ろしいのか、はたまたほかの理由か、声は微かに震えている。

周りを囲む雛女たちは目を見開き、口々に彼女を制止した。

「まあ、玲琳様！　なんということを仰《おっしゃ》るのです」

「玲琳お姉様、どうぞ落ち着いてくださいませ。あなた様の潔白は誰もが知るところ。炎尋の儀なんて恐ろしいものは、必要ありませんわ」

「先ほどの凶兆は、きっとなにかの偶然だろう」

順に清佳《せいか》、芳春《ほうしゅん》、そして歌吹《かすい》である。

これまでの儀では、特に視線も交わさぬ仲だったというのに、皆やけに親身だ。

中でも朱家《しゅけ》の雛女は、両手を広げ、首を振りと、全身を使って祈禱師に訴えた。

「おお、祈禱師様！　これはなにかの間違いでございます！　わたくしの心優しき親友を火にかけることなど、天が許してもわたくしが許しませんわ！　だって親友ですから。親友ですから！」

ずいぶんと大げさな態度である。

朱家の雛女の大声の演説は、雛女たちの心を揺さぶったのか、金 清佳は口元に力を込め、藍 芳春は両袖で顔を覆い、玄 歌吹は素早く視線を逸らした。

渦中の黄家の雛女に至っては、感極まったように、両手で顔を覆って俯《うつむ》いている。

雛女たちの見せた友情に心を打たれたのだろうか。皇后と賢妃もまた、ごく一瞬、口元を覆ったり、瞬きをしたりして、なにかを堪《こら》えるような素振りを見せた。

「それでもなお『玲琳様』を疑うと言うのなら！　わたくしも一緒に、炎尋の儀とやらに掛けてくださいませ！　後生でございますー！」

安妃は、調子外れの大声で訴える雛女を、胡散臭《うさんくさ》い思いで眺めた。

まったく、良家の娘とも思えぬ振る舞いだが、この「朱 慧月《けいげつ》」というのは感情的で、すぐに金切り声を上げることで知られている娘だ。

安妃を非難した中の儀での態度からしても、短慮で、情緒不安定なのは間違いないだろう。

彼女のことは捨て置くことに決め、安妃はいよいよ、標的を追い詰めにかかった。

周囲は「自分もともに」と訴えることで黄家の雛女を庇《かば》ったつもりだろうが、かえって、相手を引き返せぬ状況に追い込んでいると、はたして理解しているだろうか。

浅はかな女たちに、つい愉悦が込み上げた。

「黄 玲琳殿。私はすでに、あなたの罪を確信している。もし罪を認めるならば、鷲官に突き出すだけで済ませましょう。ただし認めないならば、仲間の雛女までともに炎尋の儀に掛けることになる」

謂《いわ》れのない罪をかぶせ、「裁きを受けるかどうか」ではなく「裁きを一人で受けるか、他人を巻き込むか」の選択を迫る。危機など経験したことのない箱入り娘の雛女ならば、心を動揺させ、まんまと安妃の術中に嵌《は》まるに違いない。

「ど、どうか、他の雛女様たちを巻き込むことは、おやめくださいませ……っ」

案の定、心優しいと評判の黄家の雛女は、肩を震わせて主張した。

「わたくしは、祈禱師様の仰るような、大それた邪念など抱いてはおりません。わたくしをお疑いなら、どうぞ、わたくし一人を炎尋の儀とやらに掛けてくださいませ！」

こちらの筋書きをきれいになぞるようにして、あっさり炎尋の儀を受け入れた黄家の雛女に、安妃は笑い出しそうになった。

（まったく、善良な娘であることよ）

それは安妃にとって、愚かであることと同義だ。

「黄 玲琳様ご本人が、このように仰っていますが」

長階段の最上段に向き直り、慇懃《いんぎん》に申し出ると、皇后は拳を口元に当て、きつく眉根を寄せながら応じる。

「……なら、構わぬ」

きっと隠された口元は、屈辱でひどく歪んでいるのだろう。

苛立ちをごまかすためか、妃嬪の長は咳払いし、どさりと乱暴な挙措で椅子に腰を下ろした。

「ただし、玲琳の疑いが晴れた後は、身の振り方を考えることだな、祈禱師殿。陛下がいらっしゃるまで、もう時間もない。手短に進めよ」

「は」

神妙に頷いてみせながらも、口布の内側では、安妮は勝ち誇った笑みを浮かべていた。

あの剛毅《ごうき》な皇后、後宮の最高権力者のことさえ、自分は従えることができるのだ。

老いた祈禱師は、かくしゃくたる足取りで段を下り、雛女たちの待つ舞台に踏み入る。

懐から手巾《しゅきん》を取り出すと、舞台の前方中央に据えられていた香壇に近付き、その灰を恭しく掬い取った。

「これは、始祖神に捧げられた香の灰。すなわち、始祖神の吐息を受け燃えた灰、聖なる力の宿る灰です。これを用いて描いた陣は、善人を温め、悪人を焼く」

震えて立ち尽くす黄家の雛女に近付き、その周囲にぐるりと、円を描くように灰を撒《ま》いてゆく。

その際に、手巾に仕込んでおいた聖血石の粉末を同時に撒くのが、一番重要な点だった。

「黄 玲琳様。両手を胸の前で組み、陣の中央で跪きなさい。私が祈りを通じて始祖神と言葉を交わす間、一言も発してはなりませぬ」

「はい」

美貌の雛女が従順に跪くと、陣の灰が長い裾に掛かる。

他家の雛女たちは、円形の陣から距離を取りつつも、心配そうに身を乗り出していた。

「かけまくもかしこき始祖神に、卑小なる人の身より申し上げる。温かなる眼差しを地上の末裔《まつえい》らに注ぎたまえ――」

安妃は、胸に下げた小さな鏡を高々と掲げ、始祖神の眼差しと言われる日差しを受け止めてから、祈りはじめた。

「始祖神の御息《みいき》は我が吐息。命の風は五つの空と地を巡る。青春、朱夏、白秋、玄冬、そして黄土を巡る風よ、わが言の葉を始祖神の御許《みもと》に戻し真実を問いたまえ」

しわがれた声で抑揚を付け、あえてゆったりと呪文を紡ぐ。

内容など、それっぽければなんでもよかった。要は、長ければ長いほどいいのだ。

そんなことよりも、東西南北を示す文言に合わせて、鏡を前後左右に動かすことのほうがずっと大事だった。鏡で日光を受け止め、その熱を間違いなく聖血石に伝えることのほうが。

（七、八、九……）

俯く雛女の横側、ちょうどたっぷり聖血石を含ませた陣に光が当たったところで、鏡の位置を固定する。

安妃はそこからさらに呪文を引き伸ばし、灰に紛れさせた聖血石の温度が上がるのを待った。

あまり長時間動かずにいても怪しまれるので、一刻も早く着火してほしいところだ。

（十二、十三、十四……）

――ぼっ！

安妃の祈りが通じたか、陣のひと隅から、小さな炎が上がる。

（よし！）

込み上げる笑いを押し殺し、黄家の雛女を邪悪だと断定しようとした、そのときだ。

「――……!?」
予想もしなかった光景が彼女を襲い、安妃はぎょっと目を見開いた。

(あの女、後で絶対に張り倒す。罵ってやる。それとも、もう一度井戸に突っ込んでやろうかしら)

時は少し遡る。

陣の中で跪かされていた「黄 玲琳」――の顔をした朱 慧月は、俯いた顔の下で、とある人物のことを盛大にこき下ろしていた。

(なんなのよ、あの大根役者！ なんで「親友」をあんなに連呼する必要があるの？ 恥ずかしいったら！)

もちろんそれは、祈禱師のことなどではなく、「朱 慧月」に扮した黄 玲琳のことである。

いくら、「周囲を巻き込むことを恐れた黄 玲琳が、自ら炎尋の儀を申し出る」という流れを作る必要があったのだとしても、あそこまで大げさに訴える必要があったかどうか。

(演技が大きすぎるのよ！)

演技が、というか、愛情が、というか。

おかげで、清佳や皇后たちは笑いを堪えるのに必死だったし、慧月も顔が引《ひ》き攣《つ》りそうだった。

あそこからなんとか、当初の筋書きに戻せた自分を、自分で褒めてやりたい気持ちだ。

(まあ、いいわ)

ひとしきり毒づいた後、慧月は短く息を吐き出し、意識を集中させた。

黄 玲琳の考えた報復、そして自分たちの終の儀がうまくいくかどうかは、すべてこの次の瞬間に掛かっているといっても過言ではないのだから。

（炎よ）

目を閉じて、密かに気を練る。

まがいものの祈禱師のようにご大層な呪文など唱えずとも、心の内で呼びかければ、自分を取り巻く火の気が、ぐっと濃くなるのを感じた。

「始祖神よ、偉大なる我らが生みの親にして導き手よ。善なる者の魂を温め、邪《よこしま》なる者の魂を焼き清めたまえ。神威ある炎で、罪業を焼き尽くしたまえ」

祈禱師はまだ、いんちきな呪文を紡いでいる。

だが確かに、彼女の掲げる鏡で照らされた先、赤黒い灰で描かれた陣が、じわりと熱を帯びはじめるのが肌でわかった。

炎が、生まれる。

（だめよ）

人為的に作られようとしている炎に、慧月は「言い聞かせ」た。

（わたくしに従いなさい）

そうして、胸の前で交差させた両手を強く握ると、かっと目を開いた。

（燃やすのは、あの女のほうよ！）

――ごおっ！

陣から生じた小さな火は、たちまち巨大な炎の渦に膨れ上がる。

「………!?」

本来「黄 玲琳」の衣に燃え移るはずだったそれは、陣の中にいる彼女をむしろ避けるように二つに割れ、代わりに、挟み込むようにして祈禱師を襲った！

「ぎゃあああ！」

全身を炎に包まれた安妃が大きく仰《の》け反《ぞ》る。

このまま焼き殺してやってもよかったが、慧月はあえて、すぐに炎を掻き消した。

祈禱師・安妃――この悪人には、まだまだ演じてもらうべき役があるのだから。

「まあ！　大丈夫でございますか!?　祈禱師様、どうぞしっかり！」

祈禱師から距離を取るように、一斉に腰を浮かせた雛女や民衆とは裏腹に、ぱっと一人、安妃に向かって駆けつけてくる者がある。

そばかす顔が印象的な「朱 慧月」、つまり玲琳であった。

「なんということでしょう。悪人を焼くはずの炎が、まさか祈禱師様を焼いてしまうなんて！」

大いに含みある内容を叫び、しかし彼女は、てきぱきと安妃の介抱を始めた。

「おけがはございませんか？　まあ、お労《いたわ》しい！　右腕を火傷なさっていますね」

「ひい……っ、ああ……！」

安妃は全身を炎にまかれた衝撃で、言葉も出ずにいる。

咄嗟《とっさ》に前に向かって突き出したためか、ひどく焼けただれている右腕を見て、玲琳は神妙な表情で安妃に申し出た。

「わたくしは炎を司《つかさど》る朱家の雛女。火傷の手当てには心得がございます。もしよければ、祈禱師様を四阿《あずまや》にお運びして、手当てを差し上げても？」

「ああ……！　ああ、頼む！」

鷲官は誰を犯人として取り押さえるべきかわからず、医官は「悪人を焼く」はずの炎で負った火傷を治療してよいかわからず、身動きが取れずにいる。

雛女や民衆は、もはや容疑者の「黄 玲琳」でなく、祈禱師へ訝《いぶか》しげな視線を向けている。

そんな中、躊躇《ためら》いなく差し出された救いの手に、安妃は一も二もなく飛びついた。

「手当てをしてくれ！」

「承知しました」

凛とした顔で頷いた「朱 慧月」は、最上段にいる皇后に向かって礼を執った。

「皇后陛下に申し上げます。儀の途中ではありますが、なにしろ偉大なる祈禱師様の一大事。わたくしは終の儀をほかの雛女たちに託し、この場を離れとう存じます」

きっぱりと申し出て、舞台上に残る他家の雛女たちを袖で指し示す。

「雛女同士は姉妹も同然。わたくしが予定していた陛下への贈り物は、他家の雛女様方から、間違いなくご紹介いただけることでしょう。どうか中座を、お許しいただけますか」

「許す」

一方の皇后も、鷹揚《おうよう》に頷いた。

「中元節で玲琳が倒れた際も、おまえの誠意と献身は確かなものであった。ゆえにこたび、おまえを試すことはせず、即座の退出を許そう。おまえの贈品は、他家の雛女を介して検分する」

「寛容なお言葉に感謝申し上げます」

そばかす顔の雛女はにっこりと笑い、再度完璧な礼を執る。

慧月などは、あまりに美しい仕草に、正体が露見せぬかとひやひやしたものだったが、幸い、祈禱師はそれどころではないらしく、「朱 慧月」――玲琳の促すまま場を去っていった。

だが、残されたほうはといえば、混乱の極みだ。

会場のあちこちで疑念と憶測が飛び交い、もはや贈品の品評どころではない。

このままでは終の儀の進行が危ぶまれる――。

場内のざわめきと混乱が極限に達したそのとき、長階段の最上段で腰掛けていた皇后・絹秀が、すっと立ち上がった。

「これは、お早いお越しで」

豪放磊落《ごうほうらいらく》な性格からは考えられぬほど優雅な動きで裾を捌《さば》き、礼を執る。

彼女が頭を下げた先に現れたのは、皇帝・弦耀と、皇太子・尭明《ぎょうめい》であった。

到着までは今少しあったはずだが、どうやら予定が早まったらしい。

（よかった。いらっしゃった――！）

いいや、正確には、慧月たちが彼らの到着を早めさせたのだ。

尭明の付近を飛び去っていった鳩、そして、彼の護衛として背後に佇《たたず》む景行《けいこう》と、雛女たちのいる舞台のすぐ傍に控える景彰《けいしょう》が、その立役者であった。

鳩を介して登場を急《せ》かされた尭明は、皇帝の背後からひそかに、慧月へと視線を向けてくる。

叱られるのを恐れた玲琳が、彼の関与を妨害してしまったばかりに、彼からすれば、気を揉《も》むだけ揉まされておいて、排除された格好だろう。

可哀想に、その精悍な顔は憔悴《しょうすい》でやつれ、目の下にはうっすらと隈が見て取れる。

無言でありながらなお雄弁な、心配と、非難の視線。

彼が押し殺しているのであろう激情を悟った慧月は、冷や汗を浮かべながら顔を逸らした。

(全部あの女が悪いのですわ、殿下)

だからどうか、自分にはその苛立ちを向けないでほしい。

鑽仰礼が終わったら、黄 玲琳を煮るなり焼くなり、好きにして構わないから。

さて、心を波立たせる慧月たちとは裏腹に、皇后・絹秀はこの状況下でも余裕の表情である。

彼女は、皇帝たちが十分に近付くのを待つと、何食わぬ様子でこう言い添えた。

「偉大なる陛下の誕辰を、心よりお慶《よろこ》び申し上げます」

「ふむ」

温厚と評される皇帝は、妻のぬけぬけとした祝辞に対し、ゆったりと首を傾げた。

「予定より早く着いてしまったからだろうか。慶ぶというには、皆、やけにそわそわと、浮き足立っているように見えるが」

「陛下の誕辰で、ひとかけらの粗相もあってはならぬと、気を張り詰めさせているのでしょう」

「そうだろうか」

弦耀は、微笑こそ崩さなかったが、疑問もまた譲らなかった。

「皆の目には、猜疑《さいぎ》と怯えの色が見える。舞台には、不思議な陣と裾を焦がした黄家の雛女があり、代わりに、祈禱師と朱家の雛女の姿がない。これはいったい、どうしたことだろう」

「まこと、ご慧眼でございます」

視線を走らせただけで、会場の異変を見極めてしまう皇帝に、皇后がすかさず相槌を打つ。

心からの敬意というよりは、面倒臭がっている気配を滲ませているあたり、さすが黄 絹秀というべきだった。

「実は祈禱師殿が、雛女・黄 玲琳が邪念の持ち主であるとの託宣を得たそうで。陛下の誕辰に万一のことがあってはと考え、かつ、玲琳自身が望んだため、炎尋の儀を執り行ったのでございます」

「雛女を火にかける儀を敢行したと？　ほう――」

「結果、炎はなぜか、祈禱師殿を襲いました。彼女が火傷を負ってしまったので、火の加護を持つ朱家の雛女・朱 慧月が、外に連れ出して看護に当たっています」

ほんのわずか目を細めた皇帝を、絹秀はにこやかに遮った。

「つまり、黄 玲琳は悪女ではなく、この場に邪念は存在しないということが証明されたのです。陛下の生まれたこの慶ばしき日には、いかなる禍《わざわい》も許されない。乱れた気があれば、それはすぐに払拭されねばなりませぬ」

そこで、絹秀はゆっくりとこちらを振り返った。

見事なもので、貫禄のある彼女が片手をすっと掲げると、それだけで場内の空気が引き締まる。

背筋を正した雛女たちに向かって、妃嬪の長は悪戯《いたずら》っぽく笑いかけた。

「よって、雛女たちよ。陛下への見事な贈品を披露し、誕辰の日にふさわしい慶ばしさを、この場に取り戻してくれような？」

要は、炎尋の儀で水を差されてしまったこの場を、贈り物の見事さで盛り上げろ、ということだ。

金 清佳に藍 芳春、玄 歌吹、そして「黄 玲琳」。

皇后は一人一人、じっくりと雛女たちと視線を合わせてゆく。

本来であれば、慧月はそれだけで萎縮して、震え上がっていただろう。

実際、今も陣の中に座り込んだままの慧月は、細かく全身を震わせていた。

だが、それは恐怖によるものではなく、どちらかといえば、興奮によるものだ。

武者震い。

慧月はぐっと拳を握ると、雛女たちを代表し、一歩前に進み出た。

「承知しました。僭越《せんえつ》ながらこの場で、雛女からの贈り物を披露したく存じます」

ことさら静かに、「黄 玲琳」の澄んだ声で答える。

（やってやろうじゃない）

舞台上に残った陣の灰を踏みながら、慧月は己に言い聞かせた。

先ほど、自分の道術で、まずは祈禱師に一矢報いた。

そして今度は、五家の雛女たちの敵全員を、薙《な》ぎ払《はら》ってやる。

ほかでもない、この朱 慧月《じぶん》が。

(まるで物語の主人公だわ)

外遊のときといい、今といい、なにかと慧月を主戦力扱いし、作戦のど真ん中に持ってこようとする黄 玲琳のことが、慧月はいまだに信じられない。

まったく、彼女ときたら、自分をこき使いすぎだし、評価しすぎだ。

利用されていると思えば腹立たしいのだが、一方で慧月は、こうも全力で自分を頼ってくる黄 玲琳というのが、どうにも嫌いになれないのだった。

より正直に、くすぐったい、と言ってもいい。

だって、自分に期待する人間なんて、世界に黄 玲琳しかいなかった。

(わたくしには、できる)

気付けば慧月は、舞台の中央で、背筋を伸ばして立っていた。

黄 玲琳に姿勢を、何度も何度も指導されたからだ。

(わたくしだけが、できる)

胸を広げて、深く息を吸い込んで、視線は前に。

顔を上げて——声を出して。

「皇后陛下に申し上げます。実はわたくしどもは、この慶ばしき日を祝うため、これまでにない贈り物をご用意してまいりました」

いかにも黄 玲琳らしい、美しくも凛とした口調で話せたことに、ほっとした。

右端に腰掛けていた玄 歌吹に目配せをすると、彼女は、布に包んだあるものを取り出した。

「これは、五家の雛女が皆で協力して、ご用意したものでございます」

「ほう。五家の雛女が、皆で？」

すでに策の概要は知っているはずの皇后が、驚きを露《あらわ》にする。

まったく、豪放磊落に見えるこの女は、その実、相当な狸だ。さすがはあの猪女の伯母である。

「金家や藍家の妃は、上等な宝玉や筆を予定していると、それは誇らしげに語っていたものだが」

「淑妃様はそのようにお考えのようでした。ですが、陛下のご威光は揺るぎなく、各家の雛女がそれぞれに用意したのでは、たとえ三界一の宝であっても、陛下ご誕生の慶ばしさには及びません」

絹秀がからかうように首を傾げると、言葉を詰まらせた慧月の代わりに、清佳が一歩進み出て、そつなく応じた。

ついで芳春も、例の愛らしい仕草で前に出て、邪気のない笑みを浮かべた。

「鑽仰礼は、雛女たちの成長を測るための儀。未熟な雛とはいえ、いつまでも妃様方の庇護下にあっては面目が立ちません。ですのでわたくしたちは、自力で別の品を用意したのでございます」

表面だけなぞれば、自立したいという健気な意志表明にも聞こえる。

しかし実際のところは、この日まで妃を欺いてきたことを白状する内容だ。

芳春の発言を聞いた途端、得意げであった金淑妃や藍徳妃は、さっと顔色を変えた。

だが、椅子から腰を浮かした妃たちの様子など、皇帝の目には入らぬようだ。

弦耀は「ほう」と感慨深げに頷くと、穏やかな笑みを湛えたまま問うた。

「それで、五家の雛女が協力して用意した品とは、なんなのだ？」

「こちらでございます」

皇帝の問いを受けて、今度は歌吹がしずしずと前に出る。

恭しい仕草で、黒い布に包まれたものを掲げると、彼女はゆっくりと、その布を取り払った。

「世にも美しき金細工を施した、宝鏡でございます」

はたして彼女の手の中には、美しい円鏡が現れた。

大きさは、女の両手に余るほど。見るだけでもずしりとした重みが伝わるような厚みがあり、背面の金盤には、五つの龍が勇猛な姿を現している。

それだけでも十分、芸術品としての価値があったろうが、なにより素晴らしいのは、鏡の表面が美しい銀色をしていることだろう。

銅鏡とは異なり、硬質な月光のような色をした鏡は、冬の陽光を受けて、眩《まぶ》しく輝いていた。

「実に見事な品だ。これを、そなたたちは、どうやって手に入れたのだ？」

遠目からでも十分な見事さを見て取り、弦耀が満足そうに頷く。

彼の問いは、「どの職人に作らせたのか」といった意図であったろうが、雛女たちはそこで、愉快そうに視線を交わし、ぴたりと口を揃えて答えた。

「作りました」

「作った？」

これにはさすがに、皇帝も意表を突かれた様子だ。

目を瞬かせる彼の前で、雛女たちは次々と、礼を執った。

「この鏡は、銅鏡の表面に水銀《みずがね》の合金をかぶせて磨き、金で鋳造した背面と合わせたものでございます。金細工の技術にかけて、西領の右に出る者はおりませぬ。それゆえ、僭越ながらわたくし金 清佳が、龍の意匠を手がけさせていただきました」

真っ先に、美麗な龍の意匠を描いたと申し出たのは、芸術を司る金家の清佳。

「鋳型《いがた》や、金属を溶かすための燃料には、大量の木材が必要でございます。良質な薪や炭の提供は、木の加護を頂くわたくし藍 芳春が担当いたしました」

ついで、小柄な体でも堂々と口上を述べたのは、木を司る藍家の芳春。

「砂金は川の中から見出されるもの。原材料の確保でも、鋳造時の冷却でも、鍛冶と水は切っても切れぬ関係です。こたび、砂金や水の確保は、水と戦を司る玄家の、わたくし歌吹が行いました」

そして、淡々とした口調で申し添えたのは、水を司る玄家の歌吹だ。

慧月は彼女たちの言葉を引き継いで、「黄 玲琳」として礼を執った。

「鋳造の際、炎が重要な役割を帯びることは言うまでもございません。また、鉱物の多くは土から生まれ、炉それ自体や鋳型にも土が使われます。このたび、火を司る朱 慧月と、土を司る黄 玲琳は、手を取り合って、これらの確保に奔走いたしました」

説明しながら、慧月は「奔走」の日々に思いを馳せ、遠い目になりかけた。

――慧月様。五家の雛女全員で協力して、鏡を作るというのは、面白いと思いませんか？

最初にそんな提案を聞いたとき、慧月は相手の正気を疑ったものだ。

鏡作りと手芸は違う。

いったいどこの姫君が、自ら金属を加工しようなどと思いつくのか。

だが、黄 玲琳は勝算があると言って譲らなかった。

なんでも、玄 歌吹の姉は鋳造や金細工にかけて職人になれるほどの腕前で、妹の歌吹もまた、それに準じた技術を持っているというのである。

木材や炭は藍家に手配させる。

炉を作るための煉瓦は黄家が用意する。

図案は、美的感覚に優れた清佳に任せればよい。

砂金は、鉱山をいくつも持つ玄家から調達する。

そこに、炎を操れる慧月がいれば、金属は自在に溶かせると言うのである。

――そうそう。合金を作るのに不可欠な水銀だけは、玄家領からはあまり取れないらしく、歌吹様も入手しにくいそうなのですが。

指を折りながら必要物資を説明していた玲琳は、そこで無邪気に笑いかけたものである。

――慧月様に、水銀製の頬紅を売りつけた、悪徳商人がいらっしゃったでしょう？　彼から在庫を取り上げて活用しましょう。

にこっと小首を傾げる姿は、我が顔ながら愛らしさがあったが、よく見ればその目は笑っていなかった。

なるほど、黄　玲琳は、かつて慧月を軽んじた商人にも、しっかりやり返す気でいたのだ。

いや、「やり返す気でいた」どころではない。

すでに、慧月が虚仮《こけ》にされたと知った直後、しっかり悪徳商人を特定し、粗悪品の押収まで済ませていたと言う。

「実は時間の都合上、すでに押収した水銀がここにあります」と照れたように微笑んでいた。

（怖いのよ、あの女……！）

自ら攻撃してくることはまずないが、身内を傷付けられたなら、その身内本人が怒りを忘れてしまった後でさえ、きっちり報復を果たす。

味方であればこれほど心強いことはないが、絶対に、敵に回してはいけない。

慧月はそんな思いを再確認したのであった。

（ほかの雛女たちも、絶対あの女に怯えていたし）

この四日間、五家の雛女は示し合わせて、夜な夜な各家の宮を抜けては準備を進めてきた。

作戦からしてすでに常軌を逸していたが、実際に炉を組んだり、金を溶かしたりしはじめた「朱　慧月」に、明らかに他家の雛女たちは動揺していたはずだ。

少なくとも金　清佳は、玲琳が「清佳様は金家の方ですもの、もちろん鋳金も嗜《たしな》んでいらっしゃるでしょう？」と優しく誘いかけてきたとき、笑みを強ばらせていた。

おそらく彼女の中で胡蝶の姿をしていた「黄　玲琳」像は音を立てて崩壊し、代わりに、猪や鬼神の形をしたなにかが再構築されたことだろう。

藍 芳春は人前では小動物じみた擬態《ぎたい》を崩さないし、玄 歌吹は常に無表情なので、清佳が困惑を滲ませる姿だけが、最近の慧月にとって唯一の憂さ晴らしであった。

「なるほど。つまりこれは、五家の雛女たちが力を結集させ、作り上げたものであると」

とそのとき、皇帝が感心した様子の相槌を打つ。

我に返った慧月は、顔を引き締めて頷いた。

「はい」

「素晴らしい。近くでよく見せておくれ」

「かしこまりました」

弦耀の命に従い、雛女たちはしずしずと階段を上る。

「改めて、陛下の誕辰をお慶び申し上げます。どうぞわたくしどもが心を尽くして用意した品をお納めくださいませ」

雛女たちを代表し、「黄 玲琳」――慧月が最上段で跪き、鏡を差し出すと、贈品を受け取った皇帝はそれをまじまじと見つめた。

「これはこれは。近くで見ても美しいものだ。雛女たちは今日この日からでも、陶坊の職人として働けよう」

聞いた限り、手放しの賛辞に思える。

だが、悪意に敏感な慧月の耳は、そこに含まれる、ごくわずかな揶揄《やゆ》の響きを聞き取った。

美しい鏡をこしらえるのは、職人の本分だ。

雛女、それも五家全員分からの贈り物として、果たしてこのたった一枚の鏡は、贈品に値するのかと。

（そう来ると、思いましたわ）

慧月はぞくりと背筋を粟立《あわだ》たせた。

やはり、この皇帝には底知れなさがある。

もし自分の贈品がそんな評を受けたなら、きっと慧月は泣き出してしまっていただろう。

だが、これは黄 玲琳が考えた贈り物。

彼女の策の深さは、こんなものではないのだ。

慧月は深く息を吸い込み、顔を上げた。

「恐れ入ります。ですが、この鏡の真価は、美しさとは別のところにあるのです」

「別のところ？」

「はい。すなわち――機能に」

ここからが本番だ。

機能、と興味深げに呟いた皇帝の前で、慧月はゆっくりと立ち上がる。

極力優雅さを意識し、背後の雛女たちを袖で順に指し示した。

「火、水、木、金、土。万物は五行より成り立つ。逆に言えば、五行が揃ったとき、存在は完全となるのです。わたくしども五家の女が力を合わせて作り上げたこの鏡には、ほかの鏡にはない神秘の力がございます」

「神秘の力？」

「すなわち、始祖神のご加護でございます」

これから披露される鏡の「機能」は、道術によるものではなく、あくまで始祖神の力によるものでなくてはならない。

それは、黄 玲琳が策を授けるにあたり、繰り返し強調したことであった。

「どうかその鏡を光にかざし、どこかを照らしてみてくださいませ」

慧月が勧めると、皇帝は片方の眉をわずかに引き上げ、鏡を宙に掲げる。

面白がっているとも、状況を冷ややかに判じているとも取れる表情であった。

が、鏡を向けた先、反射した陽光が描きだしたものを見て、その表情が変わった。

皇帝だけではない。固唾を呑んでやり取りを見守っていた群衆も、一様に息を呑んだ。

「紋様が！」

「まあ！」

丸く照らし出された光の中に、淡く、雪花紋様が浮き上がっていたのである。

規則的な図形と曲線で構成された紋様は、まるで陣のように呪術的な美しさを帯びていた。

「これは……」

「玄家のお血筋であられる皇帝陛下にふさわしい、雪花紋様でございます。鏡には、陛下のご威光を讃える気持ちを強く込めましたゆえ」

魔鏡、と呼ばれる鏡がある。

一見すれば普通の鏡であるのに、陽光にかざすと、光の中に特定の像を浮かび上がらせる鏡のことである。

世にも不思議な現象に、ただでさえ香のせいで興奮状態にあった人々は目を輝かせ、「なんと美しい」「奇跡だわ」と熱に浮かされたように呟きはじめた。

「これは不思議なものだ。裏側には五龍が刻まれているというのに、浮かび上がるのは雪花紋様であるとは。どういう仕掛けなのだろう」

皇帝もまた、鏡を矯《た》めつ眇《すが》めつしている。

今度こそ声に本物の感嘆が滲んでいるようではあったが、魔鏡の原理を知っているような発言に、慧月は内心で冷や汗を浮かべた。

（やりにくいわね、もう……！）

神秘の力を思わせる魔鏡だが、実際のところそれは、鏡の裏側に刻まれた模様が、鏡面に凹凸を作り出し、光を歪めているのにすぎない。

今、裏面に龍が刻まれているにもかかわらず、雪花紋様が浮かび上がっているのは、かつて歌吹の姉・舞照《ぶしょう》が作った鏡の裏面を、今回新たに作った別の合金で覆ったからであった。

つまりこの鏡は二枚重ねであり、今浮かび上がった見事な雪花紋様は、舞照の作なのだ。

（素直に驚いてくだされればよいのに）

きっと雲嵐《うんらん》たちのような農村の民であれば、これだけで感激してくれていただろう。

が、さすがに大陸の覇者ともなると、この程度の「奇跡」では心を動かされてくれないようだ。

（でも、いいわ。切り札は、これからだもの）

慧月は密かに拳を握る。

息を吐き出し、静かに気を練りはじめた。

いよいよ、正念場だ。

「六書曰《りくしょいわ》く、『凝雨《ゆき》とは雪《せつ》にして説《せつ》、すなわちものを説くものなり』と。つまり、雪には道理を解き明かし、邪なるものを雪《そそ》ぐ力がある。雪花紋様を秘めたこの鏡には、真実を照らし出す力があるのでございます」

このあたりの口上は、すべて黄 玲琳に吹き込まれたものだ。こじつけに過ぎないのだが、こうして告げると、いかにも謂れある鏡のようだと、慧月本人にさえ思えてくる。

きっと黄 玲琳にとって、教養というのはおしゃれのためではなく、敵をねじ伏せるためにあるのだろう。

「真実を照らし出す力？」

「はい。どうか、お言葉を控えて心を澄まし、その鏡で、舞台に残った灰を照らしてみてくださいませ。祈禱師様が言うところの、聖なる灰を。……邪悪な者を焼くという炎尋の儀。その炎がなぜ祈禱師様を焼いたのか、真実がきっと明らかになるかと存じます」

慧月は今こそ、灰が散らばった舞台を指し示してみせた。

脳裏には、おっとりと話す友人の姿が蘇《よみがえ》っていた。

――祈禱師様が操る火の力というのは、きっと、燐鉱石《りんこうせき》を用いたものだと思いますの。

よりよい薬の原材料を探るため、大陸のあちこちから素材を集めて実験を繰り返してきたという彼女は、なんでもないことのようにそう語っていた。

――古来の薬には、人の尿を煮詰めて得るものもあるのですが、それは作るのが大変なうえに、少し熱するだけで簡単に発火するのです。同じく簡単に発火する石があるというので、もしや同じ効果があるのかと、以前、試しに集めてみたのですが、こちらはもっと低い温度で燃えますのよ。

黄家の所有する黄山には、薬草だけでなく、怪しげな鉱石や動物まで、薬の材料になりそうなものはなんでも集められているのだという。

結局当時の玲琳は、燐の特徴的な臭いが嫌で、薬に用いるには至らなかった。

だが、中の儀で宣紙《せんし》から漂っていた独特な臭い、そして、「祈祷師が素早く紋を擦っていた」という歌吹の指摘によって、安妃の手口に思い至ったのだそうだ。

燃える石、と目を丸くした慧月に向かって、玲琳は頬に手を当てて微笑んだものだった。

のみならず、実際に黄山から取り寄せた燐鉱石とやらを擦り、慧月の前で火を熾してみせた。

まるで道術を使ったかのような光景に、慧月は目を丸くした。

――つまり、祈祷師様の神通力は、やはりいんちきなのです。わたくしたちでも、簡単に真似ができます。……ですが、敵を屠《ほふ》ろうとする際に、せっせと紋を擦るというのは、小物感が漂っていて嫌ですね。どうせ火を付けるなら、もっと華やかに、どーんと行かねば。

その手をすいと伸ばし、慧月の肩を掴む。

愛らしく小首を傾げ、彼女が告げたのはたった一言だった。

——ね？

（あの女、毎度毎度、肝心なところをわたくしに任せすぎなのよ……っ）

眉間に皺を寄せながら、慧月は苛立たしげに内心で叫ぶ。

だが本当に苛立たしいものがあるとすればそれは、頼られたとき、毎度毎度、まんざらでもない気持ちになってしまう自分のほうかもしれなかった。

（黄玲琳。あなたも、首尾よくいっているのでしょうね）

皇帝が「こうかな？」と鏡を舞台へと傾ける横で、火の気を集める。

鏡から照射された光が、燐の混ざった灰を温め、浮かび上がった雪花紋様の奥に、再び小さな火が灯った、そのときだ。

慧月は強く奥歯を噛み、火の気を瞬時に練り上げた。

生まれたばかりの炎を睨みつけ、命じる。

（わたくしに、従いなさい）

道力を一斉に開放すると、全身を内側から閃光で焼かれるような心地がして、額に汗が噴き出した。

（膨らむのよ！）

ぐっと目に力を込めると、炎は音を立てて躍り上がり、瞬く間に、雪花紋様を赤く塗り替えていく！

ぶわっ、と熱風を伴い立ち上った炎に、観衆は悲鳴を上げた。

「きゃあああ！」

「火が！」

雪花紋様から垂直に噴き出した炎は、やがて、燃料もないというのに左右へと広がりだす。

「ひぃっ！　に、逃げ――」

「いや、これは……!?」

猛々《たけだけ》しく燃え広がるかに見えた炎は、しかし途中でぴたりと拡大を止めたので、人々は息を呑み、宙に揺らめく炎を、まじまじと見つめた。

空中に、まるで幕のように広がった炎。

その中に――何かが、見える。

「どなた様も、声を出さずに、よくご覧ください」

民と同じく、炎に釘付けになった皇帝に向かって、慧月は静かに語りかけた。

まったく、なんと巨大な劇場に、大量の観衆だろうか。

衆人環視の、この炎の舞台に上がってしまえば、どんな役者とて逃げられはしない。

「鏡の熾した炎の中に、真実が見えるかと存じます」

すべての罪は、白日のもとに晒されるのだ。

(わたくしはやり遂げたわよ、黄 玲琳)

炎の奥、徐々に輪郭を鮮明にしつつある女に向かって、慧月はこっそりと口の端を引き上げる。

(あなたはせいぜい、仕上げをすることね)

ここまでくれば、終わったも同然。

最後の仕上げを友の背中に託し、慧月は炎術を繋ぐのに専念しはじめた。


広場から遠く離れた梨園《にわ》のひと隅。

朱家の雛女の控え場所として充てられた四阿にたどり着くと、「朱　慧月」――の顔をした玲琳は、薄暗い室内を照らすべく、石床の隅に置かれた燭台《しょくだい》に火を灯してやった。

壁を持たぬ四阿では、柱の間から冬の風が自由に吹き込んでくる。

玲琳は、風で炎が消されてしまわぬよう、角度を調節してから、くるりと卓を振り返った。

「もう大丈夫でございますわ。鎮痛の薬酒は、すべて飲まれましたね？」

「ああ。ひどい味だがな」

ここまでずっと肩を貸し、椅子に腰掛けさせてやった祈禱師・安妃は、空になった薬椀《やくわん》を前に、疲弊と不快さを隠しもしなかった。

最初こそ、手当てに感謝する姿勢を心がけていたようだが、広場から四阿までのこの距離を移動するだけで、外面を取り繕うだけの気力もすり減ってしまったらしい。

玲琳が、手持ちの薬酒を差し出すと、礼の一言も告げぬまま飲み干してしまっていた。

「まさか手当てがこれだけとは言わぬだろうな。火傷なのだぞ。さっさと膏《こう》を塗らぬか。のろまめ」

のみならず、手を差し伸べた相手を詰《なじ》ることまでしてみせる。

だがこれは、安妃からすれば当然のことだった。

淑妃や徳妃を自在に操り、今や皇后まで従わせられる自分が、雛女などという若輩者にへつらう必要などない。

特にこの「朱　慧月」なる雛女は、これまでの儀式での振る舞いを見るに、生意気な性質。

ここでしっかり序列を弁《わきま》えさせねばならぬと、彼女はそう考えたのだった。

「くそ。腕が痛むだけでなく、頭までぼんやりする。ここで蓬《よもぎ》ひとつないなどと申せば、ただではおかぬぞ」

酒に漬けた薬草が早速効果を発揮したのか、体の痛みが引きはじめた気がしたが、頭がくらくらとする。

安妃は苛々と薬椀を卓に叩きつけ、目の前の雛女を睨んだ。

「まあまあ、そう急かさないでくださいまし。この通り、薬草は豊富にございますので」

一方の玲琳はといえば、薬椀をちらりと一瞥《いちべつ》しただけで、おっとりとした態度を崩さない。

四阿に運び込んでおいた薬箱を優雅に引き寄せると、中身を祈禱師に披露してやった。

箱いっぱいに詰められた薬草を見た安妃は、安堵《あんど》と感嘆とを混ぜたような溜め息を漏らした。

「ほう。霊麻があるではないか。多少、ものを知っていると見える」

「まあ。祈禱師様こそ、よく霊麻をご存じですのね。王都では大変珍しい薬草ですのに」

自らも卓につき、箱から取り出した霊麻を鉢に放り込みながら、玲琳はそっと、相手の間合いへと一歩踏み込んだ。

「もっとも、密集地を知っているわたくしにとっては、葛よりもありふれた薬草ですけれど」

「なんだと？」

向かいの席の安妃は、即座に餌に食いついた。

無理もない話だ。

流通量の少ない希少な薬草が、大量にあると仄《ほの》めかされたのだから。

「霊麻には、優れた排膿《はいのう》作用があるのですわ。だからでしょうね、三年ほど前は、誰かが買い占めたのか、王都で全然手に入らなくなってしまって。わたくしは幸い密集地を知っていたので、特に困りはしませんでしたが」

あえて呑気に、霊麻をごりごりとすりつぶしながら続ける。

さりげなく顔を上げれば、安妃の目に計算の色が走るのが見えた。

彼女はしわがれ声を優しげに潜めると、こちらに向かって身を乗り出した。

「そうか。優れた薬草が豊富にあるとは心強いことだ。どうだ、その霊麻の密集地とやらを、私にも教えてくれぬか」

「え……？　ええ。ですが、祈禱師様の火傷の薬に使うのなら、この一束で十日分は賄えますわ」

玲琳は気乗りしない風に答える。

ついで無造作に霊麻の束を掴み、「うーん、この束は、少々色が悪いですね。使うのはやめておきましょうか」と、床に投げ捨てる素振りまで見せた。最も葉の形がよく、色艶も優れた束をだ。

途端に、安妃が思わずといった様子で、霊麻を拾い上げる。

彼女は素早く薬草の質を確認すると、興奮を隠せぬ様子で再び声を掛けてきた。

「だが、念のため多く持っておきたいのだ。なあ、朱 慧月よ。おまえが寛容さを見せるなら、私はそれを評価しよう。無論、鑽仰礼の場で、という意味だ」

「まあ。たとえ最上の評価を頂戴しようが、霊麻を必要以上にお渡しするわけにはいきません。この薬草は、抗菌作用には優れておりますが、大量に焚くと、人に幻覚を見せてしまうのですもの」

「だからこそだ」

　一向に食いつかない「朱 慧月」に焦れたのだろう。安妃が早口で遮る。

　言ってから我に返ったのか、彼女は軽く咳払いをしてみせた。

「つまり……瞑想《めいそう》のために必要なのだ。託宣を得るためには、魂を体から浮かせる必要がある」

「はあ……」

　玲琳は相変わらず、ごりごりと薬草を潰しつつ、のんびりと応じる。

「でしたら、五日分だけ軟膏《なんこう》にして差し上げますわ。お一人分でしたら、それで十分のはずです」

「朱 慧月よ」

　とうとう、安妃の自制心が苛立ちに圧《お》し負《ま》けた。

　彼女は卓を叩いて立ち上がると、音のしそうな鋭さで「朱 慧月」を睨みつける。

「この、陛下の信任厚き祈禱師が命じているのだぞ。つべこべ言わず、霊麻を寄越さぬか」

「ですが、危険とわかっているものを大量にお渡しするわけにはまいりませんわ。ふつつかながら、薬草を扱う者としての、それは犯さざるべき掟《おきて》で――」

「身の程を弁えぬか、このどぶネズミ風情が！」

なおも玲琳が躱《かわ》そうとすると、安妃はいよいよ声を荒らげた。

飴で動かぬ相手ならば、鞭《むち》で言うことを聞かせるべし、ということだろう。

「……どぶネズミ？」

「噂は聞いているぞ、朱 慧月よ。黄 玲琳が『殿下の胡蝶』と賞賛される一方で、おまえは無芸無才の『雛宮《すうぐう》のどぶネズミ』として、後宮中から蔑まれているとな！」

玲琳の喉からは、つい、思った以上に低い声が出てしまったが、怒りに胸を占められた安妃はそれに気付かなかったらしい。

布越しにもわかる嘲笑を浮かべ、指を突き付けてきた。

「道士を目指した愚かな父と、それに孕まされた愚かな母から生まれた卑しい娘。大柄な体をみっともなく丸め、キイキイと耳障りな金切り声を上げては、周囲に馬鹿にされているそうだな。この私に、知らぬ事実などないのだぞ」

「……まあ」

辛辣な評を聞きながら、玲琳は鉢の横に並べたすりこぎを見下ろした。

どうしたことだろう。この重量のある棒が、とても魅力的に思えてくる。

「事実とはかけ離れた評価ですわ。偽りの噂をばら撒いたところで、信じる者は少ないのではないでしょうか」

「偽りであるものか。出所は確かなのだから。これは、藍徳妃から聞いた確固たる情報だぞ」

「藍徳妃様が？」

「ああ。あの女は、寄進代わりにとしょっちゅう後宮の情報を横流ししてくるのだ。あやつの耳は、私の耳。雛女たちの評判も、各宮の私財額も、閨《ねや》での陛下の癖すら、私に知らぬことはない」

おそらく安妃がもう少し冷静であれば、この発言がかなり際どいものであることに、気付けたはずだ。

だが、今の彼女がそれを理解することはない。

玲琳は、空の薬椀に一瞬だけ視線を走らせてから、あたかも衝撃を受けたように、ふらりとその場に立ち上がった。

「そんな……藍徳妃様が、最も厳重に秘すべき後宮の情報を、漏洩《ろうえい》なさるなんて」

片手で口元を覆い、うろうろと歩き回り、それでも心が宥《なだ》められぬというように、落ち着きなく燭台の台座をいじる。

そうして実際には、蝋燭の炎がよく安妃の顔を映すように、位置をずらした。

「まさか……祈禱師様は、そのようにして、王城の情報を得ていたのですか？　あなた様は、真実を見通す神通力の持ち主ではなかったと？　火を操り、人の夢を解き、数々の奇跡を起こしたその力は、まがい物であったと？」

「はっ、そんなもの、道具の力に決まっている。すべて金で購《あがな》える力だ」

祈禱師の呂律は、少し甘くなっていた。

今その体は、よく温まっているのだろう。

痛みは引き、同時に気分も緩んでいるはずだ。

安妃は、「喉が渇くな」と口布をずらし、瓶から直接薬酒を呷《あお》ると、立ち尽くす玲琳に向かって、濡れた唇を邪笑の形に歪めた。

まるで、非難がましい雛女を、愚かだと蔑むかのように。

「はっ、清純ぶって。おまえとて、金で鷲官を買収したことくらいあるだろう？　朱　慧月よ」

「……『奇跡』を買うには、ずいぶんな金額が掛かるものと思いますが」

「ふん、金は、欲深い妃からいくらでも転がり込んでくるのさ。たとえば、媚薬《びやく》や幻覚剤を渡せば、色好きの金淑妃はそれだけで、数年遊んで暮らせる寄付を寄越してくる。寵愛の見返りにな」

手にした薬草に顔を埋めた祈禱師は、その上質さに目を細め、「ああ、これで霊麻を、数年ごとに買い占める手間もなくなる」と、上機嫌な溜め息を漏らした。

「霊麻を買い占めて、薬に仕立て……妃様方を利用してきたと仰るのですか？」

「いいや、私は『脅されただけ』だとも。国家に忠を尽くす私は、陛下のご心痛を減らしたいと願うあまり、野心家の妃に従わざるを得なかったのさ」

その実、妃を遥かに上回る権力を持っているくせに、安妃はぬけぬけと言い放つ。

次の瞬間には、取り澄ました表情をあっさり放棄し、苛立ちを露にしはじめた。

「だが、妃たちとの蜜月も今日までだ。やつらめ、私が疑われた時、真っ先に目を逸らしてこちらを見限りおった。覚えておれ。やつらが霊麻や金を蓄えている蔵に、役人を差し向けてやる」

老獪な祈禱師は忌々しげに呟きながら、霊麻を卓に叩きつける。

それから、「朱 慧月」に向かって再び媚《こ》びるような笑みを浮かべ、ゆっくりと近付いてきた。

「その点、朱 慧月よ。おまえには見所がある。今は悪名高いようだが、少なくとも、薬草を扱う能はありそうだ。どうだ、私と組まぬか」

生臭い息を吹きかけながら、突き付けるのは究極の二択だ。

「そうすれば、おまえはこの鑽仰礼で、一気に頂点の座に躍り出る。さもなくば――『雛宮のどぶネズミ』として、惨めな一生を終えよう。先ほど炎尋の儀が失敗した原因を、おまえに押し付けることも、もちろんできるのだから。火性の強い朱家の出で、道士の娘である卑しいおまえに、な」

「……せっかく手当てを申し出た者に、恩を仇《あだ》で返すと？」

玲琳は顔を逸らし、安妃の視線を避けた。

正直なところ、この卑劣な相手とは、同じ空気を吸うのも嫌だった。

「そのような悪行が、まかり通るとも思えません。仮にまがい物の神通力を揮《ふる》い続けたなら、いつの日か、必ず誰かに見破られますわ」

「目敏《めざと》い厄介者は、殺せばよいのだ。私は黄 玲琳さえ炎尋の儀にかけられる祈禱師だぞ」

「ですが、儀は失敗したのではございませんか」

誘導も忘れて呟くと、安妃は「たしかに、あれは解せぬ」と舌打ちをした。

「だが炎尋の儀の本懐は、厄介者を焼き殺すことではなく、火傷を負わせて、傷に穢《けが》れを塗り込み、病死させることにある。それを思えば、べつに儀は失敗したわけではない。かの雛女は虚弱なのだから、看護を口実に近付いて、体内に穢毒《えどく》を染みこませればよいのだ。まだ機会はある」

「看護と称して、傷に穢毒を」

とうとう、安妃が、自身の言葉で明確に手口を話した。

玲琳は息を呑みそうになるのを堪えながら、なんとか平静を装って付け加えた。

「信じられませんわ。そのような方法で、人が死ぬと？」

「ああ。百発百中で死ぬとも。全身に膿《うみ》が回って、体が腫れ上がってなあ。あの美貌も、さすがに醜くなろうて」

とびきり愉快なことを告げるように肩を揺らし、安妃はこう告げた。

「三年前も、この手口で女官見習いを始末したが、誰一人、私の尻尾を掴む者などおらぬ」

「女官見習いを？」

「ああ。のこのこ陶坊にやって来て、発火の仕掛けを見てしまった間抜けな女さ。すぐに死ぬよう、念入りに『手当て』してやったら、愚かにも、涙ぐまんばかりに感謝しておった。ははは！」

「――……」

玲琳はきつく目を閉じた。

「そうですか」

俯いたまま、卓に置いた薬酒の瓶を、そっと撫でる。

賢妃が宴の席に仕込んだのと同じ、精神を高揚させ、自制心を緩める薬。

確実に自白を引き出すため倍にして混ぜてやったが、もしかしたら、ここまで語らせないほうがよかったのかもしれない。

炎の向こうで今、歌吹はどんな表情を浮かべているのだろうと思うと、やりきれなかった。

「よく、わかりました」

この祈禱師を断罪するに際し、もはや一欠片《ひとかけら》の躊躇もない。

玲琳は、ゆっくりと息を吐き出し、顔を上げた。


「これは……」

一方、広場では、舞台上で煌々《こうこう》と燃え続ける炎を前に、皇帝が呆然と呟いていた。

まるで巨大な幕のように広がる炎。

揺れる朱色の中には、火傷を負ったという祈禱師と、彼女を看護するために四阿に向かったという「朱 慧月」が大きく映り込んでいる。

像は、幻と片付けるにはやけに鮮明で、彼女たちの会話は、まるで目の前で人が話しているようにくっきりと聞こえた。

そうしてもたらされたのは、神をも恐れぬ祈禱師の本性と、おぞましい悪行の数々。

皇帝だけでなく、その場に居合わせた妃嬪も雛女も、女官も武官も、重大な現場を「目撃」しているのだと本能的に理解し、呼吸も忘れて炎の幕に見入った。

誰もが命じられるまでもなく沈黙を守り、広場には、ただごうごうと炎が燃える音だけが響いていた。

『ふん、ようやく組む気になったか。そら、さっさと手当てをせぬか。調合の手がすっかり止まっておるぞ』
会話を大勢の人間に聞かれているとはつゆ知らず、安妮は傲岸不遜な態度で告げる。
『早く戻らねば、広場に陛下がいらしてしまう。朱 慧月、早くせぬか』
『いやでございます』
ところが、ぐいと腕を突き出した祈禱師に対し、雛女はきっぱりと拒絶の声を上げた。
『手当てはいたしません』
そばかすの浮いた顔には、凄《すご》みを感じさせるほどの強い意志が浮かんでいる。
『わたくし以上にあなた様の「手当て」をしたがる方は、きっと多くいましょうから』
吐き捨てた彼女の視線は、一瞬だけ、炎を越えてこちらに向けられたように見えた。
「こちらのことも、見えているのか……？」
皇帝はぽつりと呟き、舞台に近付こうと長階段に足を踏み出した。
「これは、二つの場所にいる人間を、繋ぐものなのか？」
誰もが「奇跡」に圧倒される中、皇帝は鏡の仕組みに興味を持ったらしい。
炎を食い入るように見つめながら、炎に向かって手を伸ばしかけた。
（いけないわ）
慧月ははっと顔を強ばらせる。
あまり炎に近付きすぎては、向こうにこちらの声や姿を気付かれてしまう。
それに、この鏡は、あくまで奇跡によって「真実を炎に映し出す」ものという設定だ。

真実を映すという紫龍泉《しりゅうせん》は崇拝されているため、同程度の機能であれば、きっと鏡も神聖なものとして受け入れられる。

だが、「双方向に会話ができる」とまでなると、利便性の高さから、あれこれと余計な追及をされかねない。

ましてこの皇帝は、道士を弾圧した先代皇帝の息子だ——。

「まさか、道術」

「さすがでございます、父上」

だが、慧月が身を乗り出したのより少しだけ早く、皇帝のすぐ背後から声が掛かる。

声の主は、尭明だった。

「五家の雛女たちの力が籠もった鏡を、かくも見事にお使いになるとは。我が身に帯びるという龍気も、まさしく父上から引き継いだものなのだと、この尭明、感謝を新たにする思いです」

拱手《きょうしゅ》し、朗々と告げる。

「まさに父上は、あらゆる真実を見通す、大陸の支配者と言えましょう」

いかにも誕辰の祝いに相応しい、賛辞の言葉。

だがそれは同時に、この奇跡を「皇帝の力によるもの」と周囲に擦り込み、かつ、皇帝にこう問いかける言葉だ。

——この「奇跡」を、皇帝の威信を上げるのに利用しなくて、よろしいので？

「…………」

見目麗しい父子は、わずかな間、視線を交わした。

龍気は、皇太子・尭明が生まれるまで、皇族の間で徐々に衰退していると思われていた力だ。

ゆえに皇帝であっても、政の場に祈禱師の介入を受け入れざるを得ず、その構図は、弦耀の時代となっても脈々と受け継がれてきた。

だが、もし皇帝にも、祈禱師をも上回る始祖神の加護があるのだと、周囲に印象づけることができたのなら。

「……よく弁えている子だ、尭明」

傍から見れば、瞬きをする程度の短い時間。

皇帝と皇太子の間には、ごく繊細かつ複雑な駆け引きがあり、結果として、弦耀はそれを受け入れたようだった。

「この件を片付けたら、久々にゆっくり、聡《さと》い我が子と語り合いたいものだな」

「身に余る栄誉です」

後で事情を聞かせてもらおうか、という意図を含んだ発言にも、尭明はなに食わぬ顔で応じる。

ただし、皇帝が視線を外すやいなや、彼はこっそりと、慧月に渋面を向けた。

——貸しだぞ。

そう言わんばかりの表情だ。

(感謝いたします、殿下……! 借りはすべて、黄 玲琳が返します!)

安堵で胸をいっぱいにした慧月は、ぶんぶんと頷く。

まさか尭明から援護してもらえるとは思いもしなかった。

皇帝が舞台から視線を剥がしたのを機に、慧月は急いで炎術を切る。

ふっと掻き消えた炎に、人々は驚きの声を上げたが、それを皇帝が片手を挙げて制した。

「さて」

低く穏やかな声が響いただけで、周囲は一斉に叩頭を始める。

雛女たちもまた、慌てて長階段のそれぞれの位置に跪いた。

再び静けさを取り戻した広場に、皇帝はゆっくりと告げた。

「鏡は重大な真実を明らかにしてくれたようだ。鷲官、並びに武官よ。疾《と》く、あの祈禱師のいる四阿に向かい、捕縛せよ。同時に、くれぐれも朱 慧月が祈禱師に害されることのないよう、保護を」

「はっ」

冷静な声で命じられるなり、広場にいた鷲官や武官たちが、統制の取れた動きで走り出す。

中でも、一足早く尭明からの目配せを受けていた鷲官長・辰宇《しんう》は、すでに広場の外れまで駆け出していた。

「そして、雛女たちよ」

ついで皇帝は、跪いたままの雛女たちに向き直る。

絹秀に合図し、雛女たちだけ立ち上がるよう命じさせると、彼は優しく目を細めながら、娘たちを労った。

「この鏡は、五家が力を合わせたからこそ成り立つ、世に二つとないものだと、よくわかった。競い合う野心を捨てて手を取り合えば、太陽のごとく、真実を照らすことができる。そなたたち五人が雛女であることを、誇らしく思う。よって終の儀では、全員に最上の評価を与えよう」

彼は雛女たちの頬を喜びで赤らめさせたばかりか、さらにこう付け加えた。

「この素晴らしい贈り物に対して、評を返すだけでは足りまい。望む褒美を、好きに申せ」

なんと雛女たち五人分の望みを叶えてやると言うのである。

破格の申し出に雛女たちは恐縮し、再び跪いた。

「め、滅相もないことでございます」

「よい。言いなさい」

皇帝は鷹揚に促したが、なにしろこの場にいる雛女たちは、「償いをさせてくれ」と申し出た皇太子にすかさず三つも願いをぶつけた黄 玲琳ではない。

皆が皆、恐れ多さに言葉を詰まらせてしまったのを見て取ると、背後でやりとりを見守っていた皇后が、呆れた様子で口を挟んだ。

「陛下。全員にまとめて問うから、誰から切り出してよいのかわからずにいるのでしょう。こういうときは——そうだな、藍家の雛女、芳春。なにを望む？」

妃嬪の長は、雛女を名指ししはじめる。

最初に尋ねたのは、なぜか自身の姪《めい》である「黄 玲琳」ではなく、藍家の芳春だった。

突然の指名に驚き、芳春は咄嗟に両袖で口元を隠す仕草をしたが、

「藍 芳春よ。弁舌に優れた藍家の娘であるおまえなら、如才なく答えられるであろう？」

「…………」

絹秀の含みある言葉を聞き、ぴたりと動きを止めた。

相手が自分に抱いている評価、そして求めている役割を、理解したからだ。

皇后は藍 芳春のことを、無害で善良な小動物などとは思っていない。

ずる賢く、言葉で人を翻弄してみせるその本質を知っている。

そして、そのよく回る頭と舌を使って、雛女たちの「望み」に先鞭《せんべん》を付けろというのだ。

皇帝の申し出を、雛女たちの救済のために、使えと。

「……過分なお言葉に存じます」

まったく、黄家の女たちときたら。

芳春はゆっくりと袖を下ろす。

まっすぐに皇帝を見上げ、言葉を噛むのもやめて申し出た。

「陛下の寛容さは大海をも上回る。その広き御心に卑小な身を委ね、伏して願いを申し上げとうございます。どうか、悪しき魂の持ち主だけを処分し、その縁者には、累を及ばせませぬよう」

つまり、祈禱師の悪事に荷担していた妃だけを処分し、身内とはいえ自分たち雛女は見逃せ、ということである。

「芳春！」

蒼白《そうはく》になってやり取りを見守っていた徳妃は、思わずといったように叫んだが、芳春は振り向きもしなかった。

芳春のすぐ下の段に跪いていた金 清佳は、藍家の様子を見て、今この場が、またとない命乞いの機会なのだと、ようやく理解した。

「よくわかった、藍 芳春。では、金 清佳。そなたは?」

皇帝は快とも不快とも心情を窺わせず、軽く頷くと、続いて清佳に問う。

誇り高い金家の雛女は、躊躇うように視線をさまよわせたが、やがて拳を握ると、毅然とした態度で顔を上げた。

「叶いますれば、藍家の雛女と同じことを。鏡が神秘の力を帯びたのは、五家の雛女が、曇りなき忠誠心を合わせたからでございます。どうかわたくしども雛女の思いを、ご理解くださいますよう」

同じく、後見の妃を切り捨てる。

「清佳さん!」

金淑妃は椅子を蹴って立ち上がったが、すでに彼女の周りに、鷲官たちが近付きつつあった。

「では、黄 玲琳。そなたは?」

次に水を向けられて、慧月は一瞬考える。

「黄 玲琳」の後見人――皇后はこの悪事に荷担しておらず、雛女が命乞いをする必要などない。

だとしたら、慧月が皇帝に求めることは、ただひとつしかなかった。

「こたび鏡が真実を照らしたのは、陛下のご威光ゆえ。陛下がそう思ってくださるのなら、わたくしはほかのどんな褒美も要りません。『朱 慧月』も同じ気持ちかと存じます」

鏡の力は、すべて皇帝の龍気ゆえ。

あくまでこの不思議な現象は「奇跡」として処理し、詳細な仕組みや道術の関与を、追及してくれるなと頼み込んだのである。

「……よかろう。二人分の願いとなれば、叶えねばな」

弦耀は薄く笑みを浮かべると、最後に歌吹に向き直った。

「玄 歌吹。そなたはなにを望む」

玄家の皇太后から生まれた皇帝は、歌吹と向かい合うと、やはり静謐《せいひつ》な雰囲気がよく似ていた。

「これまで、私はそなたに、あまり目をかけてやることができなかった。だが、鏡の雪花紋様は、改めて私の玄家の血を呼び覚ましたように思う。申せ、歌吹。そなたの望みはなんだ？」

皇帝は、雛女に向かって手を差し伸べてみせる。

まるで、父が娘に対してするような仕草は、もしかしたら、三年前、皇太后による箝口令《かんこうれい》を許し、舞照の死をうやむやにした罪悪感がもたらすものだったかもしれない。

「…………」

初めて皇帝から名を呼ばれた歌吹は、万感の思いに唇を震わせた。

咄嗟に言葉が出てこない。

彼女は玄家の女らしく、沈黙をもって皇帝を見返した。

「……叶いますれば」

ようやく紡いだ声が、掠《かす》れる。

ここで、祈禱師の処刑を願うこともできた。

鷲官に任せるのではなく、玄家の自分たちに拷問をさせてほしいだとか、舞照と同様、傷口に穢毒を塗り、苦しみ抜かせてやりたいだとか。

だが。

――わたくしも、職人になれればいいのにな。

冬の澄んだ空からそっと降り注ぐ陽光、そこに浮かび上がった気がしたのは、なぜか、幸せそうに微笑む舞照の姿だった。

――いつか……国の宝と思われるほどの品を作って、陛下や殿下に捧げたいな。

自身がどれだけ厳しい寒さに晒されても、周囲の幸福を願っていた姉。

己を手に掛けた者にすら感謝し、最後まで妹の身を案じていた姉。

彼女を殺した者を、本当はずたずたに切り裂いてやりたいけれど、どうせそれは、自分が願わずとも実現されるのだ。

だとすれば、歌吹が今、願い出るべき内容は。

「その鏡を……どうか、陛下のお傍にお納めください」

頬を、幾筋もの涙が流れ落ちてゆく。

心の中の黒い霧が洗い流されて、まるで元から握り締めていたように、歌吹は自らの願いをはっきりと理解した。

――美しさでもって、国や、人の心を照らすことができたなら、どんなに誇らしいことだろう。

「どうかその、雪花紋様の鏡を国の宝とし、……銘をお与えくださいませ」

突然涙をこぼした歌吹のことを、皇帝は訝るでもなく、ただしばらくの間、見つめていた。

「――わかった」

やがて、静かで威厳ある声が響く。

玄家の者特有の、あまり大きく感情を示さぬ唇。

それが、穏やかに、こう答えた。

「ならば、真実を照らし出すこの鏡に、『照真鏡』の銘を与え、国宝として玉座の傍に置こう」

「…………っ」

歌吹はいよいよ嗚咽《おえつ》を漏らし、崩れるようにして叩頭した。

「ありがたき幸せに、存じます……っ」

照真鏡。

姉の作った鏡に、姉の名と同じ文字を冠され、国宝とされること。

それがどれだけの栄誉かを、深く噛み締めたからだった。

理不尽にも舞照にかぶせられた汚名は、今、完全に雪《そそ》がれたのだ。

「ありがとう、ございます……ありがとうございます」

長い間頭を下げ続ける歌吹に、雛女たちが躊躇いがちに近付き、背に手を添えはじめる。

長階段脇の末席で、息を潜めてやり取りを見守っていた賢妃は、不意に肩の力を抜き、目を閉じて天を仰いだ。

目尻には、もしかしたら小さな涙の粒が、光っていたかもしれない。

それを、皇帝の横に佇む絹秀が、静かに見下ろしていた。

「は、離しなさい！　陛下の御前でしてよ、なにをするの！」

「陛下！　これは誤解でございます！　陛下！」

長階段のもう片方では、鷲官に身柄を取り押さえられた金淑妃と藍徳妃が、必死に叫んでいる。

金切り声を耳にした絹秀は、短く息を吐き出すと、意識を切り替えるように夫に笑いかけた。

「なかなか見応えのある出し物でございましたな、陛下。ですが、この後には他国との宴席も控えております。ひとつの演目に、長く時間を割くわけにもまいりませぬ」

彼女はそこで片方の眉を上げ、なんでもないことのように、皇帝に申し出た。

「金淑妃と藍徳妃は気分が優れぬようなので、わたくしが責任をもって宮に下がらせます。諸々の片付けは、慶ばしい日がすべて済んでから。お許しいただけますか？」

「許そう」

他国の目もある以上、ここで妃の罪を糾弾して体裁を汚すことはできない。

臭いものにいったん蓋をしようと、ぬけぬけと告げる皇后に、皇帝は相変わらず淡い笑みを浮かべ、頷いた。

「雛女たちからの贈品も受け取ったことだし、終の儀はこれでつつがなく終了した。さて、次は、職人たちの贈品を受け取るとしようかな」

涼やかな双眸《そうぼう》は、もはや捕縛される二人の妃など、視界に入れもしない。

「選りすぐりの品が集まっております。ご期待ください。さあ、尭明。鑽仰礼は無事終わったのだ。

四阿にいる『朱 慧月』も含めて呼び寄せ、おまえの雛女たちを労ってやれ」

「もちろんです、母上」

絹秀は颯爽とした皇帝の態度に倣《なら》い、尭明もまた、見苦しく喚き続ける妃たちの存在を笑顔で黙殺した。

こうして、鑽仰礼・終の儀は、澄み渡った冬の空のもと、幕を閉じた——。

「まったく、無茶をする」

同じ頃、広場から離れた四阿では、鷲官長・辰宇が玲琳に向かって溜め息を落としていた。

すでに祈禱師は、音もなく駆けてきた辰宇によって捕縛され、追いついた鷲官たちに引き渡された後だった。

まさか自身の罪をすべて聞かれているとは思わぬ安妃は、突然の「不敬」に顔を真っ赤にして怒鳴っていたが、「おのれ、分を弁えぬ者どもには始祖神の——」の恫喝《どうかつ》を最後まで終えることなく、辰宇によって昏倒《こんとう》させられた。

曰く、「うるさい」とのこと。

取り調べもすでに完了している現状で、犯人との問答に付き合うのが面倒だったようだ。

あっけなささえ覚える迅速な仕事に、玲琳が驚いていると、辰宇はさっさと部下たちを追い払い、薬酒の瓶を取り上げた。

「……ずいぶんと濃い」

くん、と中身をひと嗅ぎして、わずかに眉を寄せる。

おそらくそれは、玄家の後ろ暗い稼業に通じた者だけが知っている匂いだっただろう。

彼は次の瞬間、表情ひとつ変えず、瓶を床に叩きつけた。

「まったく、無茶をする」

さらりと証拠を隠滅し、そうして告げたのが、この言葉だったのである。

「あ、あらまあ。鷲官長様ったら、そんなにかっかしなくてもいいじゃないの」

玲琳はひとまず慧月のふりをしてみせたが、それを聞き取った辰宇は「ひとつ教えてやろう」とますます青い瞳の温度を下げた。

「朱 慧月は俺のことを、『鷲官長様』ではなく『鷲官長』と呼ぶ」

「……あう」

玲琳は羞恥のあまり、両手で顔を覆った。

尭明に入れ替わりを知られている以上、辰宇にもばれていると考えるべきだったのだ。

恥ずかしさに身を縮める玲琳に、辰宇は再度溜め息を落とした。

「妃すら手玉に取る相手を、女の身で捕まえようなど。途中、俺や殿下のことまで排除したな?」

苛立ちを露にする相手に、玲琳はもごもごと言い訳をする。

「申し訳ございません。そのう、鑽仰礼は女たちの戦いでございますし、それに、殿方たちは心配性ですので、お心を煩わせたくなくて。ですが、確実に勝ち戦となるよう、慎重を期しましたし……」

「所持が露見すれば厳罰を免れない自白剤を、大量に酒にぶち込む行為が『慎重』と」

「それについては猛省しております」

皮肉たっぷりの辰宇の言葉に、玲琳は悄然《しょうぜん》と項垂《うなだ》れたが、反省の念は、危険行為自体に向けられたものではなかった。

「規定量を守るべきでした。残酷な真実を、あそこまで語らせるべきではなかった」

伏せた瞼《まぶた》の裏には、舞照を陥れたときの様子を、嬉々として語る安妃の姿があった。

おぞましい告白を、歌吹は、賢妃は、どんな気持ちで聞いただろう。

「歌吹様は、泣いてはいらっしゃいませんでしたか？」

「さて。捕縛を優先したので、見てはいないが」

小さな声で切り出した玲琳に、辰宇は淡々と答えた。

「涙は流しただろうな」

「…………！」

「喜びの涙だ」

罪悪感に息を呑んだところに付け足され、目を瞬かせる。

「喜びの……？」

「ああ。だって、ようやく復讐を果たせるわけだろう」

玄家特有の、涼やかな美貌。男の薄い唇には、淡い笑みが浮かんでいた。

「良識。躊躇い。くだらぬ枷《かせ》に囚われず、ようやく激情を解放してやれる。卑劣な仇《かたき》を八つ裂きにすることを、公に許されたも同然なのだから、これを喜ばずして、なんとする？」

冷え冷えとした双眸には、獰猛《どうもう》なまでの感情のうねりが見え隠れしていた。

日頃は凪《な》いでいても、特定の相手のためには感情の堰《せき》を切らずにはいられない、水性の者たち。

「枷を外してくれたこと、玄家に連なる者として礼を言う。あのまま憎しみをしまい込んでいたら、きっと玄 歌吹は壊れていた」

辰宇はじっと、玲琳を見つめた。

「玄家の人間は、大切な者を失えば、正気ではいられないから」

「鷲官長様……」

ぞくり、と背筋に走った感覚が、無意識に言葉となって口を衝《つ》いた。

「重いです……。鷲官長様に愛される方は、大変ですね」

「…………」

辰宇は眉をぴくりと跳ね上げ、ついで、彼自身なぜそう反応したのかわからず、首を傾げる。

一方の玲琳は、優しく頷いた。

「大丈夫、詠国《えいこく》は広うございます。重さを受け止めてくれる稀有な方も、きっと見つかりますわ」

「侮辱か？」

「えっ」

玲琳はそれから、相手を励ます言葉を懸命に捻《ひね》り出《だ》したが、ことごとく失敗する羽目になった。

＊＊＊

後日、鑽仰礼の結果は、次のように通達された。


終の儀では全雛女に最上の評価を与えたため、序列は、初の儀と中の儀の評価によって定める。

すなわち、礼を弁え技芸に優れた黄 玲琳を一の位、それに準じた金 清佳を二の位、書に優れた藍 芳春を三の位とし、国母としての覚悟を述べた朱 慧月と、画才を見せた玄 歌吹は、甲乙付けがたいため四の位として並べる。

ただし、金家および藍家の雛女は、妃の不忠を正せなかった不才を恥じるべきである。

処罰を与えぬ代わりに、先に述べたものより、それぞれ二つ評価を落とし、それをもってこたびの鑽仰礼の結果とみなす。

よって、順位は以下のように改める。

一の位、黄 玲琳。

二の位に、朱 慧月および玄 歌吹。

四の位、金 清佳。

五の位、藍 芳春。

次期鑽仰礼まで、上位の者は慢心せず、また下位の者も諦観せず、未来の妃嬪として研鑽を続けること――。

エピローグ

五家の中でもひときわ贅《ぜい》を尽くした金冥宮《きんめいぐう》は、病や罪を得た人間が隔離される離れであってさえ、豪奢《ごうしゃ》な作りであった。

白を基調とした壁には金を使って彫刻がなされ、屋根にはすべてに艶やかな釉《うわぐすり》が施されている。瓦当《がとう》にはどれも華やかな牡丹紋が彫られ、いずれの梁《はり》や貫《ぬき》にも隙間なく彩色画が描かれていた。

その絢爛豪華《けんらんごうか》な空間に、今また華やかな調度品を運ばせながら、中央の文机に着いた金淑妃・麗雅《れいが》は、当初ゆっくり、硯《すずり》で筆先を整えていた。

だが、要望の品を運び込むやいなや、礼もろくに執らず女官たちが去っていくのを見ると、筆を乱暴に壺へと叩きつけた。

「冗談じゃないわ、誰が手写など」

紫檀《したん》の机に置かれているのは、「女則」などの各種教本や経典と、大量の紙、そして筆と硯だ。

どれも、「軟禁されている間、経典を手写でもして、反省なさったら？」と、あの生意気な清佳《せいか》が先日差し入れてきたものだった。

そう、軟禁。

美貌と色香を誇り、ほかの妃の誰と比べても、最も皇帝の閨《ねや》に招かれている「寵愛《ちょうあい》深き金淑妃」は、こんな離れに閉じ込められているのである。

麗雅は悔しさのあまり、もう何度目になるかわからぬ歯ぎしりをした。

（おのれ、あの忌々しい祈禱師《きとうし》。そしてあの分を弁《わきま》えぬ小娘め）

三日前、終の儀での出来事を思い出すにつけ、怒りで腸《はらわた》が煮えくり返る思いだった。

（なにが、真実を照らす鏡よ。どんな細工をしたというの）

現実的な金家の血、中でも商人肌と言われる傍系の血を引いた麗雅は、奇跡など信じない。

突然舞台いっぱいに広がり、遠くにいる人間の像と声を届けた炎のことも、なんらかの仕掛けを持った詐術だと疑わなかった。

なにせ安妃《あんに》も長年、異国の知識と麻薬を使って数々の「奇跡」を起こしてきたのだ。

きっとあの一連の不可思議な現象も、そうした技術を応用したものなのだろう。

それにつけても、あれだけ金を払ってやったというのに、あの強欲な祈禱師ときたら、妃を色好きの金づる扱いをするとは。

（いいえ、評判よりも、陛下の閨の香炉に、媚薬《びやく》を仕込んできたとばれたほうが問題ね）

麗雅は落ち着きなく室《へや》を歩き回り、髪を乱暴に掻き上げた。

これまで自分は、あの温厚なようでいて誰にも心を許さぬ皇帝を繋ぎ止めるべく、せっせと閨の香炉に霊麻《れいま》を仕込んできた。

誰より伽《とぎ》が多いという実績を確保できたのは、ひとえにあの薬草のおかげだ。

だが、皇帝の寝所に麻薬を仕込んだとなれば、もちろん処罰は免れない。

皇帝の健康を害した――言うなればそれは謀反にも等しく、最も厳しい判断がなされれば、一族郎党死刑という道さえ、十分にありえた。

さらに自分には、儀式中の贈賄や雛女《ひめ》の脅迫、黄《こう》 玲琳《れいりん》暗殺未遂、玄家《げんけ》の雛女候補だった玄 舞照《ぶしょう》の殺害幇助《ほうじょ》といった余罪まであるのだから。

(まさかあの女官見習いが、玄家の雛女候補だったなんてね)

鉄格子の嵌《は》まった窓を眺めながら、麗雅は舌打ちを漏らした。

やけに玄 歌吹《かすい》が感情的だと思い、調べさせてみたら、なんと三年前に麗雅たちが処分した女官見習いは、彼女の姉だというのだ。

玄家が皇太后を巻き込んで箝口令《かんこうれい》を敷かせていたのに、妹の歌吹と、後見人の賢妃は、執念深く炎《えん》尋《じん》の儀に関わった犯人を捜していたらしい。

(ずっと淡々として見えたから、気にしていないものとばかり思っていたけど、まさか確証が得られるまで泳がされていただけなんて)

思えば、三年前の一件からケチが付いたのだ。

藍《らん》徳妃と張り合って、炎尋の儀などするのではなかった。

あの浅慮な女と行動を共にしたのが間違いだった。そこは認めよう。

(でも、よく考えるのよ。あの阿呆な徳妃と違って、わたくしには財力がある。だからこそ、わたくしは軟禁で済んでいるのよ。死罪はすでに逃れた。ここから、這《は》い上《あ》がることだってできる)

麗雅は卓上の紙に手を伸ばすと、くしゃりと爪を立てた。

そうとも、冷宮《れいぐう》に落とされた妃が再びのし上がるのに必要なのは、反省文などではない。

金だ。

ばさっと音を立てて、書道具を薙《な》ぎ払《はら》う。

代わりに高価な調度品のひとつひとつを撫でながら、麗雅は室《へや》を歩き回った。

香炉に関しては、直に触れると火傷してしまうので、漂う香りを嗅ぐに留める。

「ああ、この香炉。なんて繊細な彫刻かしら。中の沈香《じんこう》も上等なものだわ。落ち着く香り」

落ち着く。

落ち着くのだ。

すでに獄中の祈禱師には、刺客を差し向けた。

本格的な査問が始まる前に殺したはずだから、事態はまだいくらでもごまかせる。

証言は捏造《ねつぞう》できるし、罪を雛女の清佳にかぶせたっていいのだから。

あの、ぬけぬけと後見の妃を騙して陥れた、とんでもない悪女に。

「どうとでもなるわ」

低く唸るように、麗雅は呟いた。

この豪華な室《へや》、命じればすぐ要望の品を運んでくる女官たちの存在が、その証拠だ。

金家の実権を握るのは、結局のところ傍流の麗雅たち。

そして金家が蓄えを吐き出せば、どんな人間だって抱き込める。

女官や鷲官《しゅうかん》を買収し、必ずこの離れを出て、その暁には、あの恐ろしく身の程知らずな金 清佳の顔をずたずたに切り裂いて、卑しい男の前に裸で放り投げてやるのだ。

「見ていなさい、金 清佳。生意気な娘など、豚の餌にしてやる――」

「まあ、恐ろしいこと」

背後から優雅な声が掛かったのは、そのときのことだった。

ぎょっとして振り返れば、室《へや》の入り口に、姿勢よく佇《たたず》む女がいる。

まるで舞の最中にあるような、美しい挙措で近付いてきたその女こそ、今しがた麗雅が罵った、金 清佳であった。

「あらまあ。謹慎を命じられた方が、ずいぶんと羽振りのよい生活をなさっていますのね」

彼女はぐるりと室内を見回すと、侮蔑を隠さぬ口調で吐き捨てる。

紙の丸められた卓、書道具の叩きつけられた床を一瞥《いちべつ》し、

「反省の色もない」

と付け加え、あろうことか麗雅に向かって鼻を摘《つま》んでみせた。

「身内のよしみで見舞いに参りはしたものの、まったく、閉口する臭さですわね。どれだけ香を焚《た》こうが、性根から漂う腐臭が、ちっとも紛れはしませんわ」

「く、臭いですって……!?」

閨での寵愛を誇る淑妃、それも美と芸術を司《つかさど》る金家の女として、これほどの侮辱があろうか。

麗雅は怒りのあまり顔を歪《ゆが》め、唾を飛ばして叫んだ。

「よくもそんな卑しい口を！　見ていなさい、ここを出たら、身の程知らずの小娘などすぐに、全身を縛って肥桶《こえおけ》に突っ込んでやるのだからね！」

潔癖症の金　清佳が、その手の責め苦をなにより嫌うに違いないと知っての恫喝《どうかつ》だった。

「それか、裸に剥いて、霊麻を嗅がせた下男の群れに放り込んでやるわ。相見会に出してもらえるなんて思わないことね。あなたには、成金男の妻になるよりももっと、惨めな――」

「参考までに伺うのですが」

だが、相手は美しく整えた眉を動かしもせず、麗雅の叫びを遮った。

「冷宮に軟禁され、栄誉も権力も剥奪された方が、いったいどうして、そんなことができると仰《おっしゃ》るのでしょう」

明るい色の瞳には、底冷えするような蔑みの色が浮かんでいた。

静かな怒りを湛《たた》える雛女に、淑妃は「あらまあ！」と大仰な笑い声を上げた。

「これだから、世間知らずなお嬢さんは！　よくって、わたくしの権勢は落ちてなどいないの。この室《へや》がその証拠じゃない。たとえ離れにいようが、わたくしが命じさえすれば、皆、素直に調度品を、宝石を、金子を運んでくるのよ」

豊満な胸に手を押し当てた彼女は、同じ手を、窓の鉄格子に向かって勢いよく振り下ろす。

「わたくしは必ずここを出る！　すぐによ。人間なんて、金と色でいくらでも操れるのだから」

確信に満ちた口調だった。

叩かれた衝撃で、静かに振動する鉄格子を見つめ、やがて清佳は切り出した。

「叔母様。これまでのわたくしが思い描いていた『美』とは、魂の清らかさでした」

「はあ？」

「清廉さ。高潔さ。ですが今回、もうひとつ、『美』を体現するために必要なものを知りました。すなわち、理想を守るためなら、悪に手を染めることも辞さぬ、覚悟です」

困惑を露《あらわ》にした淑妃の前を、清佳はすっと横切ってゆく。

上等な香炉を見て取ると、熱さにもかかわらず、火を焚いてあるそれを手に取った。

「なので、脇目も振らず金と色を追求し、悪に手を染めることも辞さぬ叔母様は、ある意味で、美学の持ち主と言えるかもしれません。あなたの覚悟に、過去のわたくしは呑まれかけてしまった」

白魚のような指先は、香炉の熱に耐えきれず、赤く腫れはじめてしまっている。

だが清佳は、痛がる素振りも見せず、代わりに、香炉をがしゃん！　と床に叩きつけてみせた。

「ですが、もう負けません。わたくしはわたくしの『美』を追求してみせる。そして今回、わたくしの思う『美』が、あなたの思う『美』を制したからこそ、現状があるのです」

かつて自らの領巾《ひれ》をそうされたように、床で砕けた美しい香炉を、沓《くつ》でざりりと踏みにじる。

清佳は片方の眉を上げた。

「おわかりになって？」

「――……ふ」

淑妃はしばし、圧倒されたように黙り込んでいたが、やがて吐息のような笑いを漏らした。

「ふふ、あはは。金 清佳。小娘の描く、青臭い『美』ですって？」

声は徐々に上擦《うわず》り、すぐに大音量の哄笑《こうしょう》になった。

「誇りが金に勝るとでも言いたいわけ？　きれいごとを！」

愉快で堪《たま》らない、とばかりに首を振り、麗雅は姪《めい》に、鮮やかに染めた指先を突き付けた。

「誇りがなに？　当人は清貧を気取っても、周囲から見れば惨めなだけ。あなたの母親も祖母も、きれいごとばかり抜かして、みすぼらしい人生を過ごしたじゃない！」

母、の語を聞いた途端、清佳の眉がぴくりと跳ねる。

それを動揺ゆえと取った麗雅は、ますます声を昂《たか》ぶらせた。

「寝物語に、母から何度聞かされたことかしら。あなたの母親が、どれだけ虚仮《こけ》にされてきたかを。闇で下女のような古着をまとい、三度の食事にも事欠いて、ひもじさに倒れることもあったとか！　ちょっと甘えればよかったのにねえ？　高潔と頑固さを履き違えて、無様な貧乏暮らし！」

「…………」

「馬鹿じゃないの？　誇りじゃ腹は膨らまないというのに。必要なのは金。この室《へや》がその証明よ」

淑妃が指し示した先には、豪奢な調度品、そして箱からこぼれんばかりの金品があった。

「女官や鷲官を買収したの。陛下の命じた謹慎中でさえ、彼らなんて簡単に買収できた！　小金につられて、この離れにも躊躇《ためら》いなく寄ってきた！　金の力を使えば、たとえどこにいても、こうして、続々と財宝が運び込まれてくるの。なにもかも、わたくしの胸ひとつなのよ！」

現実を突き付けてやったつもりだった。

尻の青い小娘の掲げる美学とやらが、どれだけ滑稽で無力なものであるか。

人々は高邁《こうまい》な精神などよりも、明確な利と権力の前にひれ伏すのであり、この金冥宮の主は、いまだ自分のままであると。

「――さて、それはどうでしょう」

だが、どれだけ怒鳴り付けてやっても、目の前の雛女はもう、小揺るぎもしなかった。

彼女は物憂げにその場に屈《かが》み込《こ》むと、自らが踏みつけた香炉の破片を、ゆっくりと一カ所に集めはじめた。

「金で人を買ってばかりで、人を駒としか見ていないから、金品を運び込む者たちが、実際のところ、なにを命じられていたか、叔母様は気付かなかったのでしょう」

「……なんですって？」

突如として風向きの変わった話に、麗雅は訝《いぶか》しげに眉を寄せる。

清佳は顔を合わせることなく、極彩色の破片を、散らばった灰を、丁寧に拾っては床の中央にまとめ続けていた。

「皇帝陛下は、叔母様に関して、二つのことを告げましたのよ。一つは、期限を設けぬ謹慎。そしてもう一つは、『五日間だけ、周囲は淑妃が望む品を差し入れよ』との許可」

「え……？」

目を見開いた淑妃に、跪《ひざまず》いていた清佳がふと顔を上げる。

「なお、わたくしは『三日で結構です』と提言いたしました」

品のよい唇には、ぞくりと背筋が凍るほどに、美しい笑みが浮かんでいた。

「そうして三日が過ぎた今日、この離れの扉は封じられ、以降、通行する者は誰もいなくなる。いつ扉を開けるかは、陛下のお心と……あとは、酌量を願い出る雛女《わたくし》の、胸ひとつ」

清佳は音もなく立ち上がり、じっと、淑妃を見つめた。

「ところで叔母様。長期保存の利く食料や、用を足す肥桶などは所望したのかしら？」

言葉の意味を理解するや、麗雅は全身から血の気を引かせていった。

この絢爛豪華な室《へや》に、食料などあるはずもなかった。臭い肥桶もだ。

だってそれらは当然、日々通ってくる女官たちによって、運び込まれるべきものだから。

そう、思い込んでいたから。

「ま、待って……」

「せめて経典の手写でも提出していれば、陛下の心証もよくなったでしょうにね。扉が次に開くのは、いつのことやら」

「待って、清佳さん！」

踵《きびす》を返した清佳の腕に、麗雅が背後から慌てて縋《すが》り付《つ》く。

必死な手は、清佳のお気に入りの領巾をきつく掴んだが、清佳はその薄布だけを相手の手元に残し、自らはするりと身を躱《かわ》してしまった。

天女を思わせる、純白の領巾。

だがそれを見つめる清佳の視線に、未練は含まれていなかった。

「餞別《せんべつ》に差し上げますわ。わたくしには、もう要りませんもの」

薄く笑んで言い放つと、後はもう振り返ることも、視線を合わせることもせず、室《へや》を出た。

「金 清佳様。最後のご挨拶はもうよろしいのですか？」

「ええ」

「では、封《ふう》扉《ひ》を」

離れの扉を抜けた途端に、待機していた鷲官たちが一斉に押し寄せる。

木材や釘を手にした彼らが、統制の取れた動きで扉を押さえはじめたそのとき、内側から、激しく戸板を叩く音が響いた。

「清佳さん！　ねえ、清佳さん！　開けて！　開けなさい！　わたくしを出して！」

鬼気迫る、女の声である。

「開けなさいったら！　ねえ！　あなたが望むならいくらでも払う！　いくらでも謝るから！」

それを聞いた清佳は、静かな声で付け加えた。

「窓もしっかりお願いしますね」

「はっ」

礼儀正しく応じた鷲官たちに、頷きをひとつだけ返すと、清佳は優雅な足取りで、室《へや》を離れた。

「ねえ！　清佳さん！　清佳！　金 清佳ぁああ！」

扉の向こうからはまだ、麗雅の怒号が響いている。

すっかり裏返った金切り声を遠くに聞きながら、清佳はぽつりと呟いた。

「誇りで腹は膨らまないと言うのなら……金があれば、さぞ腹が膨らむことでしょう」

ふと見下ろせば、灰に触れた両手は、すっかり煤《すす》けてしまっている。

汚れた指先を、清佳は宙に掲げ、しみじみと眺めた。

「そうでしょう、お母様、お祖母様？」

いつだって、遠くの離れから金切り声のような嬌声《きょうせい》が聞こえても、凛と顔を上げ、けっして同じ土俵に降りようとはしなかった彼女たち。

頑《かたく》なだったかもしれない。不器用だったかもしれないし、臆病だったかもしれない。

けれど、彼女たちは声を荒らげず、泣き崩れるのをよしとせず、背筋を伸ばし続けてきた。

彼女たちが震えながら拳を握るのを、ちっぽけな美を握り締めてけっして離さなかったのを、清佳はずっと見てきたのだ。

ずっと。

「わたくしは、美しいものが好き」

汚れきった両手を見上げたまま、清佳は告げた。

金家直系は、顔を上げ続ける。背筋を正し、いつだって清く、美しく。

「だからそれを守るために、戦うことにしましたわ」

清佳もまた、絶対にこの背を丸めることはしない。

唯一、母や祖母と異なることがあるとすればそれは——自分のこの指先は、悪に染まっていても構わないということだ。

見苦しい者に、生きる価値などない。

かといって、耐えているだけで得られる美などない。

清佳は汚れた手で拳を握ると、白い顔を毅然《きぜん》と上げ、金冥宮へと続く回廊を歩きはじめた。

＊＊＊

藍狐宮《らんこぐう》の離れは、金冥宮のそれと比べれば、かなり質素な作りであった。

両側から迫る竹林をすり抜け、静寂に満ちた回廊を進むと、その先にぽつりと、灰色の壁とくすんだ青瓦《せいが》の屋根を持った建物が現れる。

鬱蒼《うっそう》としたその場所に、今、徳妃・藍 芳林《ほうりん》は囚われていた。

「ちくしょう……」

明かりも灯さず、彼女が向き合っているのは、上質な文机だ。

だが、広げた紙に連ねているのは、謝罪や訓戒などではなく、ただただ、藍 芳春《ほうしゅん》を罵る怨念の籠もった言葉ばかりであった。

「死ね、藍 芳春、死ね……」

ぶつぶつと呟く言葉は、誰にも聞き取られない。室内には女官の一人もいないからだ。

だが、格子窓の向こうに立った見張りの鷲官からは、「暖も取らずに経典を手写する」藍徳妃の姿が見えるだろう。

善良な妃は、「誤解の末」受けてしまった罰に憔悴《しょうすい》しきっていること。

悲痛な思いをしながらも、懸命に手写をして心を整えていること。

そうした印象を与えることがどれだけ重要かを、芳林は熟知していた。

だから、くだらないと知りながら、大嫌いな手写のふりを、こうして三日も続けているのだ。

とはいえ、藍家の女でありながら、芳林の手跡はさほど秀でてはいない。

内容も内容であるし、提出はしないつもりだった。

ある程度恨み辛みを書き溜めたら、「これでは陛下に捧げる価値もない」と思わせぶりに涙ぐみながら燃やせばよいのだ。そうすれば、周囲には「己に厳しい」と見てもらえるだろう。

（それか、芳春が来たら、あの子に書かせてもいいわ。字はきれいだもの）

ぐちゃりと筆先を叩きつけながら、徳妃は唇を歪めた。

藍 芳春。

忌々しい、あの小娘。

小器用で悪知恵もよく回るくせに、最初は無害な小動物として、こちらを騙しに掛かってきた。

化けの皮を剥がし、軽く躾《しつ》けてやったら、今度は他家と結託し、妃を陥れようとするなんて。

真実を照らす鏡とやらが、いったいどうやって実現されたのか、徳妃にはさっぱりわからない。

だが少なくともあの娘が、自分に刃向かったということだけはよくわかった。

あの程度の躾《しつけ》では、まったく足りなかったようだ。

（足の爪を全部剥いでやる。衣に隠れた部分を切り裂いてやるわ。どこに焼《や》き鏝《ごて》を当てたなら、目立たないかしら）

苛々と硯の墨を掻き回しながら考える。

芳林は、暴力というものが、いかに容易に、かつ強力に、人を従わせることができるのかをよく知っていた。

本来、藍家は穏やかで理知的な木の性質。

芳林からすればそれは、陰湿で頭でっかちという意味だ。

誰も彼も、知識量を誇り、迂遠な言い回しを好み、正面から衝突することを避ける代わりに、裏から策を弄して悦に入る。

もちろん芳林とて藍家の女。陰謀は大好きだし、聡明と思われることはなによりの誇りだ。

だが悲しいかな、彼女の頭脳は、他の直系の者たちほどは、複雑な思考に向いていなかった。

芳林は周囲に侮られ、馬鹿にされる幼少時代を過ごした。

しかし――いいや、だからこそ、かっとなって侍女を殴りつけてしまったそのとき、彼女は暴力というものの手っ取り早さに気付いてしまったのである。

武力的な衝突よりも、言論での脅迫を選ぶ藍家の者たち。

逆に言えばそれは、暴力に不慣れだということだ。

軽く流血させればそれだけで蒼白になり、ちょっと傷を残してやれば、その優れた想像力で最悪の事態を描き出し、勝手に絶望しはじめる。

暴行という選択肢をすぐには思いつかない彼らだからこそ、芳林はあっさりと優位に立てた。

聡明、というのが「合理性を尊ぶ」という意味であるなら、芳林は藍家で最も聡明な女だ。

素手で平手打ちをしていたのが、やがて爪に指甲套《しこうとう》を着け、文鎮を握りはじめるのに、さほど時間は掛からない。生意気だったり、自分以上に賢かったりする女官のことは、そうやって従えてきた。

だから、自分の雛女がとんでもなく生意気だと気付いたとき、その爪を剥いでやるのは、芳林にとってごく自然なことなのだった。

嫌なことがあったときに、周囲の女官に針を飲ませたり、傷口をほじくったりする行為もだ。

「苛々するわね……」

とうとう筆を投げ出して、芳林は呟いた。

こんなにも鬱憤を溜めているというのに、今や硯を投げつける相手もいない。

すぐ外には鷲官がいるが、彼らはだめだ。

害を加えては、芳林の今後に大きく影響するし、そもそも、彼らは自分より体格がはるかに大きいのだから。

芳林の暴力の標的は、もっぱら小柄で、無力な女たちであった。

「明明《めいめい》に、さっさと連れてくるよう言ったのに。なにを手こずっているのかしら。役立たずな女官なんて、皮を剥いでやるんだから」

明明とは、雛女付きの筆頭女官だ。万事控えめで、あまり才気に溢れているわけでもないが、まさにそこが気に入って、雛女付きの筆頭に推した。

彼女を殴りだしてもう何年にもなるというのに、毎度大げさなくらい青ざめて、怯えている姿もよい。両親に虐げられてきたとかで、年季が明けても戻る場所がないため、とにかくじっと耐えている

――その点も実に好都合だった。

そうした女こそ、芳林の最も好む駒だ。

明明には、芳春を「どんな手段を使ってもいいから離れに連れてこい」と命じてあった。

指を折ってもいいし、焼き鏝を当ててもいい。そうしなければ、おまえ自身に十倍の責め苦を課してやると脅しつけて。

暴力に晒されつづけた者の特徴は、思考能力をなくすことだ。

彼女たちは、怯えて怯えて、苦痛が最小限になる方法しか考えられなくなる。

逃げ出すなんて思いつきやしない。

間違いなく、芳春をこの場につれてきてくれることだろう。

「失礼いたします。雛女・芳春様をお連れいたしました」

と、まさにそのとき、小さく扉が叩かれ、怯えた足取りで女官が入ってきた。

雛女付き筆頭女官、明明だ。

背後にはちゃんと、雛女の芳春を伴っていた。

「……お見舞いに上がりました」

芳春は両袖に顔を埋め、小さな声で告げる。

その、哀れに掠《かす》れた声を聞いた途端、徳妃の心には晴れやかな風が吹き渡った。

ああ、こうだ。こうでなくては。

「遅いじゃないのぉ」

甘い声音で呼びかけ、文机から立ち上がる。

「後見の妃が『誤解』で、離れに軟禁されてしまったのよ？　心ある雛女なら、即座にご機嫌伺いに来てくれるものと思っていたわ。本当に薄情な子」

徳妃自身は、己の罪状を、さほど深刻には捉えていなかった。

だって、あの場で祈禱師が暴露した罪は、せいぜい後宮の情報の横流しくらいのものだ。

世間話のついでにだって、ある程度の情報は出回ってしまうものだし、それを組み合わせて利用したのは祈禱師なのだから、芳林はなんら悪くない。

賄《まいない》だって信心を表す寄付でしかないし、それ以上の悪事を告げられる前に、安妃のことは牢《ろう》に刺客を放って、さっさと殺してしまった。

幸いなことに、黄 玲琳の暗殺未遂は、金家の仕業ということになっているようだし——芳春はうまくやったものだ——、少なくとも、芳林の罪は金 麗雅よりもずっと軽いのだ。

きっとこの離れ暮らしも、本人の態度や周囲の酌量によって、刑期が短縮されるものだろう。

だとすれば、芳春や女官たちをけしかけて、どれだけ皇帝に嘆願を差し向けられるか。

それが、今の芳林にとって最大の関心事であった。

「ねえ、芳春ちゃん。ここでの暮らしって、本当につらいわぁ。誰もいなくて、寂しくて、気がおかしくなってしまいそう。わたくし、とてもとても、やっていけない。わかるでしょう？」

ゆっくりと近付けば、それだけで、小柄な雛女は俯《うつむ》く角度を深める。

どうやら、爪を剥いだことは、彼女の心に相応の傷を残したようだ。

徳妃はにんまりと笑い、身を縮こめる芳春に、そっと顔を寄せた。

「ねえ。わたくしを出し抜いたつもりだった？　他家の雛女と結託して、うまく陥れたつもりでしょう。でも残念。あなたは結局、藍家の雛女。日中ずっと、この藍狐宮で、女官たちと過ごすのよ」

ここが重要だ、と芳林は思った。

しょせん他家と連携などできないということ。

競争相手である雛女たちが、団結なんてできるはずもないし、よしんば仲よくなったとしても、生活の基盤は雛宮《すうぐう》でなく、各家の宮にあるのだということ。

そのあたりを、重々、わからせてやらねばならない。

「そして、藍狐宮の女官たちは、妃付きであれ雛女付きであれ、すべてわたくしの支配下にあるの。どういうことだか、わかるわね？」

「…………」

「ねーえ。さっさと陛下に酌量を願い出なさいよ。そうだ、わたくしが離れを出るまでの日数ぶん、あなたの指を折るというのはどうかしら。密告など考えないことね。女官たちに口裏を合わせさせるなんて、造作もないもの」

畳みかけるが、芳春はじっと両袖に顔を埋めたまま、返事もしない。

生意気な娘が怯える姿は愉快ではあったが、一向に話が進まないのでは困る。

せっかちな徳妃は、苛々と息を吐いて、筆頭女官の明明に命じた。

「埒《らち》が明かないわね。ねえ、わたくし付きの女官たちを呼んできなさい。ああ、鷲官たちに怪しまれないよう、ひとまず二、三人でいいわ」

さっと顔を上げた明明に、小さく笑って応じる。

「このお嬢ちゃんは、相当なのろまなんだもの。爪のもう二、三枚も剥げば、少しはしゃんとするでしょう？　そのためには、取り押さえる人員がいなくてはね」

なにしろ、四六時中鷲官が貼り付いているのがやりにくい。

が、そこは創意工夫だ。

悲鳴は猿ぐつわを噛ませてしまえば聞き取られないし、「万事控えめな」藍家の女官がまさか私刑に加担するなど、鷲官たちは考えつかないだろうから。

「……恐れながら、徳妃様」

「明明。わたくしは、おまえより上の女官を呼んでこいと言ったの。早くして」

逆らう気配を見せた明明に、冷ややかに告げる。

この女自身のことも散々痛めつけてやったと思うのに、それでもしぶとく、雛女を守ろうとする忠誠心は厄介だ。郷里に小さな妹だか弟だかがいると聞いたから、そのせいかもしれない。

（芳春への『躾』が済んだら、彼女にもしっかり教育をし直したほうがいいわね）

内心で素早く考えを巡らせていた徳妃だが、しかし、次の言葉に、目を瞬かせることになった。

「女官たちは、すでに集めております」

「え？」

なんと明明は、そんなことを言うのである。

驚いて扉に視線を転じてみれば、たしかに格子模様の透かしの向こうから、女官服の行列が近付いてくるのが見える。

統制の取れた動きでやってきた女官たちは、しずしずと室内に踏み入り、うち一人が懐から小金を取り出すと、鷲官はなにもかも弁えた様子で、その場を離れていった。

「あらまあ」

段取りのよさに、徳妃は喜ぶというより、怪訝な思いを抱く。

これまで数々の虐待と相互監視によって、掌握していた藍家の女官たち。

忠実であったのは間違いないが、誰かを甚振《いたぶ》るときは、たいてい沈痛な面持ちをしていたというのに、今に限ってはなぜこうも、動きがきびきびとしているのだろう。

（皆、芳春を甚振りたがっていたとか？）

視線を巡らせたちょうどそのとき、ずっと俯いていた芳春が、ふと顔を上げる。

「女官は、わたくしが集めたのですわ、徳妃様。終の儀の前から、一人一人、声を掛けて」

両袖で隠されていたその顔には、愛らしい微笑が浮かんでいた。

「え……？」

「不思議なことに、女官たちは皆、どこかしらに傷を負っていましたの。大切な女官たちの苦痛にも気付かぬまま、ここまで来てしまったこと、わたくしは不甲斐《ふがい》なくて、申し訳なくて」

あどけない大きな瞳が、不意に涙で潤む。

「なので、妃付き、雛女付きにかかわらず、皆を治療して、よく話を聞いてまわったのですわ」

彼女は、すぐ背後までやって来た女官たちを振り返ると、親しげに一人の腕に触れた。

途端に、女官たちは一斉に、その場に跪いた。

徳妃に向かってではなく、芳春に向かってだ。

「隠れた場所に受けた傷、脅された内容、心に負った傷。すべてを聞き取り、皆にその場で金子を渡し、こう告げましたの」

これまで、大勢の女官たちに愛おしげに見下ろされてきた藍 芳春。

だが彼女は、小さな背をぴんと伸ばし、敬意を込めて見上げてくる女官たちの視線を、平然と受け止めてみせた。

「今すぐこの金子を持って、後宮から逃げなさい。わたくしは絶対に、あなたたちを脱走の廉《かど》で罰しはしない。けれどもし、この場に残り、わたくしに尽くすと言うのなら、わたくしは必ず、あなたたちを守ると」

女官の多くは、年季明け前に実家に戻されたところで、居場所がない者たちだ。

いや、そういう女たちばかりを、徳妃が好んで集めた。

逃げ場を失い、絶望し、すっかり身を竦《すく》ませていた女官たち。

そんな彼女たちに、芳春は一人一人、親身に話しかけたのである。

「皆、にわかには話を信じられぬようでした。なので、わたくしは賭けを持ちかけました。もしも、終の儀で『奇跡』が起こり、徳妃様が罰を受けることがあれば、それは、天のご意志がこちらにあるということ。心から納得できたら、わたくしの側に付きなさいと」

芳春は、こてんと、あどけない仕草で小首を傾げた。

「そして、奇跡は起こりました」

「な……」

徳妃は息を呑み、無意識に後ずさった。

藍 芳春は滑舌よく話しているというのに、なにを言っているのか、さっぱり呑み込めなかった。

「誰もいなくて、寂しくて、気がおかしくなってしまいそう――でしたっけ」

芳春が愛らしく笑んだまま、一歩近付いてくる。

彼女の足並みとぴったり揃えて、女官たちが迫り寄ってくることに、徳妃は背筋を粟立《あわだ》たせた。

「ひ……っ」

薄く笑みを浮かべた女官たちは、爛々《らんらん》と目を光らせている。

まるで、獲物を狙う獣のような、顔つき。

「さあ、徳妃様。ふつつかな雛女ではございますが、あなた様からこれまでに受けた恩を返すべく、女官を集めてまいりましたよ」

「こ、来ないで」

「本当は、謹慎中の女官の配置は禁じられていますが、大切な徳妃様を一人きりになんて、できませんもの。謹慎の期間短縮は願わないから、代わりにどうか、気心の知れた女官を傍に付けてあげたい

――陛下には、すでにちゃあんと、お願い差し上げておきましたからね」

「い、いやよっ」

徳妃の鼓動がどっと高鳴り、冷や汗が噴き出した。

では、いつ終わるともわからぬ謹慎期間、ずっと、この女官たちに囲まれて、隔離された場所で過ごせというのか。

この、復讐心で瞳を燃え上がらせている、女官たちに。

「や、やめて――」

「皆様」

ばっと袖を翻し、室《へや》の奥に籠もろうとした徳妃をよそに、芳春は優しい声で命じた。

「どうか心を込めて、徳妃様をお世話してあげてくださいね」

女官たちの返事は、ぞっとするほどに、揃っていた。

「はい」

徳妃は絶叫しようとしたが――すぐに、その声も掻き消された。

手際よく、連携した動きで徳妃を追い詰める女官たちの間を、芳春はするりと抜け出してゆく。

口うるさい主人なんて煙たがられるだけだ。彼女たちの好きにさせておけばよいだろう。

そして後で、きっちりと責任だけ取ってやる。それが理想の主人というものだ。

「ふふ、組織を統制するのって、結構楽しいのかもー」

笹の葉の立てる音を聞きながら、のんびりと回廊を歩く。

愛玩動物の地位に甘んじることこそが、最も要領のいい生き方だと信じて疑わなかったのだが、案外、人の上に立つ在り方も向いているのかもしれない。

甘ったるい慈愛の視線と比べても、まっすぐな敬慕の視線というのは、なかなか心地よかった。

「さーてと。小金を握らせた鷲官を念入りに脅してー、明明たちを労《ねぎら》ってー。お菓子でも用意しておこうかしら。それよりも、薬草と金子のほうが、ぐっとくる？」

上機嫌に独白しながら、歩き続ける。

さらさらと笹の葉を渡る風が心地よく、袖で顔を隠すのがもったいなかった。

べつに今さら、小動物を装う生き方を改めようなどとは思わないけれど、時々はこうして、袖を下ろしたっていい。

たとえば、守られた空間で心地よい風を浴びるときとか——従わせたい相手の顔を、覗き込むときとか。

（顔を隠さないと、視界って、こんなに広いんだなー）

しみじみと感慨を抱いて、芳春はその場に立ち止まる。

ふと思いついて、彼女は離れの方角を振り返った。

遠くからは、ひっそりと静まり返って見える離れ。

だが今頃、扉の向こうでは、それは凄惨な光景が繰り広げられていることだろう。

芳春はゆったりと微笑み、小首を傾げる。

それから、おもむろに片手を持ち上げて、頬に触れた。

「『やっておしまいなさいませ』」

それは、反撃をけしかける悪女の言葉だ。

言葉ひとつで心を掴み、人を悪事に走らせながら、自分自身の手は汚さない。

これまで数々の策を弄してきた芳春でさえ敵わないと感じた、悪女の。

「……なーんてね」

胸が弾む。

心が躍る。

世界にはまだ、自分では敵わない相手がいて、謎が満ちていて、それらは挑発的に芳春に誘いかけている。

（どうやって追いかけてやろうかしら）

追いかけて、いつか追い詰めて。

こんな日々がこれからも続くのだと思うと、楽しくて仕方がない。

芳春は、作り物でない満面の笑みを浮かべ、回廊を再び進みはじめた。

＊＊＊

ぱち、と、駒が将棋盤を叩く音が室《へや》に響く。

「やっと仕留めた」

皇后・絹秀《けんしゅう》は呟くと、深く息を吐き出し、椅子の背にもたれた。

「やれやれ、手強い敵だった」

「それはおめでとうございます」

そこに淡々とした相槌《あいづち》が寄越される。

将棋盤から少し離れた卓につき、蓋椀で茶を啜《すす》るのは、賢妃・傲雪《ごうせつ》であった。

普段あまり他家の妃と交流することのない傲雪は、鑽仰礼《さんぎょうれい》から三日経ったこの日、珍しく雛宮内の遊戯室に足を伸ばし、絹秀と二人きりの時間を過ごしていた。

「ですが、一人将棋では、あまり祝福のしがいもございませんな」

「誘ってもおまえが相手をしてくれないからだろうが」

ほんのわずか口元を緩める傲雪と、拗《す》ねたように顔を顰《しか》める絹秀の会話は、賢妃と皇后という間柄にしては、ずいぶんと気安いものに見える。

事実、絹秀が雛宮時代から交流していた雛女は、朱《しゅ》 雅媚《がび》を除けば、この玄 傲雪だけであった。

剛毅な絹秀と、礼儀や体裁に頓着しない傲雪は、気質のうえでは土剋水《どこくすい》の関係にありながらも、不思議と馬が合ったのだ。

もしかしたらそれは、傲雪の関心が他に向かいすぎていて、絹秀にどれだけ圧倒されようと、気にならないためかもしれなかったが。

「わたくしの腕前では、とうてい絹秀様に敵いませぬゆえ。陛下の相手を務めたいと願い出る者なら、わたくし以外に、ごまんとおりましょう」

「さて、どうだかな。心優しい貴妃は去ってしまったし――」

さらりと弁解をする傲雪を見ながら、絹秀は肘置きに頬杖を突く。

「淑妃も徳妃も、この遊戯室に足を伸ばすようなことは、二度とないだろうから」

「…………」

含みある言葉に、傲雪は静かに茶器を置く。

「さようでございますな」

返したのはそれだけだったが、彼女が薄く刷《は》いた笑みには、ぞっとするような凄《すご》みがあった。

しばし、室《へや》に沈黙が満ちる。

将の果てた将棋盤を見下ろしながら、やがて、絹秀がぽつりと告げた。

「傲雪よ。三年前は、すまなかったな」

「――絹秀様」

詫《わ》びを寄越した皇后に、賢妃は制止するように身を乗り出したが、絹秀は視線を合わせぬまま続けた。

「陛下の誕辰《たんしん》の準備のために……妾《わらわ》がおまえを後宮外に誘いなどしなければ。皇太后陛下が箝口令を敷いたとき、妾にそれを撥《は》ねのける力があれば。どれだけ、己の無力さを悔いたことか」

そう。三年前、傲雪が後宮を出払っていたのは、絹秀が彼女を誘い出したためだったのだ。

誕辰の儀を行うためには、皇帝だけでなく、その母の皇太后にも話を通しておく必要がある。皇太后の住まう離宮を訪れるためには、同じ玄家筋の妃を伴っていたほうがよかろう、という配慮から、絹秀は儆雪に仲介を頼んでいたのだった。

「いいえ、絹秀様。あれは当然の仕事でしたし、わたくしは自らの意志で、後宮を離れました。箝口令も、皇太后陛下が、あなた様にも筋を通さず、独断で敷いたものです。あなた様に非はない」

儆雪がきっぱり言い放つと、絹秀は小さく笑みを浮かべる。

珍しく、自嘲的な表情だった。

「おまえはそう言うと思ったし、状況を変えられるわけでもなかったから、これまで詫びようにも詫びることができなかった。――だが、今やっと、謝罪するための資格を手に入れた気がするよ」

彼女は顔を上げ、それから、ゆっくりと儆雪を振り返った。

「儆雪。三年前はおまえの名付け子を助けられず、本当に、すまなかった」

「いいえ」

儆雪はまっすぐ、絹秀を見つめ返した。

「絹秀様は、箝口令が敷かれている中でも、最大限の融通を利かせてくださいました。こたびの鑽仰礼、やたらと祈禱師を絡ませる種目にしたのは、わたくしが彼女に接触できるようにと思ってのことでしょう？」

絹秀は問いには答えず、再び将棋盤に視線を落とした。

見事将を討ち取った兵卒の駒を、指で突《つつ》く。

「どんな筋書きも、普通、思い描くとおりにはならぬものだ。だが今回は、無力な兵が、力を合わせてよく頑張ってくれた」

その言葉だけで、傲雪には十分だった。

彼女は珍しく、しっかり口角を引き上げると、座ったまま皇后に礼を執った。

「あなた様の寛容さと聡明さに、心よりの敬意を。それに……あの祈禱師の身柄を、金家や藍家から刺客が放たれる前に、玄家に引き渡してくださったことにも、心より御礼申し上げます」

「淑妃や徳妃には秘密だぞ。それに、礼は皇帝陛下に言うといい。少なくとも身柄に関しては、彼の意向だから」

「……あの方も、なかなか本心を露にしない、読みにくいお方だ」

「まったくその通り」

傲雪が神妙な顔になると、絹秀も肩を竦めて鼻を鳴らす。

妃同士というよりも、同じ上官に仕える武官同士のような空気を漂わせ、二人は静かに笑った。

「なんにせよ、おまえに笑みが戻ってきて何よりのことだ」

やがて、絹秀が駒を片付けはじめながら、満足そうに述べる。

傲雪は、自分が微笑んでいることにようやく気付いたらしい。

不思議そうに己の頬を揉《も》んでいたが、やがてその両手をそっと握り合わせた。

「ええ」

怒りと悲しみを堪《こら》えるためではない。優しく、なにかを包み込むような手付き。

傲雪の手の中には今、灯火のような愛があった。

「これからは、やっと、躊躇いなく歌吹を慈しむことができます」

復讐者として、大切な雛女を巻き込むまいと、極力歌吹と距離を置いてきた傲雪。

だがこれからはもう、胸の内に隠してきた愛情を、誰憚《はばか》ることなく相手に向けることができる。

傲雪はそのまま目を閉じ、窓から差し込む日差しを頬で味わった。

「最高の雛女に恵まれて、それを躊躇いもなく慈しむことができるというのは、まこと、幸せなことでございますな」

ぽつりと告げる傲雪の口元には、幸せそうな笑みが浮かんでいる。

駒を壺にしまい終えた絹秀は、そんな友人を穏やかに見つめていたが――蓋を閉じるその瞬間、ひどく平坦な声で、こう呟いた。

「おまえが羨ましいな」

「え？」

日差しに寛《くつろ》いでいた賢妃は、目を瞬かせて振り返る。

今の言葉は、どういう意味だったのか――。

「絹秀様」

「さて」

だが、傲雪が問うよりも先に、絹秀は駒壺を片付け、さっさと話題を変えてしまった。

「やはり、我々は遊戯室で大人しく茶を啜るよりも、体を動かすほうが性に合うな。どうだ、久々に、梨園《にわ》で組み手でもせぬか？　射場で弓を競ってもいい」

立ち上がった皇后は、一切の追及を許さぬつもりのようだ。

傲雪は少し悩んだが、にっと笑んで手を差し出した友人を前に、疑問を棚上げすることにした。

「付き合え、傲雪。三年ぶりだ」

これが、舞照を失ってからずっと塞ぎ込んでいた自分を、日常へと引き戻す、絹秀なりの気遣いだとわかったからだ。

「――では組み手で。加減はいたしませぬぞ」

「望むところだ。久々に園丁を泣かせてやろう」

二人は短く言葉を交わし、そのまますると遊戯室を去ってゆく。

いや、扉をくぐろうとする瞬間、傲雪はふと誰かに呼ばれたように感じ、背後を振り返った。

冬の室《へや》は、ひっそりと静まり返っている。

静寂の中で、空の茶器や将棋盤――人の営みが残すものたちを、窓から差し込む光が、柔らかく照らし出していた。

「……そこにいるのか？」

傲雪はぽつりと、問うてみる。

返事はない。当然のことだ。

だがそれで構わなかった。

答えはすでに、胸の中にあったから。

「もう大丈夫」

傲雪は淡い光の筋に、そっと手をかざしてみせる。

掌に揺れる日差し。寒さの中に感じる、ひとひらの温もり。

舞照はきっと光の中にたゆたい、傍にあった。これまでも、そしてこれからも。

「……ゆっくり、眠りなさい」

光を撫でるようにして、手を引く。

傲雪はしばらく、己の両手を握り締めていた。

空気はいまだ冷たくあれど、たしかに感じる、掌の熱。

鶯歌燕舞《おうかえんぶ》――玄家の者が密かに愛する季節は、いずれ必ず、やって来る。

絹秀が急《せ》かしに戻ってくるまで、ずっと、そうして光を握り締めていた。

＊＊＊

冷たい風が吹き抜けてゆく、冬の四阿《あずまや》でのことである。

「さあ慧月《けいげつ》様、温かいお茶をどうぞ」

「どうも」

天女のごとき美貌の黄 玲琳――に収まったままの慧月は、茶器を受け取りながら顔を顰めた。

「まったく、この寒いのに四阿で茶を飲もうだなんて。あなたって本当に酔狂だわ、黄 玲琳」

「まあまあ。堂々と二人きりになれる場所が、意外に少ないのですもの。それに、冬雪《とうせつ》の淹《い》れてくれるお茶を飲むと、体がよく温まりますのよ」

卓の向かいに腰掛けるのは、穏やかな笑みを浮かべる朱家の雛女。中身はもちろん黄 玲琳だ。

玲琳は、冬雪に目配せを送り、自らも温かな茶を受け取った。

朱色の衣をまとった「朱 慧月」の世話を藤黄女官《とうおうにょかん》である冬雪が焼き、黄朽葉色《きくちばいろ》の衣をまとった「黄 玲琳」の背後に銀朱女官の莉莉《りーりー》が控えるというのは、傍目には奇妙な光景だ。

そして奇妙な光景であるからこそ、彼女たちの茶会は、こうした人気のない場所で行われなければならないのだった。

うら寂しい四阿で、茶の香りと沈黙をひとしきり味わってから、玲琳はぽつりと呟いた。

「終わったのですねえ……」

鑽仰礼・終の儀を終えて、三日が経った。

儀式のために設置されていたあらかたの舞台道具の片付けが終わり、各国から招いた使者たちも続々と帰路につき、と、雛宮には、祭りの後の静けさが満ちていた。

「後から振り返ってみると、本当に盛りだくさんの、めまぐるしい日々でしたね」

「めまぐるしいというか、実際わたくしは、最後には目を回して倒れる羽目になったけれどね」

玲琳がほう、と感慨深げに白い息を吐けば、慧月は憎々しげに言い返す。

そう。慧月は終の儀の直後、安妮捕縛の報を聞き届けるや、その場で気絶したのだ。

理由は単純、疲労である。

なにしろ、そのときの「黄 玲琳」の体ときたら、十日前に紫龍泉《しりゅうせん》に沈み、その数日後には井戸に沈められ、かと思えば不眠不休で鏡を作り続けていたのだから。

淡雪のように繊細、と評されるこの体で、まさか鋳造に挑戦する羽目になるとは、いったい誰が予想したものか。

ただでさえ体が疲れ切っているのに、慧月はそこに、鋳造のための火加減を道術で手伝い、大がかりな炎術を披露しと、「気」まですり減らさねばならなかった。

結果、体力切れを起こし、二人は入れ替わりを解消することもなく、今に至っているのである。

「わたくしの体が虚弱なせいで、慧月様を気絶させてしまい、本当に申し訳なく思っております」

「いえ、あなたが反省すべきは、虚弱な体ではなくて、限界を考えない精神のほうだから」

玲琳が神妙に詫びると、慧月はすぱんと音のしそうな鋭さで発言を斬る。

「仰る通りでございます。ただ、終の儀を成功させるためには、多少無理するしかなくて」

「それは、まあ、そうだけど……」

謝罪と釈明を重ねられると、慧月は椅子の背にもたれながら、渋々頷いた。

たしかに、たった四日で国宝級の鏡を用意するため、自分たちは諸問題を棚上げしてでも、奔走せざるをえなかった。

慧月や玲琳だけではない。金 清佳や藍 芳春、玄 歌吹もだ。

なにしろ、終の儀の成功に、それぞれ尊厳が、安全が、復讐が懸かっていたのだから。

鏡で光を反射させて火を熾《おこ》し、祈禱師や妃たちの悪事を暴く。

そんな筋書きを、荒唐無稽だと断じることもできたはずだ。いったいどうしてそんなことが可能なのかと、玲琳たちを質問攻めにすることもできたはず。道術の関与を疑うことも。

だが彼女たちは、それに時間を割くことをしなかった。

玲琳の策に一縷《いちる》の望みを見出し、そこに自分たちのすべてを懸けたのだ。

あらゆる疑問から一旦目を逸《そ》らし、選び取りたい未来だけを見つめて。

(そう。わたくしたちはいろいろな問題から、「一旦」、目を逸らしてきた)

慧月はそわそわと茶器の縁をなぞる。

終の儀を終えてもう三日。いよいよ、体を戻す頃合いだ。

ただし入れ替わりを解消する前に、慧月は玲琳に告白しておかねばならないことがある。

それを伝えるのは、気の重いことだった。

「実はその……」

切り出した声が、掠れてしまう。

あのときはそれが最善だと信じた——というか、カッとなってしまって、気付けばそうなっていたのだが、いざ事態を懺悔《ざんげ》するとなると、ばつの悪さに、顔が歪んでしまいそうだ。

「もしかしたら、一緒に鏡を作っていたあたりから、気付いていたかも、しれないけれど」

「え？」

自分の顔をした玲琳が、不思議そうに首を傾げるのを見ていられず、慧月は視線を逸らした。

「金 清佳に、入れ替わりのことを知られたわ」

苦虫を五百匹ほど噛み潰した表情になっているだろうと、自分でも思った。

「え――」

「こちら側に付くよう、説得したときのことよ。あの女が、あんまり情けないことを言うので、つい叱ってしまったの。そうしたら、そのときの……まあ、やり取りが原因で、勘付かれたというか」

渇いた口を潤そうと、ぐいと茶を呷《あお》る。

すると冬雪が、すかさずお代わりを注ぎながら言い添えた。

「具体的には、金で解決しろという卑劣な精神性や、鶯歌燕舞を間違える学のなさが原因ですが、わたくし個人としましては、『あなたの美学には「根性」がない！』という啖呵《たんか》が最も印象的でした」

「しれっと暴露するんじゃないわよ！」

容赦のない追い打ちに、思わず声が裏返る。

「自分から罪を認めている人間を、そこまで貶《けな》さなくたっていいでしょ!?」

「褒めています」

「えっ？」

「貶しているのではなく、褒めています。あの啖呵は金言に数えてよいと思いますし、慧月様もいよいよ根性の素晴らしさを理解しはじめたかと、一女官ながら嬉しく思いました」

淡々と告げる冬雪に、慧月は思わず言葉を詰まらせた。

「あ……っ、そ、そう」

さんざん蔑んできたかと思えば、唐突に褒め言葉を寄越すのはやめてほしい。

敵か味方かわからなくなり、どんな間合いを取ればよいのか悩んでしまうから。

「ま……まあ、そういうわけで、金 清佳には、入れ替わりのことも、わたくしが道力の持ち主だということも、知られてしまったの、よ」

ごほんと咳払いし、話を戻す。

ついでに視線も戻した慧月は、そこでようやく、卓の向かいの相手が、両手で顔を覆って俯いていることに気が付いた。

「…………」

「黄 玲琳？」

もしや、さすがに呆れてしまっただろうか。

これまでさんざん、黄 玲琳の擬態《ぎたい》の下手さを馬鹿にしてきたくせに、なんたるざまかと。

「――……はい」

だが、玲琳は覆った手の片方を外し、俯いたまま小さく挙手してきた。

「実は、……わたくしも」

「は？」

「芳春様に、入れ替わりを知られてしまいました」

消え入るような声での告白に、慧月はぎょっと目を剥いた。

「はぁあああ!?」

「え、演技は完璧だったと思うのです！」

対する玲琳は、大柄な「朱 慧月」の体を、これ以上ないほど縮こめている。

いつもはあれほど豪快な女が、いたたまれなさに目を潤ませていた。

「芳春様があれこれと反撃してくるから、柔軟に対応していただけで……！　ちゃんと罵っていたし、睨みつけたりもしたし、わたくしとしても、いったいなぜ見破られてしまったのか……！」

「なぜもなにも、覇者の風格を出しまくってガンガン威圧してたら、そりゃ見破られますよねー」

今度は隅に控えていた莉莉が「へっ」と遠い目で笑う。

「まあ一応擁護しておくと、せっかく仲間にしてやろうとしていたのに、芳春様ったら、すぐこちらを陥れようとしてくるんですよ。威圧して臨むしかなかったんだとは思います」

「莉莉……できれば一応でなく、本気で擁護してほしかったです……」

遠慮のない女官の証言に、玲琳は再び両手で顔を覆ってしまう。

「慧月様……誠に申し訳ございません」

切々と詫びられて、慧月は咄嗟《とっさ》に「どうしてくれるのよ！」と叫びそうになったが、すぐに言葉を呑み込んだ。

だって、ここで黄 玲琳を責め立てたら、そのすべてが自分にも跳ね返ってくるわけだから。

気まずい沈黙が落ちる。

耐えられなくなったか、玲琳がぱっと取り繕った笑みを浮かべ、そばかす顔を上げた。

「で、でもほら！　今日入れ替わりを解消してしまえば、以降は、なにを言われようが、証拠なしの状況ですし！　逃げ切れます、逃げ切れます」

「……そうね」

　この気休めに乗る以外、慧月にどんな選択肢があったろうか。

「そうよね。少なくとも金　清佳は、道術の告発なんてしないと思うもの。あの女は、嫌だと思った相手は自力で排除しようとする女よ」

「そうです、そうです。芳春様も告げ口なんてしませんわ。むしろ、入れ替わりや道術に、興味津々で目を輝かせていたくらいですもの！」

「だいたい、炎術に頼って妃への報復を果たした時点で、あの二人も道術に関与したということじゃない。同罪だわ！」

「そうです、そうです！　それに、たとえ密告しようが、すでに殿下も皇后陛下も鷲官長様も事情をご存じ。あらゆる権力者がこちらの陣営ですわ。もみ消せます！」

　あははははは！　と、自棄《やけ》になったような笑い声が四阿に響く。

　だが、最後の余韻が消えた後、二人はぴったり同時に、卓に両肘を突き、顔を埋めた。

「……せめて、歌吹様には露見してしまわぬよう、一層気を引き締めましょう」

「……そうね」

　慧月は力なく頷き、それから酸っぱいものを含んだようなしかめっ面になった。

「でも待って。ということは、玄　歌吹の前で、わたくしは一生、『崇拝対象の朱　慧月』を演じ続けなければならないというわけ？」

彼女がそう言うのは、蔵での攻防以降、玄 歌吹が忠実な番犬よろしく「朱 慧月」にまとわりついていたからだ。

相変わらず表情の動きは乏しかったものの、彼女は「朱 慧月」の後に熱心に付いて回り、彼女の指示には速やかに従い、褒められると口元を綻《ほころ》ばせた。

その様は、まるで姉をひたすらに慕う妹か、そうでなければ、刷り込みを受けた雛のようだ。

玲琳は微笑ましく思っているようだったが、慧月からすれば、「振り返ればやつがいる」みたいな状況は、少々、気味が悪く思われた。

「玄 歌吹の態度が変わったのって、蔵での攻防の後からよね。あなたいったい、彼女になにをしたというの？　また、ご大層に心を救って回ったとでも？」

「いいえ、圧死させかけた後に、復讐の協力を申し出ただけで……。ただでさえ罪悪感に苦しんでいる歌吹様に、もっと苦しめ、みたいなことも言いましたし。心を救うというよりは、追い詰めただけのような……」

「じゃあなんで彼女は、あなたに、あんなに懐いたのよ」

「なぜでしょう……。がらくたの山から引っ張り出したから？」

慧月は何度も問うものの、そのたびに返るのは、こんな心許《こころもと》ない答えばかりだ。

困り顔で頬に手を当てていた玲琳は、あげく、大層雑な結論を下した。

「もしかしたら、自分を追い詰めるのが好きな方なのかもしれません。わたくしに、鍛錬の師匠としての素質を感じてくださったのかも」

「そんな嗜好の持ち主が黄家以外にいるとは思いたくないし、だいたい、弟子は常に師匠の一挙手一投足を凝視したり、食事の世話までしようとしたりはしないわ」

「あぁ……意外にまめな方ですよね、歌吹様って。作業中、菓子の好みがわからないからと、八十品目の差し入れを持ってこられたときには、なんと思いやりのある方なのかと」

「重！」

歌吹が「朱 慧月」に見せた忠誠心の片鱗《へんりん》を聞くだけで、胸焼けがしそうだ。

まったく、冬雪もそうだが、玄家筋の人間が誰かを好いてしまうと、ろくなことが起こらない。

（本当に、この女ときたら、手当たり次第にたぶらかして……）

そして、彼女がたぶらかした結果を今後は自分が受けるのかと思うと、慧月は天を仰ぎたくなるのだった。

誰かに愛される状況というのを、以前は身を焦がすほどに望んだものだったが、どうしたことだろう。最近はお腹いっぱいだ。

「入れ替わりを解消する前に、あなたが演じていた『朱 慧月』と齟齬《そご》が出ないように、玄 歌吹と交わした会話の内容を、すべて共有なさいよ」

「もちろんでございます。そう仰ると思って、実はすでに、書にまとめましたのよ。これを読めば、引き継ぎも万全――あら？」

だが、己の袂《たもと》を探っていた玲琳は、珍しく、しまったという顔になる。

どうしたのかと問えば、朱駒宮の蔵に肝心の書を置いてきてしまったとのことだった。

「申し訳ございません。慧月様とお茶ができるぞと、大急ぎで四阿に来たものですから、書のほうを、すこんと」

「あなたの優先順位っていつもどこかおかしいのよ」

慧月はドスの利いた声で言い放つ。

だが、「畑のわかりにくい位置にあるので、わたくしが取りに行きます」と自ら席を立った玲琳を、ふんと鼻を鳴らすだけで許してやったのは、相手の向けてくる好意が、まんざら嫌なものでもなかったからかもしれない。

もちろん、本人は認めないが。

（ま、いいわ。引き継ぎとやらを済ませて、番犬を一匹、飼ってみようじゃない）

慧月は椅子の背にもたれながら、のんびりと茶を啜った。

自分にも傍付き女官はいるが、莉莉は経緯が経緯なだけに、態度がかなり生意気だ。

考えてみれば、自分のことを仰ぐようにして慕ってくる人間になど、これまで恵まれたためしがなく、玄歌吹をあしらう日々は、意外に快適かもしれなかった。

からかってもいいし、気まぐれに撫でてやってもいい。

（……やだ、結構楽しそう）

茶器に付けていた唇が、ついにやにやと笑みを象《かたど》る。

この雛宮において、いいや、これまでのすべての人生を振り返っても、自分が誰かの上に立って可愛がるなんて、初めてのことだ。

（ううん、待って。わたくしはこの鑽仰礼で、二の位になったのだもの。これからは、こうしたことも増えるのではなくて？）

二の位。

心くすぐる響きを、何度も胸の内で繰り返す。

最下位の女、「雛宮のどぶネズミ」と呼ばれてきた自分が、まさか「殿下の胡蝶」に次ぐ序列を得る日が来ようなど、いったい誰が予想したものか。

もちろん、この順位は金 清佳や藍 芳春の失点のおかげであって、能力の評価としては四の位だとは理解しているが――だが、悪事を暴き、金家藍家を引きずり落としたのもまた自分なのだから、これも十分実力のうちと言えるのではないだろうか。

（それに、敵失を抜きにしても、「四の位」だった！）

五の位ではなく、四の位。

最下位には変わらなくても、努力を重ねて一つ順位を上げたのだという事実が、慧月にはなにより嬉しい。緊張を乗り越えて舞台に立った、その苦労が報われたということが。

胸を広げて、視線は前に。

顔を上げて、声を出して。

そうすれば、できる。自分にも、できるのだ。

慧月は温かな茶器を握り締めたまま、一層目元を和らげる。

まったく。

黄 玲琳と共にいると、事件に巻き込まれてばかりだが、まあ、こうした日々も悪くはない。

「こんな場所で茶飲みとは」

四阿の外から声が掛かったのは、まさにそのときだった。

やってきたのは、落ち着いた黒紅梅《くろこうばい》の衣をまとった、背の高い色白な女。

表情に乏しく、人というよりはまるで雪の精のような――玄 歌吹である。

「まあ、歌吹様」

「まだ寒さも厳しい折だというのに」

慧月が呼びかけると、歌吹はほんのわずかに眉を寄せて呟く。

低い声で、淡々と話すものだから、付き合いの浅いうちは「怒ったのだろうか」と誤解しがちだが、これは彼女なりの、心配の表情なのだ。

彼女は、四阿に残った女官たちの顔ぶれから、空席となった場所に「朱 慧月」が座っていたと判断したのだろう。

寒々しい空間を見回すと、慧月扮する「黄 玲琳」に、非難がましい視線を向けた。

「彼女はどこへ?」

彼女、とは、察するに、玲琳扮する「朱 慧月」のことだろう。

「え？ ええと、朱駒宮《しゅくぐう》に、忘れ物を取りに」

「なぜ主人が出向くのだ。女官はなにをしている。だいたい、彼女にこんな寒い場所で茶を飲ませるなど、あなたは何を考えているのだ？　彼女が風邪を引いてしまったらどうする。南領の方の体は、寒さに弱いのだろう？」

　まさかのお説教だ。

　莉莉は恐縮した様子で首を竦め、「黄 玲琳《しゅじん》」を叱られた格好の冬雪も複雑な表情を浮かべたが、慧月はといえば、愉快さに噴き出しそうになってしまった。

　だって、逆ならともかく、「朱 慧月」を案じるあまり「黄 玲琳」に説教をする人間が、この世にいるだなんて！

（やだ、最高じゃない）

　この調子なら、歌吹の口からは「朱 慧月」への賛辞と、ついでに「黄 玲琳」への陰口なんかも、無尽蔵に聞けるのかもしれない。

　楽しくて堪らず、慧月はつい、いそいそと歌吹に席を勧めた。

「本当にその通りですわね。ねえ、歌吹様。よければ少しお茶を飲んでいきませんこと？」

　冬雪に新しい茶を淹れさせ、わくわくしながら歌吹に微笑みかける。

「歌吹様って、本当に慧月様のことがお好きなのですね。お聞かせください。なぜなのです？」

　聞かせて、聞かせて。

　どれだけ「朱 慧月」のことを大切に思っているのかを。

「彼女」の美点をたくさん挙げて、思うさま褒めてほしい。

　きっとそれは、とても耳に心地よいはずだ。

「それか、『黄 玲琳』への率直な批判でも構いませんわ。正直、黄……わたくしって、少々行き過ぎた部分がありますものね？」

　黄 玲琳への悪口だって大歓迎だ。

　玲琳のことを友人だとは思っているし、彼女が理不尽な攻撃を受けたなら腹も立つが、陰口は別腹である。というか、「殿下の胡蝶《こちょう》」はあちこちで持《も》て囃《はや》されているのだから、ちょっとくらいこき下ろされてもいいじゃない、とは常々思っている。

「…………」

　だが歌吹は、切れ長の瞳で数度瞬きし、軽く首を傾げる。

　かと思えば、静かに茶器を卓に戻し、不思議そうにこう告げた。

「なにを言っているんだ？」

「は？」

「わたくしは、慧月殿を好いても嫌ってもいない」

　言葉の意味を理解するのに、たっぷり呼吸三つ分はかかった。

「……は？　いえ、だって、あなたときたら、『朱 慧月』をそれは熱心に追い回して」

「わたくしが追い回しているのは、玲琳殿だ」

「…………は？」

　ぽかんとする慧月にはまるで頓着せず、歌吹はさっさと席を立ってしまう。

　もうここに用はない、とばかり、一切の未練を見せずに立ち去る背中を、慧月たちは呆然として見守った。

まさか。そんなはずは。

冷や汗とともに、疑問が吹き出し、ぐるぐると頭を駆け巡る。

(だって……ついさっきも、玄 歌吹は「朱 慧月」が風邪を引いてしまうと怒っていたじゃない)

だがそこで、慧月は、歌吹がなんと言って「朱 慧月」を案じていたかを思い出した。

――南領の方の体は、寒さに弱いのだろう？

南領の方は、ではなく、南領の方の体は。

体は。

「嘘……。歌吹様って」

「まあ、そういうことだろうな」

莉莉が顔を引《ひ》き攣《つ》らせれば、冬雪が重々しく頷く。

「経緯を詮索するでもなく、とにかく自分の思う相手が目の前にあればよいと割り切るその態度。さすが、直系はひと味違います」

玄家の血を引く彼女は、歌吹の態度に感嘆さえ覚えた様子だ。

女官たちをよそに、慧月は無言で、わなわなと拳を震わせた。

――せめて、歌吹様には露見してしまわぬよう、一層気を引き締めましょう。

脳裏に蘇《よみがえ》るのは、神妙な声で告げる黄 玲琳の姿。

本人は、歌吹にはまったく、入れ替わりを気取られていないと思っていたようだが。

（ああ！　ああ！　ああ！）

ばんっ！　と卓を叩くと、可哀想に、繊細な茶器が激しい音を立てる。

「黄　玲琳！　あんの、馬鹿女ぁあああ！」

冷たい風の吹き抜ける四阿に、慧月の渾身《こんしん》の罵倒が響き渡った。

「ん……？」

急ぎ足で蔵へと引き返していた玲琳は、風に乗って、親友の金切り声が聞こえた気がして、ぱっと背後を振り返った。

だが、冷たい空気は、するりと頬を撫でるばかりで、特にそれ以上、怒声が追いかけてくるわけでもない。

気のせいか、と軽く流し、彼女は再び道を進みはじめた。

（まったく。わたくしとしたことが、引き継ぎ書を忘れてしまうなんて）

どれだけ慧月と茶が飲めることに浮かれていたのかと、苦笑が漏れる。

だが、大切な彼女に迷惑を掛けないためにも、すべきことはしっかりこなすべきだと、気を引き締め直した。

歌吹にまで入れ替わりを知られたら、雛女たち全員が慧月の道術を知ってしまうことになる。

もしそれで脅してくる輩《やから》がいたら、黄家の総力を挙げてでも踏み潰す所存ではあったが、やはり、そうした事態にならないよう、万全の予防策を講ずることが重要だ。

（引き継ぎ書には、歌吹様との会話を細大漏らさず記録しましたし、わたくし自身、慌ただしい中とはいえ、折に触れて「朱 慧月」らしさを心がけてまいりましたし）

　対芳春ではしくじってしまったが、歌吹については、なかなかうまくやっているのではないかと、玲琳は自分を褒めてみる。

　特に、互いに聞き手に回りがちな歌吹との会話では、心地よい沈黙に陥りがちだったところを、あえて定期的に罵倒を放ってみたのは、我ながらよい試みだった。

「まったく、歌吹様ったら、炉の組み方も知らないの？」とか、「ふん、こういうのはダマでやるのよ」などと言うたびに、歌吹は物静かな目を小さく見開き、ついでほんのりと笑いながら、こう頷いたものだった。

「うん。あなたの人となりが、よくわかってきた」

　罵詈雑言《ばりぞうごん》と、金切り声は「朱 慧月」の十八番であり、象徴だ。

　その点でしっかり印象を残せた以上、彼女に入れ替わりを疑われる可能性はかなり低いだろう。

　それに、歌吹が、「朱 慧月」の性格を知ったうえで慕ってくれるというのが、玲琳はとても嬉しかった。

　もしかしたら、自分は慧月の友人づくりに、少し役立てたのかもしれない。

（ああ、でも、慧月様が歌吹様とばかり親しくされたら、それはそれで、少し寂しいですが）

　いや、少しというか、かなりというか。

大好きな友人の魅力を、もっと周囲に知ってもらいたいと願う気持ちと、自分だけが知っていたいと願う気持ち。

相反する感情は、これまでの玲琳の人生になじみのないものだったが、見る角度によって色を変える宝石のように神秘的で、それが自分の胸にもあるのだと思うと、どこか厳かな心地がする。

衝突を恐れる心、好意を欲する心、見栄に小ずるさ、頑固さ。

いわゆる「負の心」というものが、自分の内側にも隠されているのだということを、玲琳は慧月との喧嘩を通じてまざまざと知った。

完璧を求められる雛女としては、よくない状況だ。

自分は、昔よりも少し、弱くなった。

（ですが……なぜでしょう。わたくしは、今のわたくしのほうが好き）

慧月には散々罵られた。無能だとか、みすぼらしいだとか、一人ではなにもできないだとか。

だが彼女の言葉は、不思議と心を傷付けなかった。

傷付けるどころか、「だから、さっさと『助けて』って言いなさいよ！」と泣きながら怒鳴った姿と重なって、思い出すたびに、きらきらと心の奥底を照らすのだ。

それはまるで、揺れる炎のように温かな光だった。

自分は弱い。

そして——それでいい。

（ふふ、怒られたのに嬉しい、だなんて）

我ながら不思議で、玲琳はくすくす笑ってしまう。

普段は、大好きな兄たちからのお説教ですら、うんざりしてしまうのに——。

（うん？）

そのとき、「お説教」という言葉がどこかに引っかかった気のした玲琳は、頬に手を当てた。

（なにか、忘れているような）

足は忙しなく朱駒宮に向けながらも、眉を寄せて考える。

なにか、取りこぼしていたことはあったろうか。

歌吹の復讐は果たしたし、淑妃と徳妃の処遇は、清佳と芳春がそれぞれ決着を付けた。

入れ替わりはこれから解消するとして、あとは——？

「やあ、ここにいたのか」

とそのとき、俯いて歩いていた玲琳の腕を、ぐいと横から掴む者があった。

「すぐにでも会いに来てくれると思っていたのに、薄情だな」

手は硬く筋張っており、声は朗々と張りがある。

はっと顔を上げた玲琳は、視線の先に佇む人物の正体を理解し、じわりと冷や汗を滲《にじ》ませた。

（……思い出しました）

入れ替わりを見抜いてしまった男。

お説教を嫌がった玲琳が、儀の掟《おきて》を口実に、手出しを禁じさせてしまった男。

なのに様々な局面で助けてくれて、ただし、「鑽仰礼が終わったら覚えていろよ」と静かに牽制《けんせい》を寄越してきた男。

――皇太子・尭明《ぎょうめい》。

「で、殿、殿……」

「でんでん歌ってどうした」

尭明は穏やかに微笑んでいる。

それでいて振り払えない腕の力に、玲琳は焦りを募らせた。

(どうしましょう、怒っています……!)

それはそうだ。

鑽仰礼が終わったら、即座に謝罪に上がるべきだったところを、のんべんだらりとここまで来てしまったのだから。

「おまえの無茶は、どうしたら収まるのだろう。手出しもできぬまま、心配を募らせる人間の気持ちというのは、どうしたらわかってもらえるのか。やはり一度、その身に刻み込むほかないのか」

「で、殿下、落ち着いてくださいませ」

ゆっくりと頬に手を沿わせてくる尭明に、兄たちが激怒したときと同じような凄みを感じる。

そういえば、入れ替わりを見破られたら、彼と添い遂げる覚悟を決める――つまりは、抱かれても文句は言わないという賭けをしているのだった。

尭明の顔はどう見ても真剣で、腕を掴む手は強く、振り払えなかった。

「お、お待ちください。あの――」

「口答えは許さない」

反論しようとすると、素早く唇を親指で封じられる。

強引な態度に、玲琳はいよいよ息を呑んだ。

が――。

「いいか、朱 慧月」

正体をとうに見抜いているはずの彼が、こちらを「朱 慧月」と呼んだことに気付き、思わず動きを止めた。

尭明は、まるで睦言《むつごと》を囁《ささや》くように、耳元に顔を寄せてくる。

「声を出さずに聞け、玲琳」

玲琳にしか聞こえないよう、ごくごく小さく抑えられた囁き声。

「道士弾圧を是とする父上に、雛女の道術使用を疑われている。鏡の件は見逃すことにしたようだが、今日、隠密部隊に監視の命が下った。以降は、雛宮でのすべての時間を見張られるものと思え」

唇を封じたのは、「入れ替わり」の語を告げさせないためだ。

顔を寄せたのは、玲琳の表情を隠すためだった。

驚きに身を竦めた雛女のことを、愛おしげに抱き寄せながら、尭明はそれとは裏腹の、緊迫した声で命じた。

「今、雛宮内で、入れ替わりを解消してはならぬ」

あとがき

こんにちは、中村颯希です。六巻にしてついに、あとがきを二ページ確保することに成功しました。第三幕「陰謀だらけの鑽仰礼」はお楽しみいただけましたでしょうか。

本編の内容に触れてしまいますが（あとがき先読み派の方すみません）、玲琳と慧月も無事に仲直りし、他家の雛女たちも巻き込んで、終盤は戦隊ものもかくやという団結感でしたね。

皆それぞれの事情に決着をつけて、堂々のフィナーレ！　と思いきや……なんということでしょう、「ふつつか」をまだ続けさせていただけることになりました。皆様のご声援のおかげです。

いよいよ雛女全員をこちらの陣営に引き込みましたし、これからは一層、重厚で胸熱な人間関係を描けます。本当にありがとうございます。

ですが……皆様いかがでしょう。この第三幕、結構どろどろしていましたよね。

陰謀にはもうお腹がいっぱい、たまには事件を離れてさぁ、可愛いあの子と愛しいあの子がきゃっきゃと楽しく過ごしている、尊い日々を愛でていたいよ。

そんな気持ちになりはじめた頃ではないでしょうか。私はそうです。というわけで、シリーズとしての完結に向け盛り上がってゆく前に、次の七巻では肩の力を抜き、玲琳たちのわちゃわちゃを楽しんでいただければと思います。

一冊完結の予定なので、下巻を待つ苦しみからも皆様を解放して差し上げられます。やったね！

主要メンバーが複数のチームに分かれて城下に下り、そこで事件に巻き込まれていく、といった内容を予定しております。結局事件は起こるんかい。

最高に楽しいチーム分けを考えたので、発表させてくださいね。

玲琳・莉莉・尭明チーム。慧月・景彰チーム。冬雪・景行チーム。そして辰宇・雲嵐チームです。

テッパンの組み合わせ、ずっと書きたかった組み合わせ、意外な組み合わせを前に、早くも私自身がわくわくと腕を鳴らしております。ああ、特に彼女と彼の会話、書きたい書きたい……！

新章へと続く要素も盛り込むつもりなので、ぜひお付き合いいただけますと幸いです。

これだけ予告してしまったから、私ももう逃げられません。やるしかない。

改めて、こうしてのびのびと物語を書かせてもらえること、皆様に御礼申し上げたいです。

いつも「いけるいける！　まだ全然書ける！」と某テニス選手ばりに激励してくださる編集者様。

美麗なイラストで、毎巻必ず読者の情緒を爆散してくださるゆき哉先生（六巻最後の挿絵ときたら）。

細部に神を宿しにかかるデザイナー様。

いつも予想をはるかに上回るダイナミックさで物語を彩り、盛り上げてくださる尾羊英先生。

そして「ふつつか」を楽しんでくださっている読者様に、心からの感謝を。

どうか、七巻でまたお会いできますように。

二〇二三年四月　中村颯希

悪役令嬢の中の人

著：まきぶろ　　イラスト：紫 真依

乙女ゲームの悪役令嬢に転生したエミは、ヒロインの《星の乙女》に陥れられ、婚約破棄と同時に《星の乙女》の命を狙ったと断罪された。婚約者とも幼馴染みとも義弟とも信頼関係を築けたと思っていたのに……。ショックでエミは意識を失い、代わりに中からずっとエミを見守っていた本来の悪役令嬢レミリアが目覚める。わたくしはお前達を許さない。レミリアはエミを貶めた者達への復讐を誓い――!?　苛烈で華麗な悪役令嬢の復讐劇開幕!!

●本書は書き下ろしです。

2023年4月5日　初版発行

著者　中《なか》村《むら》颯《さつ》希《き》

イラスト　ゆき哉《かな》

発行者：野内雅宏

発行所：株式会社一迅社
〒160-0022　東京都新宿区新宿3-1-13　京王新宿追分ビル5F
電話　03-5312-7432（編集）
電話　03-5312-6150（販売）
発売元：株式会社講談社（講談社・一迅社）

印刷・製本：大日本印刷株式会社

DTP：株式会社三協美術

装丁：伸童舎

ISBN 978-4-7580-9542-6

Printed in Japan

おたよりの宛先
〒160-0022　東京都新宿区新宿3-1-13　京王新宿追分ビル5F
株式会社一迅社　ノベル編集部
中村颯希先生・ゆき哉先生

ふつつかな悪《あく》女《じょ》ではございますが
～雛宮蝶鼠とりかえ伝～
6